JOHANN WOLFGANG GOETHE

GOETHE
DIE LEIDEN DES
JUNGEN WERTHER
ROMAN

DIE GROSSE ERZÄHLER-BIBLIOTHEK
DER WELTLITERATUR

Die buchkünstlerische Ausstattung dieser Ausgabe
hat der österreichische Staatspreisträger
Ernst Ammering (Ried, Oberösterreich) entworfen.

Das Frontispiz zeigt Johann Wolfgang Goethe
(nach einer Radierung von Fritz Janschka,
die für diese Ausgabe entstanden ist).

Die dem Band beigegebenen Kupferstich-
Illustrationen schuf Daniel Chodowiecki
zur ersten französischen »Werther«-
Übersetzung (1776).

Redaktion:
Bernhard Pollmann

DIE GROSSE ERZÄHLER-BIBLIOTHEK
DER WELTLITERATUR

© Harenberg Kommunikation
Verlags- und Mediengesellschaft, Dortmund 1985
Gesamtherstellung: Mohndruck, Gütersloh
Printed in Germany
ISBN 3-88379-827-4

INHALT

Die Leiden des jungen Werther
    Erstes Buch 9
    Zweites Buch 57
Nachwort und Dokumentation 117
Chronologie 173

Was ich von der Geschichte des armen Werther nur habe auffinden können, habe ich mit Fleiß gesammelt und lege es euch hier vor, und weiß, daß ihr mir's danken werdet. Ihr könnt seinem Geist und seinem Charakter eure Bewunderung und Liebe, seinem Schicksale eure Tränen nicht versagen.

Und du gute Seele, die du eben den Drang fühlst wie er, schöpfe Trost aus seinem Leiden, und laß das Büchlein deinen Freund sein, wenn du aus Geschick oder eigener Schuld keinen nähern finden kannst.

ERSTES BUCH

Am 4. Mai 1771.

Wie froh bin ich, daß ich weg bin! Bester Freund, was ist das Herz des Menschen! Dich zu verlassen, den ich so liebe, von dem ich unzertrennlich war, und froh zu sein! Ich weiß, du verzeihst mir's. Waren nicht meine übrigen Verbindungen recht ausgesucht vom Schicksal, um ein Herz wie das meine zu ängstigen? Die arme Leonore! Und doch war ich unschuldig. Konnt' ich dafür, daß, während die eigensinnigen Reize ihrer Schwester mir eine angenehme Unterhaltung verschafften, daß eine Leidenschaft in dem armen Herzen sich bildete? Und doch – bin ich ganz unschuldig? Hab' ich nicht ihre Empfindungen genährt? hab' ich mich nicht an den ganz wahren Ausdrücken der Natur, die uns so oft zu lachen machten, so wenig lächerlich sie waren, selbst ergetzt? hab' ich nicht – O was ist der Mensch, daß er über sich klagen darf! Ich will, lieber Freund, ich verspreche dir's, ich will mich bessern, will nicht mehr ein bißchen Übel, das uns das Schicksal vorlegt, wiederkäuen, wie ich's immer getan habe; ich will das Gegenwärtige genießen, und das Vergangene soll mir vergangen sein. Gewiß, du hast recht, Bester, der Schmerzen wären minder unter den Menschen, wenn sie nicht – Gott weiß, warum sie so gemacht sind! – mit so viel Emsigkeit der Einbildungskraft sich beschäftigten, die Erinnerungen des vergangenen Übels zurückzurufen, eher als eine gleichgültige Gegenwart zu ertragen.

Du bist so gut, meiner Mutter zu sagen, daß ich ihr Geschäft bestens betreiben und ihr ehstens Nachricht davon geben werde. Ich habe meine Tante gesprochen und bei weitem das böse Weib nicht gefunden, das man bei uns aus ihr macht. Sie ist eine muntere, heftige Frau von dem besten Herzen. Ich erklärte ihr meiner Mutter Beschwerden über den zurückgehaltenen Erbschaftsanteil; sie sagte mir ihre Gründe, Ursachen und die Bedingungen, unter welchen sie bereit wäre, alles herauszugeben, und mehr als wir verlangten – Kurz, ich mag jetzt nichts davon schreiben, sage meiner Mutter, es werde alles gut gehen. Und ich habe, mein Lieber, wieder bei diesem kleinen Geschäft gefunden, daß Mißverständnisse und Trägheit vielleicht mehr Irrungen in der Welt machen als List und Bosheit. Wenigstens sind die beiden letzteren gewiß seltener.

Übrigens befinde ich mich hier gar wohl. Die Einsamkeit ist meinem Herzen köstlicher Balsam in dieser paradiesischen Gegend, und diese Jahreszeit der Jugend wärmt mit aller Fülle mein so schauderndes Herz. Jeder Baum, jede Hecke ist ein Strauß von Blüten, und man möchte zum Maienkäfer werden, um in dem Meer von Wohlgerüchen herumschweben und alle seine Nahrung darin finden zu können.

Die Stadt selbst ist unangenehm, dagegen rings umher eine unaussprechliche Schönheit der Natur. Das bewog den verstorbenen Grafen von M . ., einen Garten auf einem der Hügel anzulegen, die mit der schönsten Mannigfaltigkeit sich kreuzen und die lieblichsten Täler bilden. Der Garten ist einfach, und man fühlt gleich bei dem Eintritte, daß nicht ein wissenschaftlicher Gärtner, sondern ein fühlendes Herz den Plan gezeichnet, das seiner selbst hier genießen wollte. Schon manche Träne hab' ich dem Abgeschiedenen in dem verfallenen Kabinettchen geweint, das sein Lieblingsplätzchen war und auch meines ist. Bald werde ich Herr vom Garten sein; der Gärtner ist mir zugetan, nur seit den paar Tagen, und er wird sich nicht übel dabei befinden.

Am 10. Mai.

Eine wunderbare Heiterkeit hat meine ganze Seele eingenommen, gleich den süßen Frühlingsmorgen, die ich mit ganzem Herzen genieße. Ich bin allein und freue mich meines Lebens in dieser Gegend, die für solche Seelen geschaffen ist wie die meine. Ich bin so glücklich, mein Bester, so ganz in dem Gefühle von ruhigem Dasein versunken, daß meine Kunst darunter leidet. Ich könnte jetzt nicht zeichnen, nicht einen Strich, und bin nie ein größerer Maler gewesen als in diesen Augenblicken. Wenn das liebe Tal um mich dampft, und die hohe Sonne an der Oberfläche der undurchdringlichen Finsternis meines Waldes ruht, und nur einzelne Strahlen sich in das innere Heiligtum stehlen, ich dann im hohen Grase am fallenden Bache liege, und näher an der Erde tausend mannigfaltige Gräschen mir merkwürdig werden; wenn ich das Wimmeln der kleinen Welt zwischen Halmen, die unzähligen, unergründlichen Gestalten der Würmchen, der Mückchen näher an meinem Herzen fühle, und fühle die Gegenwart des Allmächtigen, der uns nach seinem Bilde schuf, das Wehen des Allliebenden, der uns in ewiger Wonne schwebend trägt und erhält; mein Freund! wenn's dann um meine Augen dämmert, und die Welt um mich her und der Himmel ganz in meiner Seele ruhn wie die Gestalt einer Geliebten – dann sehne ich mich oft und denke: Ach könntest du das wieder ausdrücken, könntest du dem Papiere das einhauchen, was so voll, so warm in dir lebt, daß es würde der Spiegel deiner Seele, wie deine Seele ist der Spiegel des unendlichen Gottes! – Mein Freund – Aber ich gehe darüber zugrunde, ich erliege unter der Gewalt der Herrlichkeit dieser Erscheinungen.

Am 12. Mai.

Ich weiß nicht, ob täuschende Geister um diese Gegend schweben, oder ob die warme, himmlische Phantasie in meinem Herzen ist, die mir alles rings umher so paradiesisch macht. Da ist gleich vor dem Orte ein Brunnen, ein Brunnen, an den ich gebannt bin wie Melusine mit ihren Schwestern. – Du gehst einen kleinen Hügel hinunter und findest dich vor einem Gewölbe, da wohl zwanzig Stufen hinabgehen, wo unten das klarste Wasser aus Marmorfelsen quillt. Die kleine Mauer, die oben umher die Einfassung macht, die hohen Bäume, die den Platz rings umher bedecken, die Kühle des Orts; das hat alles so was Anzügliches, was Schauerliches. Es vergeht kein Tag, daß ich nicht eine Stunde da sitze. Da kommen die Mädchen aus der Stadt und holen Wasser, das harmloseste Geschäft und das nötigste, das ehemals die Töchter der Könige selbst verrichteten. Wenn ich da sitze, so lebt die patriarchalische Idee so lebhaft um mich, wie sie, alle die Altväter, am Brunnen Bekanntschaft machen und freien, und wie um die Brunnen und Quellen wohltätige Geister schweben. O der muß nie nach einer schweren Sommertagswanderung sich an des Brunnens Kühle gelabt haben, der das nicht mitempfinden kann.

Am 13. Mai.

Du fragst, ob du mir meine Bücher schicken sollst? – Lieber, ich bitte dich um Gottes willen, laß mir sie vom Halse! Ich will nicht mehr geleitet, ermuntert, angefeuert sein, braust dieses Herz doch genug aus sich selbst; ich brauche Wiegengesang, und den habe ich in seiner Fülle gefunden in meinem Homer. Wie oft lull' ich mein empörtes Blut zur Ruhe, denn so ungleich, so unstet hast du nichts gesehn als dieses Herz. Lieber! brauch' ich dir das zu sagen, der du so oft die Last getragen hast, mich vom Kummer zur Ausschweifung und von süßer Melancholie zur verderblichen Leidenschaft übergehen zu sehn? Auch halte ich mein Herzchen wie ein krankes Kind; jeder Wille wird ihm gestattet. Sage das nicht weiter; es gibt Leute, die mir es verübeln würden.

Am 15. Mai.

Die geringen Leute des Ortes kennen mich schon und lieben mich, besonders die Kinder. Eine traurige Bemerkung hab' ich gemacht. Wie ich im Anfange mich zu ihnen gesellte, sie freundschaftlich fragte über dies und das, glaubten einige, ich wollte ihrer spotten, und fertigten mich wohl gar grob ab. Ich ließ mich das nicht verdrießen; nur fühlte ich, was ich schon oft bemerkt habe, auf das lebhafteste: Leute von einigem Stande werden sich immer in kalter Entfernung vom gemeinen Volke halten, als glaubten sie durch Annäherung zu verlieren; und dann gibt's Flüchtlinge und üble Spaßvögel, die sich herabzulassen scheinen, um ihren Übermut dem armen Volke desto empfindlicher zu machen.

Ich weiß wohl, daß wir nicht gleich sind, noch sein können; aber ich halte dafür, daß der, der nötig zu haben glaubt, vom so genannten Pöbel sich zu entfernen, um den Respekt zu erhalten, ebenso tadelhaft ist als ein Feiger, der sich vor seinem Feinde verbirgt, weil er zu unterliegen fürchtet.

Letzthin kam ich zum Brunnen und fand ein junges Dienstmädchen, das ihr Gefäß auf die unterste Treppe gesetzt hatte und sich umsah, ob keine Kamerädin kommen wollte, ihr es auf den Kopf zu helfen. Ich stieg hinunter und sah sie an. – »Soll ich Ihr helfen, Jungfer?« sagte ich. – Sie ward rot über und über. – »O nein, Herr!« sagte sie. – »Ohne Umstände.« – Sie legte ihren Kringen zurecht, und ich half ihr. Sie dankte und stieg hinauf.

Den 17. Mai.

Ich habe allerlei Bekanntschaft gemacht, Gesellschaft habe ich noch keine gefunden. Ich weiß nicht, was ich Anzügliches für die Menschen haben muß; es mögen mich ihrer so viele und hängen sich an mich, und da tut mir's weh, wenn unser Weg nur eine kleine Strecke miteinander geht. Wenn du fragst, wie die Leute hier sind, muß ich dir sagen: wie überall! Es ist ein einförmiges Ding um das Menschengeschlecht. Die meisten verarbeiten den größten Teil der Zeit, um zu leben, und das bißchen, daß ihnen von Freiheit übrig bleibt, ängstigt sie so, daß sie alle Mittel aufsuchen, um es los zu werden. O Bestimmung des Menschen!

Aber eine recht gute Art Volks! Wenn ich mich manchmal vergesse, manchmal mit ihnen die Freuden genieße, die den Menschen noch gewährt sind, an einem artig besetzten Tisch mit aller Offen- und Treuherzigkeit sich herumzuspaßen, eine Spazierfahrt, einen Tanz zur rechten Zeit anzuordnen, und dergleichen, das tut eine ganz gute Wirkung auf mich; nur muß mir nicht einfallen, daß noch so viele andere Kräfte in mir ruhen, die alle ungenutzt vermodern und die ich sorgfältig verbergen muß. Aber das engt das ganze Herz so ein. – Und doch! mißverstanden zu werden, ist das Schicksal von unsereinem.

Ach, daß die Freundin meiner Jugend dahin ist, ach, daß ich sie je gekannt habe! – Ich würde sagen: Du bist ein Tor! du suchst, was hienieden nicht zu finden ist! Aber ich habe sie gehabt, ich habe das Herz gefühlt, die große Seele, in deren Gegenwart ich mir schien mehr zu sein, als ich war, weil ich alles war, was ich sein konnte. Guter Gott! blieb da eine einzige Kraft meiner Seele ungenutzt? Konnt' ich nicht vor ihr das ganze wunderbare Gefühl entwickeln, mit dem mein Herz die Natur umfaßt? War unser Umgang nicht ein ewiges Weben von der feinsten Empfindung, dem schärfsten Witze, dessen Modifikationen, bis zur Unart, alle mit dem Stempel des Genies bezeichnet waren? Und nun! – Ach ihre Jahre, die sie voraus hatte, führten sie früher ans Grab als mich. Nie werde ich sie vergessen, nie ihren festen Sinn und ihre göttliche Duldung.

Vor wenig Tagen traf ich einen jungen V . . an, einen offnen Jungen, mit einer gar glücklichen Gesichtsbildung. Er kommt erst von Akademien, dünkt sich eben nicht weise, aber glaubt doch, er wisse mehr als andere. Auch war er fleißig, wie ich an allerlei spüre, kurz, er hat hübsche Kenntnisse. Da er hörte, daß ich viel zeichnete und Griechisch könnte (zwei Meteore hierzulande), wandte er sich an mich und kramte viel Wissens aus, von Batteux bis zu Wood, von de Piles zu Winckelmann, und versicherte mich, er habe Sulzers Theorie, den ersten Teil, ganz durchgelesen und besitze ein Manuskript von Heynen über das Studium der Antike. Ich ließ das gut sein.

Noch gar einen braven Mann habe ich kennen lernen, den fürstlichen Amtmann, einen offenen, treuherzigen Menschen. Man sagt, es soll eine Seelenfreude sein, ihn unter seinen Kindern zu sehen, deren er neun hat; besonders macht man viel Wesens von seiner ältesten Tochter. Er hat mich zu sich gebeten, und ich will ihn ehster Tage besuchen. Er wohnt auf einem fürstlichen Jagdhofe, anderthalb Stunden von hier, wohin er nach dem Tode seiner Frau zu ziehen die Erlaubnis erhielt, da ihm der Aufenthalt hier in der Stadt und im Amthause zu weh tat.

Sonst sind mir einige verzerrte Originale in den Weg gelaufen, an denen alles unausstehlich ist, am unerträglichsten ihre Freundschaftsbezeigungen.

Leb' wohl! der Brief wird dir recht sein, er ist ganz historisch.

Am 22. Mai.

Daß das Leben des Menschen nur ein Traum sei, ist manchem schon so vorgekommen, und auch mit mir zieht dieses Gefühl immer herum. Wenn ich die Einschränkung ansehe, in welcher die tätigen und forschenden Kräfte des Menschen eingesperrt sind; wenn ich sehe, wie alle Wirksamkeit dahinaus läuft, sich die Befriedigung von Bedürfnissen zu verschaffen, die wieder keinen Zweck haben, als unsere arme Existenz zu verlängern, und dann, daß alle Beruhigung über gewisse Punkte des Nachforschens nur eine träumende Resignation ist, da man sich die Wände, zwischen denen man gefangen sitzt, mit bunten Gestalten und lichten Aussichten bemalt – Das alles, Wilhelm, macht mich stumm. Ich kehre in mich selbst zurück, und finde eine Welt! Wieder mehr in Ahnung und dunkler Begier als in Darstellung und lebendiger Kraft. Und da schwimmt alles vor meinen Sinnen, und ich lächle dann so träumend weiter in die Welt.

Daß die Kinder nicht wissen, warum sie wollen, darin sind alle hochgelahrten Schul- und Hofmeister einig; daß aber auch Erwachsene gleich Kindern auf diesem Erdboden herumtaumeln und wie jene nicht wissen, woher sie kommen und wohin sie gehen, ebensowenig nach wahren Zwecken handeln, ebenso durch Biskuit und Kuchen und Birkenreiser regiert werden: das will niemand gern glauben, und mich dünkt, man kann es mit Händen greifen.

Ich gestehe dir gern, denn ich weiß, was du mir hierauf sagen möchtest, daß diejenigen die Glücklichsten sind, die gleich den Kindern in den Tag hinein leben, ihre Puppen herumschleppen, aus- und anziehen und mit großem Respekt um die Schublade umherschleichen, wo Mama das Zuckerbrot hineingeschlossen hat, und, wenn sie das gewünschte endlich erhaschen, es mit vollen Bakken verzehren und rufen: »Mehr!« – Das sind glückliche Geschöpfe. Auch denen ist's wohl, die ihren Lumpenbeschäftigungen oder wohl gar ihren Leidenschaften prächtige Titel geben und sie dem Menschengeschlechte als Riesenoperationen zu dessen Heil und Wohlfahrt anschreiben. – Wohl dem, der so sein kann! Wer aber in seiner Demut erkennt, wo das alles hinausläuft, wer da sieht, wie artig jeder Bürger, dem es wohl ist, sein Gärtchen zum Paradiese zuzustutzen weiß, und wie unverdrossen auch der Unglückliche unter der Bürde seinen Weg fortkeucht, und alle gleich interessiert sind, das Licht dieser Sonne noch eine Minute länger zu sehn – ja, der ist still und bildet auch seine Welt aus sich selbst und ist auch glücklich, weil er ein Mensch ist. Und dann, so eingeschränkt er ist, hält er doch immer im Herzen das süße Gefühl der Freiheit, und daß er diesen Kerker verlassen kann, wann er will.

Am 26. Mai.

Du kennst von alters her meine Art, mich anzubauen, mir irgend an einem vertraulichen Orte ein Hüttchen aufzuschlagen und da mit aller Einschränkung zu herbergen. Auch hier habe ich wieder ein Plätzchen angetroffen, das mich angezogen hat.

Ungefähr eine Stunde von der Stadt liegt ein Ort, den sie Wahlheim* nennen. Die Lage an einem Hügel ist sehr interessant, und wenn man oben auf dem Fußpfade zum Dorf herausgeht, übersieht man auf einmal das ganze Tal. Eine gute Wirtin, die gefällig und munter in ihrem Alter ist, schenkt Wein, Bier, Kaffee; und was über alles geht, sind zwei Linden, die mit ihren ausgebreiteten Ästen den kleinen Platz vor der Kirche bedecken, der ringsum mit Bauerhäusern, Scheunen und Höfen eingeschlossen ist. So vertraulich, so heimlich hab' ich nicht leicht ein Plätzchen gefunden, und dahin lass' ich mein Tischchen aus dem Wirtshause bringen und meinen Stuhl, trinke meinen Kaffee da und lese meinen Homer. Das erstemal, als ich durch einen Zufall an einem schönen Nachmittage unter die Linden kam, fand ich das Plätzchen so einsam. Es war alles im Felde; nur ein Knabe von ungefähr vier Jahren saß an der Erde und hielt ein anderes, etwa halbjähriges, vor ihm zwischen seinen Füßen sitzendes Kind mit beiden Armen wider seine Brust, so daß er ihm zu einer Art von Sessel diente und ungeachtet der Munterkeit, womit er aus seinen schwarzen Augen herumschaute, ganz ruhig saß. Mich vergnügte der Anblick: ich setzte mich auf einen Pflug, der gegenüber stand, und zeichnete die brüderliche Stellung mit vielem Ergetzen. Ich fügte den nächsten Zaun, ein Scheunentor und einige gebrochene Wagenräder bei, alles, wie es hinter einander stand, und fand nach Verlauf einer Stunde, daß ich eine wohlgeordnete, sehr interessante Zeichnung verfertiget hatte, ohnd das mindeste von dem Meinen hinzuzutun. Das bestärkte mich in meinem Vorsatze, mich künftig allein an die Natur zu halten. Sie allein ist unendlich reich, und sie allein bildet den großen Künstler. Man kann zum Vorteile der Regeln viel sagen, ungefähr was man zum Lobe der bürgerlichen Gesellschaft sagen kann. Ein Mensch, der sich nach ihnen bildet, wird nie etwas Abgeschmack-

---

*Der Leser wird sich keine Mühe geben, die hier genannten Orte zu suchen; man hat sich genötigt gesehen, die im Originale befindlichen wahren Namen zu verändern.

tes und Schlechtes hervorbringen, wie einer, der sich durch Gesetze und Wohlstand modeln läßt, nie ein unerträglicher Nachbar, nie ein merkwürdiger Bösewicht werden kann; dagegen wird aber auch alle Regel, man rede was man wolle, das wahre Gefühl von Natur und den wahren Ausdruck derselben zerstören! Sag' du: »Das ist zu hart! sie schränkt nur ein, beschneidet die geilen Reben« etc. – Guter Freund, soll ich dir ein Gleichnis geben? Es ist damit wie mit der Liebe. Ein junges Herz hängt ganz an einem Mädchen, bringt alle Stunden seines Tages bei ihr zu, verschwendet alle seine Kräfte, all sein Vermögen, um ihr jeden Augenblick auszudrücken, daß er sich ganz ihr hingibt. Und da käme ein Philister, ein Mann, der in einem öffentlichen Amte steht, und sagte zu ihm: »Feiner junger Herr! Lieben ist menschlich, nur müßt Ihr menschlich lieben! Teilet Eure Stunden ein, die einen zur Arbeit, und die Erholungsstunden widmet Eurem Mädchen. Berechnet Euer Vermögen, und was Euch von Eurer Notdurft übrig bleibt, davon verwehr' ich Euch nicht, ihr ein Geschenk, nur nicht zu oft, zu machen, etwa zu ihrem Geburts- und Namenstage« etc. – Folgt der Mensch, so gibt's einen brauchbaren jungen Mnschen, und ich will selbst jedem Fürsten raten, ihn in ein Kollegium zu setzen; nur mit seiner Liebe ist's am Ende und, wenn er ein Künstler ist, mit seiner Kunst. O meine Freunde! warum der Strom des Genies so selten ausbricht, so selten in hohen Fluten hereinbraust und eure staunende Seele erschüttert? – Liebe Freunde, da wohnen die gelassenen Herren auf beiden Seiten des Ufers, denen ihre Gartenhäuschen, Tulpenbeete und Krautfelder zugrunde gehen würden, die daher in Zeiten mit Dämmen und Ableiten der künftig drohenden Gefahr abzuwehren wissen.

Am 27. Mai.

Ich bin, wie ich sehe, in Verzückung, Gleichnisse und Deklamation verfallen und habe darüber vergessen, dir auszuerzählen, was mit den Kindern weiter geworden ist. Ich saß, ganz in malerische Empfindung vertieft, die dir mein gestriges Blatt sehr zerstückt darlegt, auf meinem Pfluge wohl zwei Stunden. Da kommt gegen Abend eine junge Frau auf die Kinder los, die sich indes nicht gerührt hatten, mit einem Körbchen am Arm und ruft von weitem: »Philipps, du bist recht brav.« – Sie grüßte mich, ich dankte ihr, stand auf, trat näher hin und fragte sie, ob sie Mutter von den Kindern wäre? Sie bejahte es, und indem sie dem ältesten einen halben Weck gab, nahm sie das kleine auf und küßte es mit aller mütterlichen Liebe. – »Ich habe«, sagte sie, »meinem Philipps das Kleine zu halten gegeben und bin mit meinem Ältesten in die Stadt gegangen, um weiß Brot zu holen und Zucker und ein irden Breipfännchen.« – Ich sah das alles in dem Korbe, dessen Deckel abgefallen war. – »Ich will meinem Hans (das war der Name des Jüngsten) ein Süppchen kochen zum Abende; der lose Vogel, der Große, hat mir gestern das Pfännchen zerbrochen, als er sich mit Philippsen um die Scharre des Breis zankte.« – Ich fragte nach dem Ältesten, und sie hatte mir kaum gesagt, daß er sich auf der Wiese mit ein paar Gänsen herumjage, als er gesprungen kam und dem Zweiten eine Haselgerte mitbrachte. Ich unterhielt mich weiter mit dem Weibe und erfuhr, daß sie des Schulmeisters Tochter sei, und daß ihr Mann eine Reise in die Schweiz gemacht habe, um die Erbschaft eines Vetters zu holen. – »Sie haben ihn drum betriegen wollen«, sagte sie, »und ihm auf seine Briefe nicht geantwortet; da ist er selbst hineingegangen. Wenn ihm nur kein Unglück widerfahren ist, ich höre nichts von ihm.« – Es ward mir schwer, mich von dem Weibe los zu machen, gab jedem der Kinder einen Kreuzer, und auch fürs jüngste gab ich ihr einen, ihm einen Weck zur Suppe mitzubringen, wenn sie in die Stadt ginge, und so schieden wir von einander.

Ich sage dir, mein Schatz, wenn meine Sinne gar nicht mehr halten wollen, so lindert all den Tumult der Anblick eines solchen Geschöpfs, das in glücklicher Gelassenheit den engen Kreis seines Daseins hingeht, von einem Tage zum andern sich durchhilft, die Blätter abfallen sieht und nichts dabei denkt, als daß der Winter kommt.

Seit der Zeit bin ich oft draußen. Die Kinder sind ganz an mich gewöhnt, sie kriegen Zucker, wenn ich Kaffee trinke, und teilen das Butterbrot und die saure Milch mit mir des Abends. Sonntags fehlt ihnen der Kreuzer nie, und wenn ich nicht nach der Betstunde da bin, so hat die Wirtin Ordre, ihn auszuzahlen.

Sie sind vertraut, erzählen mir allerhand, und besonders ergetze ich mich an ihren Leidenschaften und simpeln Ausbrüchen des Begehrens, wenn mehr Kinder aus dem Dorfe sich versammeln.

Viel Mühe hat mich's gekostet, der Mutter ihre Besorgnis zu nehmen, sie möchten den Herrn inkommodieren.

Am 30. Mai.

Was ich dir neulich von der Malerei sagte, gilt gewiß auch von der Dichtkunst; es ist nur, daß man das Vortreffliche erkenne und es auszusprechen wage, und das ist freilich mit wenigem viel gesagt. Ich habe heute eine Szene gehabt, die rein abgeschrieben, die schönste Idylle von der Welt gäbe; doch was soll Dichtung, Szene und Idylle? muß es denn immer gebosselt sein, wenn wir teil an einer Naturerscheinung nehmen sollen?

Wenn du auf diesen Eingang viel Hohes und Vornehmes erwartest so bist du wieder übel betrogen; es ist nichts als ein Bauernbursch, der mich zu dieser lebhaften Teilnehmung hingerissen hat. Ich werde, wie gewöhnlich, schlecht erzählen, und du wirst mich, wie gewöhnlich, denk' ich, übertrieben finden; es ist wieder Wahlheim, und immer Wahlheim, das diese Seltenheiten hervorbringt.

Es war eine Gesellschaft draußen unter den Linden, Kaffee zu trinken. Weil sie mir nicht ganz anstand, so blieb ich unter einem Vorwande zurück.

Ein Bauerbursch kam aus einem benachbarten Hause und beschäftigte sich, an dem Pfluge, den ich neulich gezeichnet hatte, etwas zurecht zu machen. Da mir sein Wesen gefiel, redete ich ihn an, fragte nach seinen Umständen, wir waren bald bekannt und, wie mir's gewöhnlich mit dieser Art Leuten geht, bald vertraut. Er erzählte mir, daß er bei einer Witwe in Diensten sei und von ihr gar wohl gehalten werde. Er sprach so vieles von ihr und lobte sie dergestalt, daß ich bald merken konnte, er sei ihr mit Leib und Seele zugetan. Sie sei nicht mehr jung, sagte er, sie sei von ihrem ersten Mann übel gehalten worden, wolle nicht mehr heiraten, und aus seiner Erzählung leuchtete so merklich hervor, wie schön, wie reizend sie für ihn sei, wie sehr er wünsche, daß sie ihn wählen möchte, um das Andenken der Fehler ihres ersten Mannes auszulöschen, daß ich Wort für Wort wiederholen müßte, um dir die reine Neigung, die Liebe und Treue dieses Menschen anschaulich zu machen. Ja, ich müßte die Gabe des größten Dichters besitzen, um dir zugleich den Ausdruck seiner Gebärden, die Harmonie seiner Stimme, das heimliche Feuer seiner Blicke lebendig darstellen zu können. Nein, es sprechen keine Worte die Zartheit aus, die in seinem ganzen Wesen und Ausdruck war; es ist alles nur plump, was ich wieder vorbringen könnte. Besonders rührte mich, wie ich fürchtete, ich möchte über sein Verhältnis zu ihr ungleich denken und an ihrer guten Aufführung zweifeln. Wie reizend es war, wenn er von ihrer Gestalt, von ihrem Körper sprach, der ihn ohne jugendliche Reize gewaltsam an sich zog und fesselte, kann ich mir nur in meiner innersten Seele wiederholen. Ich hab' in meinem Leben die dringende Begierde und das heiße, sehnliche Verlangen nicht in dieser Reinheit gesehen, ja wohl kann ich sagen, in dieser Reinheit nicht gedacht und geträumt. Schelte mich nicht, wenn ich dir sage, daß bei der Erinnerung dieser Unschuld und Wahrheit mir die innerste Seele glüht, und daß mich das Bild dieser Treue und Zärtlichkeit überall verfolgt, und daß ich, wie selbst davon entzündet, lechze und schmachte.

Ich will nun suchen, auch sie ehstens zu sehn, oder vielmehr, wenn ich's recht bedenke, ich will's vermeiden. Es ist besser, ich sehe sie durch die Augen ihres Liebhabers; vielleicht erscheint sie mir vor meinen eigenen Augen nicht so, wie sie jetzt vor mir steht, und warum soll ich mir das schöne Bild verderben?

Am 16. Junius.

Warum ich dir nicht schreibe? – Fragst du das und bist doch auch der Gelehrten einer. Du solltest raten, daß ich mich wohl befinde, und zwar – Kurz und gut, ich habe eine Bekanntschaft gemacht, die mein Herz näher angeht. Ich habe – ich weiß nicht.

Dir in der Ordnung zu erzählen, wie's zugegangen ist, daß ich eins der liebenswürdigsten Geschöpfe habe kennen lernen, wird schwer halten. Ich bin vergnügt und glücklich, und also kein guter Historienschreiber.

Einen Engel! – Pfui! das sagt jeder von der Seinigen, nicht wahr. Und doch bin ich nicht imstande, dir zu sagen, wie sie vollkommen ist, warum sie vollkommen ist; genug, sie hat allen meinen Sinn gefangengenommen.

So viel Einfalt bei so viel Verstand, so viel Güte bei so viel Festigkeit, und die Ruhe der Seele bei dem wahren Leben und der Tätigkeit. –

Das ist alles garstiges Gewäsch, was ich da von ihr sage, leidige Abstraktionen, die nicht einen Zug ihres Selbst ausdrücken. Ein andermal – nein, nicht ein andermal, jetzt gleich will ich dir's erzählen. Tu' ich's jetzt nicht, so geschäh' es niemals. Denn, unter uns, seit ich angefangen habe zu schreiben, war ich schon dreimal im Begriffe, die Feder niederzulegen, mein Pferd satteln zu lassen und hinauszureiten. Und doch schwur ich mir heute früh, nicht hinauszureiten, und gehe doch alle Augenblick' ans Fenster, zu sehen, wie hoch die Sonne noch steht. –

Ich hab's nicht überwinden können, ich mußte zu ihr hinaus. Da bin ich wieder, Wilhelm, will mein Butterbrot zu Nacht essen und dir schreiben. Welch eine Wonne das für meine Seele ist, sie in dem Kreise der lieben, muntern Kinder, ihrer acht Geschwister, zu sehen! –

Wenn ich so fortfahre, wirst du am Ende so klug sein wie am Anfange. Höre denn, ich will mich zwingen, ins Detail zu gehen.

Ich schrieb dir neulich, wie ich den Amtmann S . . habe kennen lernen, und wie er mich gebeten habe, ihn bald in seiner Einsiedelei oder vielmehr seinem kleinen Königreiche zu besuchen. Ich vernachlässigte das, und wäre vielleicht nie hingekommen, hätte mir der Zufall nicht den Schatz entdeckt, der in der stillen Gegend verborgen liegt.

Unsere jungen Leute hatten einen Ball auf dem Lande angestellt, zu dem ich mich denn auch willig finden ließ. Ich bot einem hiesigen, schönen, übrigens unbedeutenden Mädchen die Hand, und es wurde ausgemacht, daß ich eine Kutsche nehmen, mit meiner Tänzerin und ihrer Base nach dem Orte der Lustbarkeit hinausfahren und auf dem Wege Charlotten S . . mitnehmen sollte. – »Sie werden ein schönes Frauenzimmer kennenlernen«, sagte meine Gesellschafterin, da wir durch den weiten, ausgehauenen Wald nach dem Jagdhause fuhren. – »Nehmen Sie sich in acht«, versetzte die Base, »daß Sie sich nicht verlieben!« – »Wieso?« sagte ich. – »Sie ist schon vergeben«, antwortete jene, »an einen sehr braven Mann, der weggereist ist, seine Sachen in Ordnung zu bringen, weil sein Vater gestorben ist, und sich um eine ansehnliche Versorgung zu bewerben.« – Die Nachricht war mir ziemlich gleichgültig.

Die Sonne war noch eine Viertelstunde vom Gebirge, als wir vor dem Hoftore anfuhren. Es war sehr schwül, und die Frauenzimmer äußerten ihre Besorgnis wegen eines Gewitters, das sich in weißgrauen, dumpfichten Wölkchen rings am Horizonte zusammenzuziehen schien. Ich täuschte ihre Furcht mit anmaßlicher Wetterkunde, ob mir gleich selbst zu ahnen anfing, unsere Lustbarkeit werde einen Stoß leiden.

Ich war ausgestiegen, und eine Magd, die ans Tor kam, bat uns, einen Augenblick zu verziehen, Mamsell Lottchen würde gleich kommen. Ich ging durch den Hof nach dem wohlgebauten Hause, und da ich die vorliegenden Treppen hinaufgestiegen war und in die Tür trat, fiel mir das reizendste Schauspiel in die Augen, das ich je gesehen habe. In dem Vorsaale wimmelten sechs Kinder von eilf zu zwei Jahren um ein Mädchen von schöner Gestalt, mittlerer Größe, die ein simples weißes Kleid, mit blaßroten Schleifen an Armen und Brust, anhatte. Sie hielt ein schwarzes Brot und schnitt ihren Kleinen rings herum jedem sein Stück nach Proportion ihres Alters und Appetits ab, gab's jedem mit solcher Freundlichkeit, und jedes rief so ungekünstelt sein »Danke!«, indem es mit den kleinen Händchen lange in die Höhe gereicht hatte, ehe es noch abgeschnitten war, und nun mit seinem Abendbrote vergnügt entweder wegsprang, oder nach seinem stillern Charakter gelassen davonging nach dem Hoftore zu, um die Fremden und die Kutsche zu sehen, darin ihre Lotte wegfahren sollte. – »Ich bitte um Vergebung«, sagte sie, »daß ich Sie hereinbemühe und die Frauenzimmer warten lasse. Über dem Anziehen und allerlei Bestellungen fürs Haus in meiner Abwesenheit habe ich vergessen, meinen Kindern ihr Vesperbrot zu geben, und sie wollen von niemanden Brot geschnitten haben als von mir.« – Ich machte ihr ein unbedeutendes Kompliment, meine ganze Seele ruhte auf der Gestalt, dem Tone, dem Betragen, und ich hatte eben Zeit, mich von der Überraschung zu erholen, als sie in die Stube lief, ihre Handschuhe und den Fächer zu holen. Die Kleinen sahen mich in einiger Entfernung so von der Seite an, und ich ging auf das jüngste los, das ein Kind von der glücklichsten Gesichtsbildung war. Es zog sich zurück, als eben Lotte zur Türe herauskam und sagte: »Louis, gib dem Herrn Vetter eine Hand.« – Das tat der Knabe sehr freimütig, und ich konnte mich nicht enthalten, ihn, ungeachtet seines kleinen Rotznäschens, herzlich zu küssen. – »Vetter?« sagte ich, indem ich ihr die Hand reichte, »glauben Sie, daß ich des Glücks wert bin, mit Ihnen verwandt zu sein?« – »O«, sagte sie mit einem leichtfertigen Lächeln, »unsere Vetterschaft ist sehr weitläufig, und es wäre mir leid, wenn Sie der schlimmste drunter sein sollten.« – Im Gehen gab sie Sophien, der ältesten Schwester nach ihr, einem Mädchen von ungefähr eilf Jahren, den Auftrag, wohl auf die Kinder acht zu haben und den Papa zu grüßen, wenn er vom Spazierritte nach Hause käme. Den Kleinen sagte sie, sie sollten ihrer Schwester Sophie folgen, als wenn sie's selber wäre, das denn auch einige ausdrücklich versprachen. Eine kleine, naseweise Blondine aber, von ungefähr sechs Jahren, sagte: »Du bist's doch nicht, Lottchen, wir haben dich doch lieber.« – Die zwei ältesten Knaben waren hinten auf die Kutsche geklettert, und auf mein Vorbitten erlaubte sie ihnen, bis vor den Wald mitzufahren, wenn sie versprächen, sich nicht zu necken und sich recht fest zu halten.

Wir hatten uns kaum zurecht gesetzt, die Frauenzimmer sich bewillkommt, wechselsweise über den Anzug, vorzüglich über die Hüte ihre Anmerkungen gemacht und die Gesellschaft, die man erwartete, gehörig durchgezogen, als Lotte den Kutscher halten und ihre Brüder herabsteigen ließ, die noch einmal ihre Hand zu küssen begehrten, das denn der älteste mit aller Zärtlichkeit, die dem Alter von fünfzehn Jahren eigen sein kann, der andere mit viel Heftigkeit und Leichtsinn tat. Sie ließ die Kleinen noch einmal grüßen, und wir fuhren weiter.

Die Base fragte, ob sie mit dem Buche fertig wäre, das sie ihr neulich geschickt hätte. – »Nein,« sagte Lotte, »es gefällt mir nicht, Sie können's wiederhaben. Das vorige war auch nicht besser.« – Ich erstaunte, als ich fragte, was es für Bücher wären, und sie mir antwortete:* – Ich fand so viel Charakter in allem, was sie sagte, ich sah mit jedem Wort neue Reize, neue Strahlen des Geistes aus ihren Gesichtszügen hervorbrechen, die sich nach und nach vergnügt zu entfalten schienen, weil sie an mir fühlte, daß ich sie verstand.

»Wie ich jünger war«, sagte sie, »liebte ich nichts so sehr als Romane. Weiß Gott, wie wohl mir's war, wenn ich mich Sonntags so in ein Eckchen setzen und mit ganzem Herzen an dem Glück und Unstern einer Miß Jenny teilnehmen konnte. Ich leugne auch nicht, daß die Art noch einige Reize für mich hat. Doch da ich so selten an ein Buch komme, so muß es auch recht nach meinem Geschmack sein. Und der Autor ist mir der liebste, in dem ich meine Welt wiederfinde, bei dem es zugeht wie um mich, und dessen Geschichte mir doch so interessant und herzlich wird als mein eigen häuslich Leben, das freilich kein Paradies, aber doch im ganzen eine Quelle unsäglicher Glückseligkeit ist.«

Ich bemühte mich, meine Bewegungen über diese Worte zu verbergen. Das ging freilich nicht weit: denn da ich sie mit solcher Wahrheit im Vorbeigehen vom Landpriester von Wakefield, vom –** reden hörte, kam ich ganz außer mich, sagte ihr alles, was ich mußte, und bemerkte erst nach einiger Zeit, da Lotte das Gespräch an die anderen wendete, daß diese die Zeit über die offenen Augen, als säßen sie nicht da, dagesessen hatten. Die Base sah mich mehr als einmal mit einem spöttischen Näschen an, daran mir aber nicht gelegen war.

Das Gespräch fiel aufs Vergnügen am Tanze. – »Wenn diese Leidenschaft ein Fehler ist«, sagte Lotte, »so gestehe ich Ihnen gern, ich weiß mir nichts übers Tanzen. Und wenn ich was im Kopfe habe und mir auf meinem verstimmten Klavier einen Contretanz vortrommle, so ist alles wieder gut.«

Wie ich mich unter dem Gespräche in den schwarzen Augen weidete – wie die lebendigen Lippen und die frischen, munteren Wangen meine ganze Seele anzogen – wie ich, in den herrlichen Sinn ihrer Rede ganz versunken, oft gar die Worte nicht hörte, mit

---

*Man sieht sich genötiget, diese Stelle des Briefes zu unterdrücken, um niemand Gelegenheit zu einiger Beschwerde zu geben. Obgleich im Grunde jedem Autor wenig an dem Urteile eines einzelnen Mädchens und eines jungen, unsteten Menschen gelegen sein kann.
**Man hat auch hier die Namen einiger vaterländischer Autoren weggelassen. Wer teil an Lottens Beifalle hat, wird es gewiß an seinem Herzen fühlen, wenn er diese Stelle lesen sollte, und sonst braucht es ja niemand zu wissen.

denen sie sich ausdrückte – davon hast du eine Vorstellung, weil du mich kennst. Kurz, ich stieg aus dem Wagen wie ein Träumender, als wir vor dem Lusthause stille hielten, und war so in Träumen rings in der dämmernden Welt verloren, daß ich auf die Musik kaum achtete, die uns von dem erleuchteten Saal herunter entgegenschallte.

Die zwei Herren Audran und ein gewisser N. N. – wer behält alle die Namen –, die der Base und Lottens Tänzer waren, empfingen uns am Schlage, bemächtigten sich ihrer Frauenzimmer, und ich führte das meinige hinauf.

Wir schlangen uns in Menuetts um einander herum; ich forderte ein Frauenzimmer nach dem andern auf, und just die unleidlichsten konnten nicht dazu kommen, einem die Hand zu reichen und ein Ende zu machen. Lotte und ihr Tänzer fingen einen Englischen an, und wie wohl mir's war, als sie auch in der Reihe die Figur mit uns anfing, magst du fühlen. Tanzen muß man sie sehen! Siehst du, sie ist so mit ganzem Herzen und mit ganzer Seele dabei, ihr ganzer Körper *eine* Harmonie, so sorglos, so unbefangen, als wenn das eigentlich alles wäre, als wenn sie sonst nichts dächte, nichts empfände; und in dem Augenblicke gewiß schwindet alles andere vor ihr.

Ich bat sie um den zweiten Contretanz; sie sagte mir den dritten zu, und mit der liebenswürdigsten Freimütigkeit von der Welt versicherte sie mir, daß sie herzlich gern deutsch tanze. – »Es ist hier so Mode«, fuhr sie fort, »daß jedes Paar, das zusammen gehört, beim Deutschen zusammenbleibt, und mein Chapeau walzt schlecht und dankt mir's, wenn ich ihm die Arbeit erlasse. Ihr Frauenzimmer kann's auch nicht und mag nicht, und ich habe im Englischen gesehen, daß Sie gut walzen; wenn Sie nun mein sein wollen fürs Deutsche, so gehen Sie und bitten sich's von meinem Herrn aus, und ich will zu Ihrer Dame gehen.« – Ich gab ihr die Hand darauf, und wir machten aus, daß ihr Tänzer inzwischen meine Tänzerin unterhalten sollte.

Nun ging's an, und wir ergetzten uns eine Weile an mannigfaltigen Schlingungen der Arme. Mit welchem Reize, mit welcher Flüchtigkeit bewegte sie sich! und da wir nun gar ans Walzen kamen und wie die Sphären um einander herumrollten, ging's freilich anfangs, weil's die wenigsten können, ein bißchen bunt durcheinander. Wir waren klug und ließen sie austoben, und als die Ungeschicktesten den Plan geräumt hatten, fielen wir ein und hielten mit noch einem Paare, mit Audran und seiner Tänzerin, wacker aus. Nie ist mir's so leicht vom Flecke gegangen. Ich war kein

Mensch mehr. Das liebenswürdigste Geschöpf in den Armen zu haben und mit ihr herumzufliegen wie Wetter, das alles rings umher verging, und – Wilhelm, um ehrlich zu sein, tat ich aber doch den Schwur, daß ein Mädchen, das ich liebte, auf das ich Ansprüche hätte, mir nie mit einem andern walzen sollte als mit mir, und wenn ich drüber zugrunde gehen müßte. Du verstehst mich!

Wir machten einige Touren gehend im Saale, um zu verschnaufen. Dann setzte sie sich, und die Orangen, die ich beiseite gebracht hatte, die nun die einzigen noch übrigen waren, taten vortreffliche Wirkung, nur daß mir mit jedem Schnittchen, das sie einer unbescheidenen Nachbarin ehrenhalber zuteilte, ein Stich durchs Herz ging.

Beim dritten englischen Tanz waren wir das zweite Paar. Wie wir die Reihe durchtanzten und ich, weiß Gott mit wieviel Wonne, an ihrem Arm und Auge hing, das voll vom wahrsten Ausdruck des offensten, reinsten Vergnügens war, kommen wir an eine Frau, die mir wegen ihrer liebenswürdigen Miene auf einem nicht mehr ganz jungen Gesichte merkwürdig gewesen war. Sie sieht Lotten lächelnd an, hebt einen drohenden Finger auf und nennt den Namen Albert zweimal im Vorbeifliegen mit viel Bedeutung.

»Wer ist Albert?« sagte ich zu Lotten, »wenn's nicht Vermessenheit ist zu fragen.« – Sie war im Begriff zu antworten, als wir uns scheiden mußten, um die große Achte zu machen, und mich dünkte einiges Nachdenken auf ihrer Stirn zu sehen, als wir so vor einander vorbeikreuzten. – »Was soll ich's Ihnen leugnen,« sagte sie, indem sie mir die Hand zur Promenade bot. »Albert ist ein braver Mensch, dem ich so gut als verlobt bin.« – Nun war mir das nichts Neues (denn die Mädchen hatten mir's auf dem Wege gesagt) und war mir doch so ganz neu, weil ich es noch nicht im Verhältnis auf sie, die mir in so wenig Augenblicken so wert geworden war, gedacht hatte. Genug, ich verwirrte mich, vergaß mich und kam zwischen das unrechte Paar hinein, daß alles drunter und drüber ging und Lottens ganze Gegenwart und Zerren und Ziehen nötig war, um es schnell wieder in Ordnung zu bringen.

Der Tanz war noch nicht zu Ende, als die Blitze, die wir schon lange am Horizonte leuchten gesehn und die ich immer für Wetterkühlen ausgegeben hatte, viel stärker zu werden anfingen und der Donner die Musik überstimmte. Drei Frauenzimmer liefen aus der Reihe, denen ihre Herren folgten; die Unordnung wurde allgemein, und die Musik hörte auf. Es ist natürlich, wenn uns ein Unglück oder etwas Schreckliches im Vergnügen überrascht, daß es stärkere Eindrücke auf uns macht als sonst, teils wegen des Gegensatzes, der sich so lebhaft empfinden läßt, teils und noch mehr, weil unsere Sinne einmal der Fühlbarkeit geöffnet sind und also desto schneller einen Eindruck annehmen. Diesen Ursachen muß ich die wunderbaren Grimassen zuschreiben, in die ich mehrere Frauenzimmer ausbrechen sah. Die klügste setzte sich in eine Ecke, mit dem Rücken gegen das Fenster, und hielt die Ohren zu. Eine andere kniete vor ihr nieder und verbarg den Kopf in der ersten Schoß. Eine dritte schob sich zwischen beide hinein und umfaßte ihre Schwesterchen mit tausend Tränen. Einige wollten nach Hause; andere, die noch weniger wußten, was sie taten, hatten nicht so viel Besinnungskraft, den Keckheiten unserer jungen Schlucker zu steuern, die sehr beschäftigt zu sein schienen, alle die ängstlichen Gebete, die dem Himmel bestimmt waren, von den Lippen der schönen Bedrängten wegzufangen. Einige unserer Herren hatten sich hinabbegeben, um ein Pfeifchen in Ruhe zu rauchen; und die übrige Gesellschaft schlug es nicht aus, als die Wirtin auf den klugen Einfall kam, uns ein Zimmer anzuweisen, das Läden und Vorhänge hätte. Kaum waren wir da angelangt, als Lotte beschäftigt war, einen Kreis von Stühlen zu stellen und, als sich die Gesellschaft auf ihre Bitte gesetzt hatte, den Vortrag zu einem Spiele zu tun.

Ich sah manchen, der in Hoffnung auf ein saftiges Pfand sein Mäulchen spitzte und seine Glieder reckte. – »Wir spielen Zählens!« sagte sie. »Nun gebt acht! Ich geh' im Kreise herum von der Rechten zur Linken, und so zählt ihr auch rings herum, jeder die Zahl, die an ihn kommt, und das muß gehen wie ein Lauffeuer, und wer stockt oder sich irrt, kriegt eine Ohrfeige, und so bis tausend.« – Nun war das lustig anzusehen: Sie ging mit ausgestrecktem Arm im Kreise herum. »Eins«, fing der erste an, der Nachbar »zwei«, »drei« der folgende, und so fort. Dann fing sie an, geschwinder zu gehen, immer geschwinder; da versah's einer: Patsch! eine Ohrfeige, und über das Gelächter der folgende auch: Patsch! Und immer geschwinder. Ich selbst kriegte zwei Maulschellen und glaubte mit innigem Vergnügen zu bemerken, daß sie stärker seien, als sie den übrigen zuzumessen pflegte. Ein allgemeines Gelächter und Geschwärm endigte das Spiel, ehe noch das Tausend ausgezählt war. Die Vertrautesten zogen einander beiseite, das Gewitter war vorüber, und ich folgte Lotten in den Saal. Unterwegs sagte sie: »Über die Ohrfeigen haben sie Wetter und alles vergessen!« – Ich konnte ihr nichts antworten. – »Ich war«, fuhr sie fort, »eine der Furchtsamsten, und indem ich mich herzhaft stellte, um den andern Mut zu geben, bin ich mutig geworden.« – Wir traten ans Fenster. Es donnerte abseitwärts, und der herrliche Regen säuselte auf das Land, und der erquickendste Wohlgeruch stieg in aller Fülle einer warmen Luft zu uns auf. Sie stand auf ihren Ellenbogen gestützt, ihr Blick durchdrang die Gegend; sie sah gen Himmel und auf mich, ich sah ihr Auge tränenvoll, sie legte ihre Hand auf die meinige und sagte: »Klopstock!« – Ich erinnerte mich sogleich der herrlichen Ode, die ihr in Gedanken lag, und versank in dem Strome von Empfindungen, den sie in dieser Losung über mich ausgoß. Ich ertrug's nicht, neigte mich auf ihre Hand und küßte sie unter den wonnevollsten Tränen. Und sah nach ihrem Auge wieder – Edler! hättest du deine Vergötterung in diesem Blicke gesehen, und möcht' ich nun deinen so oft entweihten Namen nie wieder nennen hören!

Am 19. Junius.

Wo ich neulich mit meiner Erzählung geblieben bin, weiß ich nicht mehr; das weiß ich, daß es zwei Uhr des Nachts war, als ich zu Bette kam, und daß, wenn ich dir hätte vorschwatzen können, statt zu schreiben, ich dich vielleicht bis an den Morgen aufgehalten hätte.

Was auf unserer Hereinfahrt vom Balle geschehen ist, habe ich noch nicht erzählt, habe auch heute keinen Tag dazu.

Es war der herrlichste Sonnenaufgang. Der tröpfelnde Wald und das erfrischte Feld umher! Unsere Gesellschafterinnen nickten ein. Sie fragte mich, ob ich nicht auch von der Partie sein wollte; ihrentwegen sollt' ich unbekümmert sein. – »So lange ich diese Augen offen sehe«, sagte ich und sah sie fest an, »so lange hat's keine Gefahr.« – Und wir haben beide ausgehalten bis an ihr Tor, da ihr die Magd leise aufmachte und auf ihr Fragen versicherte, daß Vater und Kleine wohl seien und alle noch schliefen. Da verließ ich sie mit der Bitte, sie selbigen Tags noch sehen zu dürfen; sie gestand mir's zu, und ich bin gekommen – und seit der Zeit können Sonne, Mond und Sterne geruhig ihre Wirtschaft treiben, ich weiß weder daß Tag noch daß Nacht ist, und die ganze Welt verliert sich um mich her.

Am 21. Junius.

Ich lebe so glückliche Tage, wie sie Gott seinen Heiligen ausspart; und mit mir mag werden was will, so darf ich nicht sagen, daß ich die Freuden, die reinsten Freuden des Lebens nicht genossen habe. – Du kennst mein Wahlheim; dort bin ich völlig etabliert, von da habe ich nur eine halbe Stunde zu Lotten, dort fühl' ich mich selbst und alles Glück, das dem Menschen gegeben ist.

Hätt' ich gedacht, daß ich mir Wahlheim zum Zwecke meiner Spaziergänge wählte, daß es so nahe am Himmel läge! Wie oft habe ich das Jagdhaus, das nun alle meine Wünsche einschließt, auf meinen weiten Wanderungen, bald vom Berge, bald von der Ebne über den Fluß gesehn!

Lieber Wilhelm, ich habe allerlei nachgedacht, über die Begier im Menschen, sich auszubreiten, neue Entdeckungen zu machen, herumzuschweifen; und dann wieder über den inneren Trieb, sich der Einschränkung willig zu ergeben, in dem Gleise der Gewohnheit so hinzufahren und sich weder um Rechts noch um Links zu bekümmern.

Es ist wunderbar: wie ich hierher kam und vom Hügel in das schöne Tal schaute, wie es mich rings umher anzog. – Dort das Wäldchen! – Ach könntest du dich in seine Schatten mischen! – Dort die Spitze des Berges! – Ach könntest du von da die weite Gegend überschauen! – Die in einander geketteten Hügel und vertraulichen Täler! – O könnte ich mich in ihnen verlieren! – – Ich eilte hin, und kehrte zurück, und hatte nicht gefunden, was ich hoffte. O es ist mit der Ferne wie mit der Zukunft! Ein großes dämmerndes Ganze ruht vor unserer Seele, unsere Empfindung verschwimmt darin wie unser Auge, und wir sehnen uns, ach! unser ganzes Wesen hinzugeben, uns mit aller Wonne eines einzigen, großen, herrlichen Gefühls ausfüllen zu lassen. – Und ach! wenn wir hinzueilen, wenn das Dort nun Hier wird, ist alles vor wie nach, und wir stehen in unserer Armut, in unserer Eingeschränktheit, und unsere Seele lechzt nach entschlüpftem Labsale.

So sehnt sich der unruhigste Vagabund zuletzt wieder nach seinem Vaterlande und findet in seiner Hütte, an der Brust seiner Gattin, in dem Kreise seiner Kinder, in den Geschäften zu ihrer Erhaltung die Wonne, die er in der weiten Welt vergebens suchte.

Wenn ich des Morgens mit Sonnenaufgange hinausgehe nach meinem Wahlheim und dort im Wintergarten mir meine Zuckererbsen selbst pflücke, mich hinsetze, sie abfäde und dazwischen in meinem Homer lese; wenn ich in der kleinen Küche mir einen Topf wähle, mir Butter aussteche, Schoten ans Feuer stelle, zudecke und mich dazusetze, sie manchmal umzuschütteln: da fühl' ich so lebhaft, wie die übermütigen Freier der Penelope Ochsen und Schweine schlachten, zerlegen und braten. Es ist nichts, das mich so mit einer stillen, wahren Empfindung ausfüllte als die Züge patriarchalischen Lebens, die ich, Gott sei Dank, ohne Affektation in meine Lebensart verweben kann.

Wie wohl ist mir's, daß mein Herz die simple, harmlose Wonne des Menschen fühlen kann, der ein Krauthaupt auf seinen Tisch bringt, das er selbst gezogen, und nun nicht den Kohl allein, sondern all die guten Tage, den schönen Morgen, da er ihn pflanzte, die lieblichen Abende, da er ihn begoß, und da er an dem fortschreitenden Wachstum seine Freude hatte, alle in *einem* Augenblicke wieder mitgenießt.

Am 29. Junius.

Vorgestern kam der Medikus hier aus der Stadt hinaus zum Amtmann und fand mich auf der Erde unter Lottens Kindern, wie einige auf mir herumkrabbelten, andere mich neckten, und wie ich sie kitzelte und ein großes Geschrei mit ihnen erregte. Der Doktor, der eine sehr dogmatische Drahtpuppe ist, unterm Reden seine Manschetten in Falten legt und einen Kräusel ohne Ende herauszupft, fand dieses unter der Würde eines gescheiten Menschen; das merkte ich an seiner Nase. Ich ließ mich aber in nichts stören, ließ ihn sehr vernünftige Sachen abhandeln und baute den Kindern ihre Kartenhäuser wieder, die sie zerschlagen hatten. Auch ging er darauf in der Stadt herum und beklagte, des Amtmanns Kinder wären so schon ungezogen genug, der Werther verderbe sie nun völlig.

Ja, lieber Wilhelm, meinem Herzen sind die Kinder am nächsten auf der Erde. Wenn ich ihnen zusehe und in dem kleinen Dinge die Keime aller Tugenden, aller Kräfte sehe, die sie einmal so nötig brauchen werden; wenn ich in dem Eigensinne künftige Standhaftigkeit und Festigkeit des Charakters, in dem Mutwillen guten Humor und Leichtigkeit, über die Gefahren der Welt hinzuschlüpfen, erblicke, alles so unverdorben, so ganz! – immer, immer wiederhole ich dann die goldenen Worte des Lehrers der Menschen: »Wenn ihr nicht werdet wie eines von diesen!« Und nun, mein Bester, sie, die unseresgleichen sind, die wir als unsere Muster ansehen sollten, behandeln wir als Untertanen. Sie sollen keinen Willen haben! – Haben wir denn keinen? und wo liegt das Vorrecht? – Weil wir älter sind und gescheiter! – Guter Gott von deinem Himmel, alte Kinder siehst du und junge Kinder, und nichts weiter; und an welchen du mehr Freude hast, das hat dein Sohn schon lange verkündigt. Aber sie glauben an ihn und hören ihn nicht – das ist auch was Altes! – und bilden ihre Kinder nach sich und – Adieu, Wilhelm! Ich mag darüber nicht weiter radotieren.

Am 1. Julius.

Was Lotte einem Kranken sein muß, fühl' ich an meinem eigenen Herzen, das übler dran ist als manches, das auf dem Siechbette verschmachtet. Sie wird einige Tage in der Stadt bei einer rechtschaffnen Frau zubringen, die sich nach der Aussage der Ärzte ihrem Ende naht und in diesen letzten Augenblicken Lotten um sich haben will. Ich war vorige Woche mit ihr, den Pfarrer von St . . zu besuchen; ein Örtchen, das eine Stunde seitwärts im Gebirge liegt. Wir kamen gegen vier dahin. Lotte hatte ihre zweite Schwester mitgenommen. Als wir in den mit zwei hohen Nußbäumen überschatteten Pfarrhof traten, saß der gute alte Mann auf einer Bank vor der Haustür, und da er Lotten sah, ward er wie neu belebt, vergaß seinen Knotenstock und wagte sich auf, ihr entgegen. Sie lief hin zu ihm, nötigte ihn sich niederzulassen, indem sie sich zu ihm setzte, brachte viele Grüße von ihrem Vater, herzte seinen garstigen, schmutzigen jüngsten Buben, das Quakelchen seines Alters. Du hättest sie sehen sollen, wie sie den Alten beschäftigte, wie sie ihre Stimme erhob, um seinen halb tauben Ohren vernehmlich zu werden, wie sie ihm von jungen, robusten Leuten erzählte, die unvermutet gestorben wären, von der Vortrefflichkeit des Karlsbades, und wie sie seinen Entschluß lobte, künftigen Sommer hinzugehen, wie sie fand, daß er viel besser aussähe, viel munterer sei als das letztemal, da sie ihn gesehn. – Ich hatte indes der Frau Pfarrerin meine Höflichkeiten gemacht. Der Alte wurde ganz munter, und da ich nicht umhin konnte, die schönen Nußbäume zu loben, die uns so lieblich beschatteten, fing er an, uns, wiewohl mit einiger Beschwerlichkeit, die Geschichte davon zu geben. – »Den alten«, sagte er, »wissen wir nicht, wer den gepflanzt hat; einige sagen dieser, andere jener Pfarrer. Der jüngere aber dort hinten ist so alt als meine Frau, im Oktober funfzig Jahr. Ihr Vater pflanzte ihn des Morgens, als sie gegen Abend geboren wurde. Er war mein Vorfahr im Amt, und wie lieb ihm der Baum war, ist nicht zu sagen; mir ist er's gewiß nicht weniger. Meine Frau saß darunter auf einem Balken und strickte, da ich vor siebenundzwanzig Jahren als ein armer Student zum erstenmale hier in den Hof kam.« – Lotte fragte nach seiner Tochter; es hieß, sie sei mit Herrn Schmidt auf die Wiese hinaus zu den Arbeitern, und der Alte fuhr in seiner Erzählung fort: wie sein Vorfahr ihn liebgewonnen und die Tochter dazu, und wie er erst sein Vikar und dann sein Nachfolger geworden. Die Geschichte war nicht lange zu Ende, als die Jungfer Pfarrerin mit dem sogenannten Herrn Schmidt durch den Garten herkam: sie bewillkommte Lotten mit herzlicher Wärme, und ich muß sagen, sie gefiel mir nicht übel; eine rasche, wohlgewachsene Brünette, die einen die kurze Zeit über auf dem Lande wohl unterhalten hätte. Ihr Liebhaber (denn als solchen stellte sich Herr Schmidt gleich dar), ein feiner, doch stiller Mensch, der sich nicht in unsere Gespräche mischen wollte, ob ihn gleich Lotte immer hereinzog. Was mich am meisten betrübte, war, daß ich an seinen Gesichtszügen zu bemerken schien, es sei mehr Eigensinn und übler Humor als Eingeschränktheit des Verstandes, der ihn sich mitzuteilen hinderte. In der Folge ward dies leider nur zu deutlich; denn als Friederike beim Spazierengehen mit Lotten und gelegentlich auch mit mir ging, wurde des Herrn Angesicht, das ohnedies einer bräunlichen Farbe war, so sichtlich verdunkelt, daß es Zeit war, daß Lotte mich beim Ärmel zupfte und mir zu verstehn gab, daß ich mit Friederiken zu artig getan. Nun verdrießt mich nichts mehr, als wenn die Menschen einander plagen, am meisten, wenn junge Leute in der Blüte des Lebens, da sie am offensten für alle Freuden sein könnten, einander die paar guten Tage mit Fratzen verderben und nur erst zu spät das Unersetzliche ihrer Verschwendung einsehen. Mich wurmte das, und ich konnte nicht umhin, da wir gegen Abend in den Pfarrhof zurückkehrten und an einem Tische Milch aßen und das Gespräch auf Freude und Leid der Welt sich wendete, den Faden zu ergreifen und recht herzlich gegen die üble Laune zu reden. – »Wir Menschen beklagen uns oft«, fing ich an, »das der guten Tage so wenig sind und der schlimmen so viel, und, wie mich dünkt, meist mit Unrecht. Wenn wir immer ein offenes Herz hätten, das Gute zu genießen, das uns Gott für jeden Tag bereitet, wir würden alsdann auch Kraft genug haben, das Übel zu tragen, wenn es kommt.« – »Wir haben aber unser Gemüt nicht in unserer Gewalt«, versetzte die Pfarrerin; »wie viel hängt vom Körper ab! Wenn einem nicht wohl ist, ist's einem überall nicht recht.« – Ich gestand ihr das ein. »Wir wollen es also«, fuhr ich fort, »als eine Krankheit ansehen und fragen, ob dafür kein Mittel ist?« – »Das läßt sich hören«, sagte Lotte, »ich glaube wenigstens, daß viel von uns abhängt. Ich weiß es an mir. Wenn mich etwas neckt und mich verdrießlich machen will, spring' ich auf und sing' ein paar Contretänze den Garten auf und ab, gleich ist's weg.« – »Das war's, was ich sagen wollte«, versetzte ich, »es ist mit der üblen Laune völlig wie mit der Trägheit, denn es ist eine Art von Trägheit. Unsere Natur hängt sehr dahin, und doch, wenn wir nur einmal die Kraft haben, uns zu ermannen, geht uns die Arbeit frisch von der Hand, und wir finden in der Tätigkeit ein wahres Vergnügen.« – Friederike war sehr aufmerksam, und der junge Mensch wandte mir ein, daß man nicht Herr über sich selbst sei und am wenigsten über seine Empfindungen gebieten könne. – »Es ist hier die Frage von einer unangenehmen Empfindung«, versetzte ich, »die doch jedermann gerne los ist; und niemand weiß, wie weit seine Kräfte gehen, bis er sie versucht hat. Gewiß, wer krank ist, wird bei allen Ärzten herumfragen, und die größten Resignationen, die bittersten Arzeneien wird er nicht abweisen, um seine gewünschte Gesundheit zu erhalten.« – Ich bemerkte, daß der ehrliche Alte sein Gehör anstrengte, um an unserm Diskurse teilzunehmen, ich erhob die Stimme, indem ich die Rede gegen ihn wandte. »Man predigt gegen so viele Laster«, sagte ich, »ich habe noch nie gehört, daß man gegen die üble Laune vom Predigtstuhle gearbeitet hätte.«* – »Das müßten die Stadtpfarrer tun«, sagte er, »die Bauern haben keinen bösen Humor; doch könnte es auch zuweilen nicht schaden, es wäre eine Lektion für seine Frau wenigstens und für den Herrn Amtmann.« – Die Gesellschaft lachte, und er herzlich mit, bis er in einen Husten verfiel, der unsern Diskurs eine Zeitlang unterbrach; darauf denn der junge Mensch wieder das Wort nahm: »Sie nannten den bösen Humor ein Laster; mich deucht, das ist übertrieben.« – »Mit nichten«, gab ich zur Antwort, »wenn das, womit man sich selbst und seinem Nächsten schadet, diesen Namen verdient. Ist es nicht genug, daß wir einander nicht glücklich machen können, müssen wir auch noch einander das Vergnügen rauben, das jedes Herz sich noch manchmal selbst gewähren kann? Und nennen Sie mir den Menschen, der übler Laune ist und so brav dabei, sie zu verbergen, sie allein zu tragen, ohne die Freude um sich her zu zerstören! Oder ist sie nicht vielmehr ein innerer Unmut über unsere eigene Unwürdigkeit, ein Mißfallen an uns selbst, das immer mit einem Neide verknüpft ist, der durch eine törichte Eitelkeit aufgehetzt wird? Wir sehen glückliche Menschen, die wir nicht glücklich machen, und das ist unerträglich.« – Lotte lächelte mich an, da sie die Bewegung sah, mit der ich redete, und eine Träne in Friederikens Auge spornte mich fortzufahren. – »Wehe denen«, sagte ich, »die sich der Gewalt bedienen, die sie über ein Herz haben, um ihm die einfachen Freuden zu rauben, die aus ihm selbst hervorkeimen. Alle Geschenke, alle Gefälligkeiten der Welt ersetzen nicht einen Augenblick Vergnügen an sich selbst, den uns eine neidische Unbehaglichkeit unsers Tyrannen vergällt hat.«

Mein ganzes Herz war voll in diesem Augenblicke; die Erinne-

---

*Wir haben nun von Lavatern eine treffliche Predigt hierüber, unter denen über das Buch Jonas.

rung so manches Vergangenen drängte sich an meine Seele, und die Tränen kamen mir in die Augen.

»Wer sich das nur täglich sagte«: rief ich aus, »du vermagst nichts auf deine Freunde, als ihnen ihre Freuden zu lassen und ihr Glück zu vermehren, indem du es mit ihnen genießest. Vermagst du, wenn ihre innere Seele von einer ängstigenden Leidenschaft gequält, vom Kummer zerrüttet ist, ihnen einen Tropfen Linderung zu geben?

Und wenn die letzte, bangste Krankheit dann über das Geschöpf herfällt, das du in blühenden Tagen untergraben hast, und sie nun daliegt in dem erbärmlichsten Ermatten, das Auge gefühllos gen Himmel sieht, der Todesschweiß auf der blassen Stirne abwechselt, und du vor dem Bette stehst wie ein Verdammter, in dem innigsten Gefühl, daß du nichts vermagst mit deinem ganzen Vermögen, und die Angst dich inwendig krampft, daß du alles hingeben möchtest, dem untergehenden Geschöpfe einen Tropfen Stärkung, einen Funken Mut einflößen zu können.«

Die Erinnerung einer solchen Szene, wobei ich gegenwärtig war, fiel mit ganzer Gewalt bei diesen Worten über mich. Ich nahm das Schnupftuch vor die Augen und verließ die Gesellschaft, und nur Lottens Stimme, die mir rief, wir wollten fort, brachte mich zu mir selbst. Und wie sie mich auf dem Wege schalt über den zu warmen Anteil an allem, und daß ich darüber zugrunde gehen würde! daß ich mich schonen sollte! – O der Engel! Um deinetwillen muß ich leben!

Am 6. Julius.

Sie ist immer um ihre sterbende Freundin, und ist immer dieselbe, immer das gegenwärtige, holde Geschöpf, das, wo sie hinsieht, Schmerzen lindert und Glückliche macht. Sie ging gestern abend mit Marianen und dem kleinen Malchen spazieren, ich wußte es und traf sie an, und wir gingen zusammen. Nach einem Wege von anderthalb Stunden kamen wir gegen die Stadt zurück, an den Brunnen, der mir so wert und nun tausendmal werter ist. Lotte setzte sich aufs Mäuerchen, wir standen vor ihr. Ich sah umher, ach, und die Zeit, da mein Herz so allein war, lebte wieder vor mir auf. – »Lieber Brunnen«, sagte ich, »seither hab' ich nicht mehr an deiner Kühle geruht, hab' in eilendem Vorübergehn dich manchmal nicht angesehn.« – Ich blickte hinab und sah, daß Malchen mit einem Glase Wasser sehr beschäftigt heraufstieg. – Ich sah Lotten an und fühlte alles, was ich an ihr habe. Indem kommt Malchen mit einem Glase. Mariane wollt' es ihr abnehmen: »Nein!« rief das

Kind mit dem süßesten Ausdrucke, »nein, Lottchen, *du* sollst zuerst trinken!« – Ich ward über die Wahrheit, über die Güte, womit sie das ausrief, so entzückt, daß ich meine Empfindung mit nichts ausdrücken konnte, als ich nahm das Kind von der Erde und küßte es lebhaft, das sogleich zu schreien und zu weinen anfing. – »Sie haben übel getan«, sagte Lotte. – Ich war betroffen. – »Komm, Malchen«, fuhr sie fort, indem sie es bei der Hand nahm und die Stufen hinabführte, »da wasche dich aus der frischen Quelle geschwind, geschwind, da tut's nichts.« – Wie ich so dastand und zusah, mit welcher Emsigkeit das Kleine mit seinen nassen Händchen die Bakken rieb, mit welchem Glauben, daß durch die Wunderquelle alle Verunreinigung abgespült und die Schmach abgetan würde, einen häßlichen Bart zu kriegen; wie Lotte sagte: »Es ist genug!« und das Kind doch immer eifrig fortwusch, als wenn Viel mehr täte als Wenig – ich sage dir, Wilhelm, ich habe mit mehr Respekt nie einer Taufhandlung beigewohnt; und als Lotte heraufkam, hätte ich mich gern vor ihr niedergeworfen wie vor einem Propheten, der die Schulden einer Nation weggeweiht hat.

Des Abends konnte ich nicht umhin, in der Freude meines Herzens den Vorfall einem Manne zu erzählen, dem ich Menschensinn zutraute, weil er Verstand hat; aber wie kam ich an! Er sagte, das sei sehr übel von Lotten gewesen; man solle den Kindern nichts weismachen; dergleichen gebe zu unzähligen Irrtümern und Aberglauben Anlaß, wovor man die Kinder frühzeitig bewahren müsse. – Nun fiel mir ein, daß der Mann vor acht Tagen hatte taufen lassen, drum ließ ich's vorbeigehen und blieb in meinem Herzen der Wahrheit getreu: Wir sollen es mit den Kindern machen wie Gott mit uns, der uns am glücklichsten macht, wenn er uns in freundlichem Wahne so hintaumeln läßt.

Am 8. Julius.

Was man ein Kind ist! Was man nach so einem Blicke geizt! Was man ein Kind ist! – Wir waren nach Wahlheim gegangen. Die Frauenzimmer fuhren hinaus, und während unserer Spaziergänge glaubte ich in Lottens schwarzen Augen – ich bin ein Tor, verzeih mir's! du solltest sie sehen, diese Augen. – Daß ich kurz bin (denn die Augen fallen mir zu vor Schlaf): siehe, die Frauenzimmer stiegen ein, da standen um die Kutsche der junge W . ., Selstadt und Audran und ich. Da ward aus dem Schlage geplaudert mit den Kerlchen, die freilich leicht und lüftig genug waren. – Ich suchte Lottens Augen; ach, sie gingen von einem zum andern! Aber auf mich! mich! mich! der ganz allein auf sie resigniert dastand, fielen

sie nicht! – Mein Herz sagte ihr tausend Adieu! Und sie sah mich nicht! Die Kutsche fuhr vorbei, und eine Träne stand mir im Auge. Ich sah ihr nach und sah Lottens Kopfputz sich zum Schlage herauslehnen, und sie wandte sich um zu sehen, ach! nach mir? – Lieber! In dieser Ungewißheit schwebe ich; das ist mein Trost: vielleicht hat sie sich nach mir umgesehen! Vielleicht! – Gute Nacht! O, was ich ein Kind bin!

Am 10. Julius.

Die alberne Figur, die ich mache, wenn in Gesellschaft von ihr gesprochen wird, solltest du sehen! Wenn man mich nun gar fragt, wie sie mir gefällt? – Gefällt! das Wort hasse ich auf den Tod. Was muß das für ein Mensch sein, dem Lotte gefällt, dem sie nicht alle Sinne, alle Empfindungen ausfüllt! Gefällt! Neulich fragte mich einer, wie mir Ossian gefiele!

Am 11. Julius.

Frau M . . ist sehr schlecht; ich bete für ihr Leben, weil ich mit Lotten dulde. Ich sehe sie selten bei einer Freundin, und heute hat sie mir einen wunderbaren Vorfall erzählt. – Der alte M . . ist ein geiziger, rangiger Filz, der seine Frau im Leben was Rechts geplagt und eingeschränkt hat; doch hat sich die Frau immer durchzuhelfen gewußt. Vor wenigen Tagen, als der Arzt ihr das Leben abgesprochen hatte, ließ sie ihren Mann kommen (Lotte war im Zimmer) und redete ihn also an: »Ich muß dir eine Sache gestehen, die nach meinem Tode Verwirrung und Verdruß machen könnte. Ich habe bisher die Haushaltung geführt, so ordentlich und sparsam als möglich; allein du wirst mir verzeihen, daß ich dich diese dreißig Jahre her hintergangen habe. Du bestimmtest im Anfange unserer Heirat ein Geringes für die Bestreitung der Küche und anderer häuslichen Ausgaben. Als unsere Haushaltung stärker wurde, unser Gewerbe größer, warst du nicht zu bewegen, mein Wochengeld nach dem Verhältnisse zu vermehren; kurz, du weißt, daß du in den Zeiten, da sie am größten war, verlangtest, ich solle mit sieben Gulden die Woche auskommen. Die habe ich denn ohne Widerrede genommen und mir den Überschuß wöchentlich aus der Losung geholt, da niemand vermutete, daß die Frau die Kasse bestehlen würde. Ich habe nichts verschwendet und wäre auch, ohne es zu bekennen, getrost der Ewigkeit entgegengegangen, wenn nicht diejenige, die nach mir das Hauswesen zu führen hat, sich nicht zu helfen wissen würde, und du doch immer darauf bestehen könntest, deine erste Frau sei damit ausgekommen.«

Ich redete mit Lotten über die unglaubliche Verblendung des Menschensinns, daß einer nicht argwohnen soll, dahinter müsse was anders stecken, wenn eins mit sieben Gulden hinreicht, wo man den Aufwand vielleicht um zweimal so viel sieht. Aber ich habe selbst Leute gekannt, die des Propheten ewiges Ölkrüglein ohne Verwunderung in ihrem Hause angenommen hätten.

Am 13. Julius.

Nein, ich betriege mich nicht! Ich lese in ihren schwarzen Augen wahre Teilnehmung an mir und meinem Schicksal. Ja ich fühle, und darin darf ich meinem Herzen trauen, daß sie – o darf ich, kann ich den Himmel in diesen Worten aussprechen? – daß sie mich liebt!

Mich liebt! – Und wie wert ich mir selbst werde, wie ich – *dir* darf ich's wohl sagen, du hast Sinn für so etwas – wie ich mich selbst anbete, seitdem sie mich liebt!

Ob das Vermessenheit ist oder Gefühl des wahren Verhältnisses? – Ich kenne den Menschen nicht, von dem ich etwas in Lottens Herzen fürchtete. Und doch – wenn sie von ihrem Bräutigam spricht, mit solcher Wärme, solcher Liebe von ihm spricht – da ist mir's wie einem, der aller seiner Ehren und Würden entsetzt und dem der Degen genommen wird.

Am 16. Julius.

Ach wie mir das durch alle Adern läuft, wenn mein Finger unversehens den ihrigen berührt, wenn unsere Füße sich unter dem Tische begegnen! Ich ziehe zurück wie vom Feuer, und eine geheime Kraft zieht mich wieder vorwärts – mir wird's so schwindelig vor allen Sinnen. – O! und ihre Unschuld, ihre unbefangne Seele fühlt nicht, wie sehr mich die kleinen Vertraulichkeiten peinigen. Wenn sie gar im Gespräch ihre Hand auf die meinige legt und im Interesse der Unterredung näher zu mir rückt, daß der himmlische Atem ihres Mundes meine Lippen erreichen kann: – ich glaube zu versinken, wie vom Wetter gerührt. – Und, Wilhelm! wenn ich mich jemals unterstehe, diesen Himmel, dieses Vertrauen –! Du verstehst mich. Nein, mein Herz ist so verderbt nicht! Schwach! schwach genug! – Und ist das nicht Verderben? –

Sie ist mir heilig. Alle Begier schweigt in ihrer Gegenwart. Ich weiß nie, wie mir ist, wenn ich bei ihr bin; es ist, als wenn die Seele sich mir in allen Nerven umkehrte. – Sie hat eine Melodie, die sie auf dem Klaviere spielet mit der Kraft eines Engels, so simpel und so geistvoll! Es ist ihr Leiblied, und mich stellt es von aller

37

Pein, Verwirrung und Grillen her, wenn sie nur die erste Note davon greift.

Kein Wort von der Zauberkraft der alten Musik ist mir unwahrscheinlich. Wie mich der einfache Gesang angreift! Und wie sie ihn anzubringen weiß, oft zur Zeit, wo ich mir eine Kugel vor den Kopf schießen möchte! Die Irrung und Finsternis meiner Seele zerstreut sich, und ich atme wieder freier.

Am 18. Julius.

Wilhelm, was ist unserem Herzen die Welt ohne Liebe! Was eine Zauberlaterne ist ohne Licht! Kaum bringst du das Lämpchen hinein, so scheinen dir die buntesten Bilder an deine weiße Wand! Und wenn's nichts wäre als das, als vorübergehende Phantome, so macht's doch immer unser Glück, wenn wir wie frische Jungen davor stehen und uns über die Wundererscheinungen entzücken. Heute konnte ich nicht zu Lotten, eine unvermeidliche Gesellschaft hielt mich ab. Was war zu tun? Ich schickte meinen Diener hinaus, nur um einen Menschen um mich zu haben, der ihr heute nahe gekommen wäre. Mit welcher Ungeduld ich ihn erwartete, mit welcher Freude ich ihn wiedersah! Ich hätte ihn gern beim Kopfe genommen und geküßt, wenn ich mich nicht geschämt hätte.

Man erzählt von dem Bononischen Steine, daß er, wenn man ihn in die Sonne legt, ihre Strahlen anzieht und eine Weile bei Nacht leuchtet. So war mir's mit dem Burschen. Das Gefühl, daß ihre Augen auf seinem Gesichte, seinen Backen, seinen Rockknöpfen und dem Kragen am Surtout geruht hatten, machte mir das alles so heilig, so wert! Ich hätte in dem Augenblick den Jungen nicht um tausend Taler gegeben. Es war mir so wohl in seiner Gegenwart. – Bewahre dich Gott, daß du darüber lachest. Wilhelm, sind das Phantome, wenn es uns wohl ist?

Den 19. Julius.

»Ich werde sie sehen!« ruf ich morgens aus, wenn ich mich ermuntere und mit aller Heiterkeit der schönen Sonne entgegenblicke; »ich werde sie sehen!« Und da habe ich für den ganzen Tag keinen Wunsch weiter. Alles, alles verschlingt sich in dieser Aussicht.

Den 20. Julius.

Eure Idee will noch nicht die meinige werden, daß ich mit dem Gesandten nach *** gehen soll. Ich liebe die Subordination nicht sehr, und wir wissen alle, daß der Mann noch dazu ein widriger Mensch ist. Meine Mutter möchte mich gern in Aktivität haben, sagst du, das hat mich zu lachen gemacht. Bin ich jetzt nicht auch aktiv, und ist's im Grunde nicht einerlei, ob ich Erbsen zähle oder Linsen? Alles in der Welt läuft doch auf eine Lumperei hinaus, und ein Mensch, der um anderer willen, ohne daß es seine eigene Leidenschaft, sein eigenes Bedürfnis ist, sich um Geld oder Ehre oder sonst was abarbeitet, ist immer ein Tor.

Am 24. Julius.

Da dir so sehr daran gelegen ist, daß ich mein Zeichnen nicht vernachlässige, möchte ich lieber die ganze Sache übergehen als dir sagen, daß zeither wenig getan wird.

Noch nie war ich glücklicher, noch nie war meine Empfindung an der Natur, bis aufs Steinchen, aufs Gräschen herunter, voller und inniger, und doch – Ich weiß nicht, wie ich mich ausdrücken soll, meine vorstellende Kraft ist so schwach, alles schwimmt und schwankt so vor meiner Seele, daß ich keinen Umriß packen kann; aber ich bilde mir ein, wenn ich Ton hätte oder Wachs, so wollte ich's wohl herausbilden. Ich werde auch Ton nehmen, wenn's länger währt, und kneten, und sollten's Kuchen werden!

Lottens Porträt habe ich dreimal angefangen, und habe mich dreimal prostituiert; das mich um so mehr verdrießt, weil ich vor einiger Zeit sehr glücklich im Treffen war. Darauf habe ich denn ihren Schattenriß gemacht, und damit soll mir g'nügen.

Am 26. Julius.

Ja, liebe Lotte, ich will alles besorgen und bestellen; geben Sie mir nur mehr Aufträge, nur recht oft. Um eins bitte ich Sie: keinen Sand mehr auf die Zettelchen, die Sie mir schreiben. Heute führte ich es schnell nach der Lippe, und die Zähne knisterten mir.

Am 26. Julius.

Ich habe mir schon manchmal vorgenommen, sie nicht so oft zu sehn. Ja wer das halten könnte! Alle Tage unterlieg' ich der Versuchung und verspreche mir heilig: morgen willst du einmal wegbleiben. Und wenn der Morgen kommt, finde ich doch wieder eine unwiderstehliche Ursache, und ehe ich mich's versehe, bin ich bei ihr. Entweder sie hat des Abends gesagt: »Sie kommen doch morgen?« – Wer könnte da wegbleiben? Oder sie gibt mir einen Auftrag, und ich finde schicklich, ihr selbst die Antwort zu bringen; oder der Tag ist gar zu schön, ich gehe nach Wahlheim, und wenn ich nun da bin, ist's nur noch eine halbe Stunde zu ihr! – Ich bin zu nah in der Atmosphäre – Zuck! so bin ich dort. Meine Großmutter

hatte ein Märchen vom Magnetenberg: die Schiffe, die zu nahe
kamen, wurden auf einmal alles Eisenwerks beraubt, die Nägel flo-
gen dem Berge zu, und die armen Elenden scheiterten zwischen
den übereinanderstürzenden Brettern.

Am 30. Julius.
Albert ist angekommen, und ich werde gehen; und wenn er der
beste, der edelste Mensch wäre, unter den ich mich in jeder
Betrachtung zu stellen bereit wäre, so wär's unerträglich, ihn vor
meinem Angesicht im Besitz so vieler Vollkommenheit zu sehen. –
Besitz! – Genug, Wilhelm, der Bräutigam ist da! Ein braver, lieber
Mann, dem man gut sein muß. Glücklicherweise war ich nicht beim
Empfange! Das hätte mir das Herz zerrissen. Auch ist er so ehrlich
und hat Lotten in meiner Gegenwart noch nicht ein einzigmal
geküßt. Das lohn' ihm Gott! Um des Respekts willen, den er vor
dem Mädchen hat, muß ich ihn lieben. Er will mir wohl, und ich
vermute, das ist Lottens Werk mehr als seiner eigenen Empfindung; denn darin sind die Weiber fein und haben recht; wenn sie
zwei Verehrer in gutem Vernehmen miteinander erhalten können,
ist der Vorteil immer ihr, so selten es auch angeht.

Indes kann ich Alberten meine Achtung nicht versagen. Seine
gelassene Außenseite sticht gegen die Unruhe meines Charakters
sehr lebhaft ab, die sich nicht verbergen läßt. Er hat viel Gefühl
und weiß, was er an Lotten hat. Er scheint wenig üble Laune zu
haben, und du weißt, das ist die Sünde, die ich ärger hasse am Menschen als alle andre.

Er hält mich für einen Menschen von Sinn; und meine Anhänglichkeit an Lotten, meine warme Freude, die ich an allen ihren
Handlungen habe, vermehrt seinen Triumph, und er liebt sie nur
desto mehr. Ob er sie nicht manchmal mit kleiner Eifersüchtelei
peinigt, das lasse ich dahingestellt sein, wenigstens würd' ich an seinem Platze nicht ganz sicher vor diesem Teufel bleiben.

Dem sei nun wie ihm wolle, meine Freude, bei Lotten zu sein, ist
hin. Soll ich das Torheit nennen oder Verblendung? – Was
braucht's Namen! erzählt die Sache an sich! – Ich wußte alles, was
ich jetzt weiß, ehe Albert kam; ich wußte, daß ich keine Prätension
an sie zu machen hatte, machte auch keine – das heißt, insofern es
möglich ist, bei so viel Liebenswürdigkeit nicht zu begehren – Und
jetzt macht der Fratze große Augen, da der andere nun wirklich
kommt und ihm das Mädchen wegnimmt.

Ich beiße die Zähne aufeinander und spotte über mein Elend,
und spottete derer doppelt und dreifach, die sagen könnten, ich

sollte mich resignieren, und weil es nun einmal nicht anders sein könnte. – Schafft mir diese Strohmänner vom Halse! – Ich laufe in den Wäldern herum, und wenn ich zu Lotten komme, und Albert bei ihr sitzt im Gärtchen unter der Laube, und ich nicht weiter kann, so bin ich ausgelassen närrisch und fange viel Possen, viel verwirrtes Zeug an. – »Um Gottes willen«, sagte mir Lotte heut, »ich bitte Sie, keine Szene wie die von gestern abend! Sie sind fürchterlich, wenn Sie so lustig sind.« – Unter uns, ich passe die Zeit ab, wenn er zu tun hat; wutsch! bin ich drauß, und da ist mir's immer wohl, wenn ich sie allein finde.

Am 8. August.

Ich bitte dich, lieber Wilhelm, es war gewiß nicht auf dich geredet, wenn ich die Menschen unerträglich schalt, die von uns Ergebung in unvermeidliche Schicksale fordern. Ich dachte wahrlich nicht daran, daß du von ähnlicher Meinung sein könntest. Und im Grunde hast du recht. Nur eins, mein Bester! In der Welt ist es sehr selten mit dem *Entweder-Oder* getan; die Empfindungen und Handlungsweisen schattieren sich so mannigfalt, als Abfälle zwischen einer Habichts- und Stumpfnase sind.

Du wirst mir also nicht übelnehmen, wenn ich dir dein ganzes Argument einräume und mich doch zwischen dem *Entweder-Oder* durchzustehlen suche.

Entweder, sagst du, hast du Hoffnung auf Lotten, oder du hast keine. Gut, im ersten Fall suche sie durchzutreiben, suche die Erfüllung deiner Wünsche zu umfassen: im anderen Fall ermanne dich und suche einer elenden Empfindung los zu werden, die alle deine Kräfte verzehren muß. – Bester! das ist wohl gesagt, und – bald gesagt.

Und kannst du von dem Unglücklichen, dessen Leben unter einer schleichenden Krankheit unaufhaltsam allmählich abstirbt, kannst du von ihm verlangen, er solle durch einen Dolchstoß der Qual auf einmal ein Ende machen? Und raubt das Übel, das ihm die Kräfte verzehrt, ihm nicht auch zugleich den Mut, sich davon zu befreien?

Zwar könntest du mir mit einem verwandten Gleichnisse antworten: Wer ließe sich nicht lieber den Arm abnehmen, als daß er durch Zaudern und Zagen sein Leben aufs Spiel setzte? – Ich weiß nicht! – und wir wollen uns nicht in Gleichnissen herumbeißen. Genug – Ja, Wilhelm, ich habe manchmal so einen Augenblick aufspringenden, abschüttelnden Muts, und da – wenn ich nur wüßte wohin, ich ginge wohl.

41

Abends.

Mein Tagebuch, das ich seit einiger Zeit vernachlässiget, fiel mir heut wieder in die Hände, und ich bin erstaunt, wie ich so wissentlich in das alles, Schritt vor Schritt, hineingegangen bin! Wie ich über meinen Zustand immer so klar gesehen und doch gehandelt habe wie ein Kind, jetzt noch so klar sehe, und es noch keinen Anschein zur Besserung hat.

Am 10. August.

Ich könnte das beste, glücklichste Leben führen, wenn ich nicht ein Tor wäre. So schöne Umstände vereinigen sich nicht leicht, eines Menschen Seele zu ergetzen, als die sind, in denen ich mich jetzt befinde. Ach so gewiß ist's, daß unser Herz allein sein Glück macht. – Ein Glied der liebenswürdigen Familie zu sein, von dem Alten geliebt zu werden wie ein Sohn, von den Kleinen wie ein Vater, und von Lotten! – dann der ehrliche Albert, der durch keine launische Unart mein Glück stört; der mich mit herzlicher Freundschaft umfaßt; dem ich nach Lotten das Liebste auf der Welt bin! – Wilhelm, es ist eine Freude, uns zu hören, wenn wir spazierengehen und uns einander von Lotten unterhalten: es ist in der Welt nichts Lächerlichers erfunden worden als dieses Verhältnis, und doch kommen mir oft darüber die Tränen in die Augen.

Wenn er mir von ihrer rechtschaffenen Mutter erzählt: wie sie auf ihrem Todbette Lotten ihr Haus und ihre Kinder übergeben und ihm Lotten anbefohlen habe, wie seit der Zeit ein ganz anderer Geist Lotten belebt habe, wie sie, in der Sorge für ihre Wirtschaft und in dem Ernste, eine wahre Mutter geworden, wie kein Augenblick ihrer Zeit ohne tätige Liebe, ohne Arbeit verstrichen, und dennoch ihre Munterkeit, ihr leichter Sinn sie nie dabei verlassen habe. – Ich gehe so neben ihm hin und pflücke Blumen am Wege, füge sie sehr sorgfältig in einen Strauß und – werfe sie in den vorüberfließenden Strom und sehe ihnen nach, wie sie leise hinunterwallen. – Ich weiß nicht, ob ich dir geschrieben habe, daß Albert hier bleiben und ein Amt mit einem artigen Auskommen vom Hofe erhalten wird, wo er sehr beliebt ist. In Ordnung und Emsigkeit in Geschäften habe ich wenig seinesgleichen gesehen.

Am 12. August.

Gewiß, Albert ist der beste Mensch unter dem Himmel. Ich habe gestern eine wunderbare Szene mit ihm gehabt. Ich kam zu ihm, um Abschied von ihm zu nehmen; denn mich wandelte die Lust an, ins Gebirge zu reiten, von woher ich dir auch jetzt schreibe, und

42

wie ich in der Stube auf und ab gehe, fallen mir seine Pistolen in die Augen. – »Borge mir die Pistolen«, sagte ich, »zu meiner Reise.« – »Meinetwegen«, sagte er, »wenn du dir die Mühe nehmen willst, sie zu laden; bei mir hängen sie nur pro forma.« – Ich nahm eine herunter, und er fuhr fort: »Seit mir meine Vorsicht einen so unartigen Streich gespielt hat, mag ich mit dem Zeuge nichts mehr zu tun haben.« – Ich war neugierig, die Geschichte zu wissen. – »Ich hielt mich«, erzählte er, »wohl ein Vierteljahr auf dem Lande bei einem Freunde auf, hatte ein paar Terzerolen ungeladen und schlief ruhig. Einmal an einem regnichten Nachmittage, da ich müßig sitze, weiß ich nicht, wie mir einfällt: wir könnten überfallen werden, wir könnten die Terzerolen nötig haben und könnten – du weißt ja, wie das ist. – Ich gab sie dem Bedienten, sie zu putzen und zu laden; und der dahlt mit den Mädchen, will sie erschrecken, und Gott weiß wie, das Gewehr geht los, da der Ladstock noch drin steckt, und schießt den Ladstock einem Mädchen zur Maus herein an der rechten Hand und zerschlägt ihr den Daumen. Da hatte ich das Lamentieren, und die Kur zu bezahlen obendrein, und seit der Zeit lass' ich alles Gewehr ungeladen. Lieber Schatz, was ist Vorsicht? die Gefahr läßt sich nicht auslernen! Zwar . . .« – Nun weißt du, daß ich den Menschen sehr lieb habe bis auf seine *Zwar;* denn versteht sich's nicht von selbst, daß jeder allgemeine Satz Ausnahmen leidet? Aber so rechtfertig ist der Mensch! wenn er glaubt, etwas Übereiltes, Allgemeines, Halbwahres gesagt zu haben, so hört er dir nicht auf zu limitieren, zu modifizieren und ab- und zuzutun, bis zuletzt gar nichts mehr an der Sache ist. Und bei diesem Anlaß kam er sehr tief in Text: ich hörte endlich gar nicht weiter auf ihn, verfiel in Grillen, und mit einer auffahrenden Gebärde drückte ich mir die Mündung der Pistole übers rechte Aug' an die Stirn. – »Pfui!« sagte Albert, indem er mir die Pistole herabzog, »was soll das?« – »Sie ist nicht geladen«, sagte ich. – »Und auch so, was soll's?« versetzte er ungeduldig. »Ich kann mir nicht vorstellen, wie ein Mensch so töricht sein kann, sich zu erschießen; der bloße Gedanke erregt mir Widerwillen.«

»Daß ihr Menschen«, rief ich aus, »um von einer Sache zu reden, gleich sprechen müßt: ›das ist töricht, das ist klug, das ist gut, das ist bös!‹ Und was will das alles heißen? Habt ihr deswegen die innern Verhältnisse einer Handlung erforscht? Wißt ihr mit Bestimmtheit die Ursachen zu entwickeln, warum sie geschah, warum sie geschehen mußte? Hättet ihr das, ihr würdet nicht so eilfertig mit euren Urteilen sein.«

»Du wirst mir zugeben,« sagte Albert, »daß gewisse Handlungen

44

lasterhaft bleiben, sie mögen geschehen, aus welchem Beweggrunde sie wollen.«

Ich zuckte die Achseln und gab's ihm zu. – »Doch, mein Lieber«, fuhr ich fort, »finden sich auch hier einige Ausnahmen. Es ist wahr, der Diebstahl ist ein Laster: aber der Mensch, der, um sich und die Seinigen vom gegenwärtigen Hungertode zu erretten, auf Raub ausgeht, verdient der Mitleiden oder Strafe? Wer hebt den ersten Stein auf gegen den Ehemann, der im gerechten Zorne sein untreues Weib und ihren nichtswürdigen Verführer aufopfert? Gegen das Mädchen, das in einer wonnevollen Stunde sich in den unaufhaltsamen Freuden der Liebe verliert? Unsere Gesetze selbst, diese kaltblütigen Pedanten, lassen sich rühren und halten ihre Strafe zurück.«

»Das ist ganz was anders«, versetzte Albert, »weil ein Mensch, den seine Leidenschaften hinreißen, alle Besinnungskraft verliert und als ein Trunkener, als ein Wahnsinniger angesehen wird.«

»Ach ihr vernünftigen Leute!« rief ich lächelnd aus. »Leidenschaft! Trunkenheit! Wahnsinn! Ihr steht so gelassen, so ohne Teilnehmung da, ihr sittlichen Menschen, scheltet den Trinker, verabscheut den Unsinnigen, geht vorbei wie der Priester und dankt Gott wie der Pharisäer, daß er euch nicht gemacht hat wie einen von diesen. Ich bin mehr als einmal trunken gewesen, meine Leidenschaften waren nie weit vom Wahnsinn, und beides reut mich nicht: denn ich habe in meinem Maße begreifen lernen, wie man alle außerordentlichen Menschen, die etwas Großes, etwas Unmöglichscheinendes wirkten, von jeher für Trunkene und Wahnsinnige ausschreien mußte.

Aber auch im gemeinen Leben ist's unerträglich, fast einem jeden bei halbweg einer freien, edlen, unerwarteten Tat nachrufen zu hören: ›Der Mensch ist trunken, der ist närrisch!‹ Schämt euch, ihr Nüchternen! Schämt euch, ihr Weisen!«

»Das sind nun wieder von deinen Grillen«, sagte Albert, »du überspannst alles und hast wenigstens hier gewiß unrecht, daß du den Selbstmord, wovon jetzt die Rede ist, mit großen Handlungen vergleichst: da man es doch für nichts anders als eine Schwäche halten kann. Denn freilich ist es leichter zu sterben, als ein qualvolles Leben standhaft zu ertragen.«

Ich war im Begriff abzubrechen; denn kein Argument bringt mich so aus der Fassung, als wenn einer mit einem unbedeutenden Gemeinspruche angezogen kommt, wenn ich aus ganzem Herzen rede. Doch faßte ich mich, weil ich's schon oft gehört und mich öfter darüber geärgert hatte, und versetzte ihm mit einiger Lebhaftigkeit: »Du nennst das Schwäche? Ich bitte dich, laß dich vom Anscheine nicht verführen. Ein Volk, das unter dem unerträglichen Joch eines Tyrannen seufzt, darfst du das schwach heißen, wenn es endlich aufgärt und seine Ketten zerreißt? Ein Mensch, der über dem Schrecken, daß Feuer sein Haus ergriffen hat, alle Kräfte gespannt fühlt und mit Leichtigkeit Lasten wegträgt, die er bei ruhigem Sinne kaum bewegen kann; einer, der in der Wut der Beleidigung es mit sechsen aufnimmt und sie überwältigt, sind die schwach zu nennen? Und, mein Guter, wenn Anstrengung Stärke ist, warum soll die Überspannung das Gegenteil sein?« – Albert sah mich an und sagte: »Nimm mir's nicht übel, die Beispiele, die du da gibst, scheinen hierher gar nicht zu gehören.« – »Es mag sein«, sagte ich, »man hat mir schon öfters vorgeworfen, daß meine Kombinationsart manchmal an Radotage grenze. Laßt uns denn sehen, ob wir uns auf eine andere Weise vorstellen können, wie dem Menschen zu Mute sein mag, der sich entschließt, die sonst angenehme Bürde des Lebens abzuwerfen. Denn nur insofern wir mitempfinden, haben wir die Ehre, von einer Sache zu reden.

»Die menschliche Natur«, fuhr ich fort, »hat ihre Grenzen: sie kann Freude, Leid, Schmerzen bis auf einen gewissen Grad ertragen und geht zugrunde, sobald *der* überstiegen ist. Hier ist also nicht die Frage, ob einer schwach oder stark ist, sondern ob er das Maß seines Leidens ausdauern kann, es mag nun moralisch oder körperlich sein. Und ich finde es ebenso wunderbar zu sagen, der Mensch ist feige, der sich das Leben nimmt, als es ungehörig wäre, den einen Feigen zu nennen, der an einem bösartigen Fieber stirbt.«

»Paradox! sehr paradox!« rief Albert aus. – »Nicht so sehr, als du denkst«, versetzte ich. »Du gibst mir zu, wir nennen das eine Krankheit zum Tode, wodurch die Natur so angegriffen wird, daß teils ihre Kräfte verzehrt, teils so außer Wirkung gesetzt werden, daß sie sich nicht wieder aufzuhelfen, durch keine glückliche Revolution den gewöhnlichen Umlauf des Lebens wieder herzustellen fähig ist. – Nun, mein Lieber, laß uns das auf den Geist anwenden. Sieh den Menschen an in seiner Eingeschränktheit, wie Eindrücke auf ihn wirken, Ideen sich bei ihm festsetzen, bis endlich eine wachsende Leidenschaft ihn aller ruhigen Sinneskraft beraubt und ihn zugrunde richtet.

Vergebens, daß der gelassene, vernünftige Mensch den Zustand des Unglücklichen übersieht, vergebens, daß er ihm zuredet! Ebenso wie ein Gesunder, der am Bette des Kranken steht, ihm von seinen Kräften nicht das geringste einflößen kann.«

Alberten war das zu allgemein gesprochen. Ich erinnerte ihn an ein Mädchen, das man vor weniger Zeit im Wasser tot gefunden, und wiederholte ihm ihre Geschichte. – »Ein gutes, junges Geschöpf, das in dem engen Kreise häuslicher Beschäftigungen, wöchentlicher bestimmter Arbeit herangewachsen war, das weiter keine Aussicht von Vergnügen kannte, als etwa Sonntags in einem nach und nach zusammengeschafften Putz mit ihresgleichen um die Stadt spazierenzugehen, vielleicht alle hohen Feste einmal zu tanzen und übrigens mit aller Lebhaftigkeit des herzlichsten Anteils manche Stunde über den Anlaß eines Gezänkes, einer übeln Nachrede mit einer Nachbarin zu verplaudern – deren feurige Natur fühlt nun endlich innigere Bedürfnisse, die durch die Schmeicheleien der Männer vermehrt werden; ihre vorigen Freuden werden ihr nach und nach unschmackhaft, bis sie endlich einen Menschen antrifft, zu dem ein unbekanntes Gefühl sie unwiderstehlich hinreißt, auf den sie nun alle ihre Hoffnungen wirft, die Welt rings um sich vergißt, nichts hört, nichts sieht, nichts fühlt als ihn, den Einzigen, sich nur sehnt nach ihm, dem Einzigen. Durch die leeren Vergnügungen einer unbeständigen Eitelkeit nichtverdorben, zieht ihr Verlangen gerade nach dem Zweck, sie will die Seinige werden, sie will in ewiger Verbindung all das Glück antreffen, das ihr mangelt, die Vereinigung aller Freuden genießen, nach denen sie sich sehnte. Wiederholtes Versprechen, das ihr die Gewißheit aller Hoffnungen versiegelt, kühne Liebkosungen, die ihre Begierden vermehren, umfangen ganz ihre Seele; sie schwebt in einem dumpfen Bewußtsein, in einem Vorgefühl aller Freuden, sie ist bis auf den höchsten Grad gespannt, sie streckt endlich ihre Arme aus, all ihre Wünsche zu umfassen – und ihr Geliebter verläßt sie. – Erstarrt, ohne Sinne steht sie vor einem Abgrunde; alles ist Finsternis um sie her, keine Aussicht, kein Trost, keine Ahnung! denn *der* hat sie verlassen, in dem sie allein ihr Dasein fühlte. Sie sieht nicht die weite Welt, die vor ihr liegt, nicht die vielen, die ihr den Verlust ersetzen könnten, sie fühlt sich allein, verlassen von aller Welt, – und blind, in die Enge gepreßt von der entsetzlichen Not ihres Herzens, stürzt sie sich hinunter, um in einem rings umfangenden Tode alle ihre Qualen zu ersticken. – Sieh, Albert, das ist die Geschichte so manches Menschen! und sag', ist das nicht der Fall der Krankheit? Die Natur findet keinen Ausweg aus dem Labyrinthe der verworrenen und widersprechenden Kräfte, und der Mensch muß sterben.

Wehe dem, der zusehen und sagen könnte: ›Die Törin! Hätte sie gewartet, hätte sie die Zeit wirken lassen, die Verzweifelung würde sich schon gelegt, es würde sich schon ein anderer sie zu trösten vorgefunden haben.‹ – Das ist eben, als wenn einer sagte: ›Der Tor, stirbt am Fieber! Hätte er gewartet, bis seine Kräfte sich erholt, seine Säfte sich verbessert, der Tumult seines Blutes sich gelegt hätten: alles wäre gut gegangen, und er lebte bis auf den heutigen Tag!‹«

Albert, dem die Vergleichung noch nicht anschaulich war, wandte noch einiges ein, und unter andern: ich hätte nur von einem einfältigen Mädchen gesprochen; wie aber ein Mensch von Verstande, der nicht so eingeschränkt sei, der mehr Verhältnisse übersehe, zu entschuldigen sein möchte, könne er nicht begreifen. – »Mein Freund«, rief ich aus, »der Mensch ist Mensch, und das bißchen Verstand, das einer haben mag, kommt wenig oder nicht in Anschlag, wenn Leidenschaft wütet und die Grenzen der Menschheit einen drängen. Vielmehr – Ein andermal davon . . .« sagte ich und griff nach meinem Hute. O mir war das Herz so voll – Und wir gingen auseinander, ohne einander verstanden zu haben. Wie denn auf dieser Welt keiner leicht den andern versteht.

Am 15. August.

Es ist doch gewiß, daß in der Welt den Menschen nichts notwendig macht als die Liebe. Ich fühl's an Lotten, daß sie mich ungern verlöre, und die Kinder haben keinen andern Begriff, als daß ich immer morgen wiederkommen würde. Heute war ich hinausgegangen, Lottens Klavier zu stimmen, ich konnte aber nicht dazu kommen, denn die Kleinen verfolgten mich um ein Märchen, und Lotte sagte selbst, ich sollte ihnen den Willen tun. Ich schnitt ihnen das Abendbrot, das sie nun fast so gern von mir als von Lotten annehmen, und erzählte ihnen das Hauptstückchen von der Prinzessin, die von Händen bedient wird. Ich lerne viel dabei, das versichre ich dich, und ich bin erstaunt, was es auf sie für Eindrücke macht. Weil ich manchmal einen Inzidentpunkt erfinden muß, den ich beim zweitenmal vergesse, sagen sie gleich, das vorigemal wär' es anders gewesen, so daß ich mich jetzt übe, sie unveränderlich in einem singenden Silbenfall an einem Schnürchen weg zu rezitieren. Ich habe daraus gelernt, wie ein Autor durch eine zweite, veränderte Ausgabe seiner Geschichte, und wenn sie poetisch noch so besser geworden wäre, notwendig seinem Buche schaden muß. Der erste Eindruck findet uns willig, und der Mensch ist gemacht, daß man ihn das Abenteuerlichste überreden kann; das haftet aber auch gleich so fest, und wehe dem, der es wieder auskratzen und austilgen will!

48

Am 18. August.

Mußte denn das so sein, daß das, was des Menschen Glückseligkeit macht, wieder die Quelle seines Elendes würde?

Das volle, warme Gefühl meines Herzens an der lebendigen Natur, das mich mit so vieler Wonne überströmte, das rings umher die Welt mir zu einem Paradiese schuf, wird mir jetzt zu einem unerträglichen Peiniger, zu einem quälenden Geist, der mich auf allen Wegen verfolgt. Wenn ich sonst vom Felsen über den Fluß bis zu jenen Hügeln das fruchtbare Tal überschaute und alles um mich her keimen und quellen sah; wenn ich jene Berge, vom Fuße bis auf zum Gipfel, mit hohen, dichten Bäumen bekleidet, jene Täler in ihren mannigfaltigen Krümmungen von den lieblichsten Wäldern beschattet sah, und der sanfte Fluß zwischen den lispelnden Rohren dahingleitete und die lieben Wolken abspiegelte, die der sanfte Abendwind am Himmel herüberwiegte; wenn ich dann die Vögel um mich den Wald beleben hörte, und die Millionen Mückenschwärme im letzten roten Strahle der Sonne mutig tanzten, und ihr letzter zuckender Blick den summenden Käfer aus seinem Grase befreite, und das Schwirren und Weben um mich her mich auf den Boden aufmerksam machte, und das Moos, das meinem harten Felsen seine Nahrung abzwingt, und das Geniste, das den dürren Sandhügel hinunter wächst, mir das innere, glühende, heilige Leben der Natur eröffnete: wie faßte ich das alles in mein warmes Herz, fühlte mich in der überfließenden Fülle wie vergöttert, und die herrlichen Gestalten der unendlichen Welt bewegten sich allbelebend in meiner Seele. Ungeheure Berge umgaben mich, Abgründe lagen vor mir, und Wetterbäche stürzten herunter, die Flüsse strömten unter mir, und Wald und Gebirg erklang; und ich sah sie wirken und schaffen ineinander in den Tiefen der Erde, alle die unergründlichen Kräfte, und nun über der Erde und unter dem Himmel wimmeln die Geschlechter der mannigfaltigen Geschöpfe. Alles, alles bevölkert mit tausendfachen Gestalten; und die Menschen dann sich in Häuslein zusammen sichern und sich annisten und herrschen in ihrem Sinne über die weite Welt! Armer Tor! der du alles so gering achtest, weil du so klein bist. – Vom unzugänglichen Gebirge über die Einöde, die kein Fuß betrat, bis ans Ende des unbekannten Ozeans weht der Geist des Ewigschaffenden und freut sich jedes Staubes, der ihn vernimmt und lebt. – Ach damals, wie oft habe ich mich mit Fittichen eines Kranichs, der über mich hin flog, zu dem Ufer des ungemessenen Meeres gesehnt, aus dem schäumenden Becher des Unendlichen jene schwellende Lebenswonne zu trinken und nur einen Augenblick in der eingeschränkten Kraft meines Busens einen Tropfen der Seligkeit des Wesens zu fühlen, das alles in sich und durch sich hervorbringt.

Bruder, nur die Erinnerung jener Stunden macht mir wohl. Selbst diese Anstrengung, jene unsäglichen Gelüste zurückzurufen, wieder auszusprechen, hebt meine Seele über sich selbst und läßt mich dann das Bange des Zustandes doppelt empfinden, der mich jetzt umgibt.

Es hat sich vor meiner Seele wie ein Vorhang weggezogen, und der Schauplatz des unendlichen Lebens verwandelt sich vor mir in den Abgrund des ewig offenen Grabes. Kannst du sagen: *Das ist!* da alles vorübergeht? da alles mit der Wetterschnelle vorüberrollt, so selten die ganze Kraft seines Daseins ausdauert, ach, in den Strom fortgerissen, untergetaucht und an Felsen zerschmettert wird? Da ist kein Augenblick, der nicht dich verzehrte und die Deinigen um dich her, kein Augenblick, da du nicht ein Zerstörer bist, sein mußt; der harmloseste Spaziergang kostet tausend armen Würmchen das Leben, es zerrüttet *ein* Fußtritt die mühseligen Gebäude der Ameisen und stampft eine kleine Welt in ein schmähliches Grab. Ha! nicht die große, seltne Not der Welt, diese Fluten, die eure Dörfer wegspülen, diese Erdbeben, die eure Städte verschlingen, rühren mich; mir untergräbt das Herz die verzehrende Kraft, die in dem All der Natur verborgen liegt; die nichts gebildet hat, das nicht seinen Nachbar, nicht sich selbst zerstörte. Und so taumle ich beängstigt. Himmel und Erde und ihre webenden Kräfte um mich her: ich sehe nichts als ein ewig verschlingendes, ewig wiederkäuendes Ungeheuer.

Am 21. August.

Umsonst strecke ich meine Arme nach ihr aus, morgens, wenn ich von schweren Träumen aufdämmere, vergebens suche ich sie nachts in meinem Bette, wenn mich ein glücklicher, unschuldiger Traum getäuscht hat, als säß' ich neben ihr auf der Wiese und hielt' ihre Hand und deckte sie mit tausend Küssen. Ach, wenn ich dann noch halb im Taumel des Schlafes nach ihr tappe und drüber mich ermuntere – ein Strom von Tränen bricht aus meinem gepreßten Herzen, und ich weine trostlos einer finstern Zukunft entgegen.

Am 22. August.

Es ist ein Unglück, Wilhelm, meine tätigen Kräfte sind zu einer unruhigen Lässigkeit verstimmt, ich kann nicht müßig sein und kann doch auch nichts tun. Ich habe keine Vorstellungskraft, kein

Gefühl an der Natur, und die Bücher ekeln mich an. Wenn wir uns selbst fehlen, fehlt uns doch alles. Ich schwöre dir, manchmal wünschte ich, ein Tagelöhner zu sein, um nur des Morgens beim Erwachen eine Aussicht auf den künftigen Tag, einen Drang, eine Hoffnung zu haben. Oft beneide ich Alberten, den ich über die Ohren in Akten begraben sehe, und bilde mir ein, mir wäre wohl, wenn ich an seiner Stelle wäre! Schon etlichemal ist mir's so aufgefahren, ich wollte dir schreiben und dem Minister, um die Stelle bei der Gesandtschaft anzuhalten, die, wie du versicherst, mir nicht versagt werden würde. Ich glaube es selbst. Der Minister liebt mich seit langer Zeit, hatte lange mir angelegen, ich sollte mich irgendeinem Geschäfte widmen; und eine Stunde ist mir's auch wohl drum zu tun. Hernach, wenn ich wieder dran denke und mir die Fabel vom Pferde einfällt, das, seiner Freiheit ungeduldig, sich Sattel und Zeug auflegen läßt und zuschanden geritten wird – ich weiß nicht, was ich soll. – Und, mein Lieber! ist nicht vielleicht das Sehnen in mir nach Veränderung des Zustands eine innere, unbehagliche Ungeduld, die mich überallhin verfolgen wird?

Am 28. August.

Es ist wahr, wenn meine Krankheit zu heilen wäre, so würden diese Menschen es tun. Heute ist mein Geburtstag, und in aller Frühe empfange ich ein Päckchen von Alberten. Mir fällt beim Eröffnen sogleich eine der blaßroten Schleifen in die Augen, die Lotte vor hatte, als ich sie kennen lernte, und um die ich sie seither etlichemal gebeten hatte. Es waren zwei Büchelchen in Duodez dabei, der kleine Wetsteinische Homer, eine Ausgabe, nach der ich so oft verlangt, um mich auf dem Spaziergange mit dem Ernestischen nicht zu schleppen. Sieh! so kommen sie meinen Wünschen zuvor, so suchen sie alle die kleinen Gefälligkeiten der Freundschaft auf, die tausendmal werter sind als jene blendenden Geschenke, wodurch uns die Eitelkeit des Gebers erniedrigt. Ich küsse diese Schleife tausendmal, und mit jedem Atemzuge schlürfe ich die Erinnerung jener Seligkeiten ein, mit denen mich jene wenigen, glücklichen, unwiederbringlichen Tage überfüllten. Wilhelm, es ist so, und ich murre nicht, die Blüten des Lebens sind nur Erscheinungen! Wie viele gehn vorüber, ohne eine Spur hinter sich zu lassen, wie wenige setzen Frucht an, und wie wenige dieser Früchte werden reif! Und doch sind deren noch genug da; und doch – O mein Bruder! – können wir gereifte Früchte vernachlässigen, verachten, ungenossen verfaulen lassen?

Lebe wohl! Es ist ein herrlicher Sommer; ich sitze oft auf den

Obstbäumen in Lottens Baumstück mit dem Obstbrecher, der langen Stange, und hole die Birnen aus dem Gipfel. Sie steht unten und nimmt sie ab, wenn ich sie ihr herunterlasse.

Am 30. August.

Unglücklicher! Bist du nicht ein Tor? Betriegst du dich nicht selbst? Was soll diese tobende, endlose Leidenschaft? Ich habe kein Gebet mehr als an sie; meiner Einbildungskraft erscheint keine andere Gestalt als die ihrige, und alles in der Welt um mich her sehe ich nur im Verhältnisse mit ihr. Und das macht mir denn so manche glückliche Stunde – bis ich mich wieder von ihr losreißen muß! Ach, Wilhelm! wozu mich mein Herz oft drängt! – Wenn ich bei ihr gesessen bin, zwei, drei Stunden, und mich an ihrer Gestalt, an ihrem Betragen, an dem himmlischen Ausdruck ihrer Worte geweidet habe, und nun nach und nach alle meine Sinne aufgespannt werden, mir es düster vor den Augen wird, ich kaum noch höre, und es mich an die Gurgel faßt wie ein Meuchelmörder, dann mein Herz in wilden Schlägen den bedrängten Sinnen Luft zu machen sucht und ihre Verwirrung nur vermehrt – Wilhelm, ich weiß oft nicht, ob ich auf der Welt bin! Und – wenn nicht manchmal die Wehmut das Übergewicht nimmt und Lotte mir den elenden Trost erlaubt, auf ihrer Hand meine Beklemmung auszuweinen, – so muß ich fort, muß hinaus, und schweife dann weit im Felde umher; einen jähen Berg zu erklettern ist dann meine Freude, durch einen unwegsamen Wald einen Pfad durchzuarbeiten, durch die Hecken, die mich verletzen, durch die Dornen, die mich zerreißen! Da wird mir's etwas besser! Etwas! Und wenn ich vor Müdigkeit und Durst manchmal unterwegs liegen bleibe, manchmal in der tiefen Nacht, wenn der hohe Vollmond über mir steht, im einsamen Walde auf einen krumm gewachsenen Baum mich setze, um meinen verwundeten Sohlen nur einige Linderung zu verschaffen, und dann in einer ermattenden Ruhe in dem Dämmerschein hinschlummre! O Wilhelm! die einsame Wohnung einer Zelle, das härene Gewand und der Stachelgürtel wären Labsale, nach denen meine Seele schmachtet. Adieu! Ich sehe dieses Elendes kein Ende als das Grab.

Am 3. September.

Ich muß fort! Ich danke dir, Wilhelm, daß du meinen wankenden Entschluß bestimmt hast. Schon vierzehn Tage gehe ich mit dem Gedanken um, sie zu verlassen. Ich muß fort. Sie ist wieder in der Stadt bei einer Freundin. Und Albert – und – ich muß fort!

Am 10. September.

Das war eine Nacht! Wilhelm! nun überstehe ich alles. Ich werde
sie nicht wiedersehn! O daß ich nicht an deinen Hals fliegen, dir
mit tausend Tränen und Entzückungen ausdrücken kann, mein
Bester, die Empfindungen, die mein Herz bestürmen. Hier sitze ich
und schnappe nach Luft, suche mich zu beruhigen, erwarte den
Morgen, und mit Sonnenaufgang sind die Pferde bestellt.

Ach, sie schläft ruhig und denkt nicht, daß sie mich nie wieder
sehen wird. Ich habe mich losgerissen, bin stark genug gewesen, in
einem Gespräch von zwei Stunden mein Vorhaben nicht zu verraten. Und Gott, welch ein Gespräch!

Albert hatte mir versprochen, gleich nach dem Nachtessen mit
Lotten im Garten zu sein. Ich stand auf der Terrasse unter den
hohen Kastanienbäumen und sah der Sonne nach, die mir nun zum
letztenmale über dem lieblichen Tale, über dem sanften Fluß unter-
ging. So oft hatte ich hier gestanden mit ihr und eben dem herrlichen Schauspiele zugesehen, und nun – Ich ging in der Allee auf
und ab, die mir so lieb war; ein geheimer sympathetischer Zug
hatte mich hier so oft gehalten, ehe ich noch Lotten kannte, und wie
freuten wir uns, als wir im Anfang unserer Bekanntschaft die wech-
selseitige Neigung zu diesem Plätzchen entdeckten, das wahrhaftig
eins von den romantischsten ist, die ich von der Kunst hervor-
gebracht gesehen habe.

Erst hast du zwischen den Kastanienbäumen die weite Aussicht
– ach, ich erinnere mich, ich habe dir, denk' ich, schon viel davon
geschrieben, wie hohe Buchenwände einen endlich einschließen
und durch ein daranstoßendes Boskett die Allee immer düsterer
wird, bis zuletzt alles sich in ein geschlossenes Plätzchen endigt,
das alle Schauer der Einsamkeit umschweben. Ich fühle es noch,
wie heimlich mir's ward, als ich zum erstenmale an einem hohen
Mittage hineintrat; ich ahnete ganz leise, was für ein Schauplatz
das noch werden sollte von Seligkeit und Schmerz.

Ich hatte mich etwa eine halbe Stunde in den schmachtenden,
süßen Gedanken des Abscheidens, des Wiedersehens geweidet, als
ich sie die Terrasse heraufsteigen hörte. Ich lief ihnen entgegen, mit
einem Schauer faßte ich ihre Hand und küßte sie. Wir waren eben
heraufgetreten, als der Mond hinter dem buschigen Hügel aufging;
wir redeten mancherlei und kamen unvermerkt dem düstern Kabi-
nette näher. Lotte trat hinein und setzte sich, Albert neben sie, ich
auch; doch meine Unruhe ließ mich nicht lange sitzen; ich stand
auf, trat vor sie, ging auf und ab, setzte mich wieder: es war ein
ängstlicher Zustand. Sie machte uns aufmerksam auf die schöne

Wirkung des Mondenlichtes, das am Ende der Buchenwände die ganze Terrasse vor uns erleuchtete: ein herrlicher Anblick, der um so viel frappanter war, weil uns rings eine tiefe Dämmerung einschloß. Wir waren still, und sie fing nach einer Weile an: »Niemals gehe ich im Mondenlichte spazieren, niemals, daß mir nicht der Gedanke an meine Verstorbenen begegnete, daß nicht das Gefühl von Tod, von Zukunft über mich käme. Wir werden sein!« fuhr sie mit der Stimme des herrlichsten Gefühls fort; »aber, Werther, sollen wir uns wieder finden? wieder erkennen? Was ahnen Sie? Was sagen Sie?«

»Lotte,« sagte ich, indem ich ihr die Hand reichte und mir die Augen voll Tränen wurden, »wir werden uns wiedersehn! Hier und dort wiedersehn!« – Ich konnte nicht weiterreden – Wilhelm, mußte sie mich das fragen, da ich diesen ängstlichen Abschied im Herzen hatte!

»Und ob die lieben Abgeschiednen von uns wissen«, fuhr sie fort, »ob sie fühlen, wann's uns wohl geht, daß wir mit warmer Liebe uns ihrer erinnern? O! die Gestalt meiner Mutter schwebt immer um mich, wenn ich am stillen Abend unter ihren Kindern, unter meinen Kindern sitze und sie um mich versammelt sind, wie sie um sie versammelt waren. Wenn ich dann mit einer sehnenden Träne gen Himmel sehe und wünsche, daß sie hereinschauen könnte einen Augenblick, wie ich mein Wort halte, das ich ihr in der Stunde des Todes gab: die Mutter ihrer Kinder zu sein. Mit welcher Empfindung rufe ich aus: ›Verzeihe mir's, Teuerste, wenn ich ihnen nicht bin, was du ihnen warst. Ach! tue ich doch alles, was ich kann; sind sie doch gekleidet, genährt, ach, und, was mehr ist als das alles, gepflegt und geliebt. Könntest du unsere Eintracht sehen, liebe Heilige! du würdest mit dem heißesten Danke den Gott verherrlichen, den du mit den letzten, bittersten Tränen um die Wohlfahrt deiner Kinder batest.‹« –

Sie sagte das! o Wilhelm, wer kann wiederholen, was sie sagte! Wie kann der kalte, tote Buchstabe diese himmlische Blüte des Geistes darstellen! Albert fiel ihr sanft in die Rede: »Es greift Sie zu stark an, liebe Lotte! ich weiß, Ihre Seele hängt sehr nach diesen Ideen, aber ich bitte Sie . . .« – »O Albert«, sagte sie, »ich weiß, du vergissest nicht die Abende, da wir zusammensaßen an dem kleinen, runden Tischchen, wenn der Papa verreist war, und wir die Kleinen schlafen geschickt hatten. Du hattest oft ein gutes Buch und kamst so selten dazu, etwas zu lesen – War der Umgang dieser herrlichen Seele nicht mehr als alles? Die schöne, sanfte, muntere und immer tätige Frau! Gott kennt meine Tränen, mit denen ich mich oft in meinem Bette vor ihn hinwarf: er möchte mich ihr gleich machen.«

»Lotte!« rief ich aus, indem ich mich vor sie hinwarf, ihre Hand nahm und mit tausend Tränen netzte, »Lotte! der Segen Gottes ruht über dir und der Geist deiner Mutter!« – »Wenn Sie sie gekannt hätten«, sagte sie, indem sie mir die Hand drückte, – »sie war wert, von Ihnen gekannt zu sein!« – Ich glaubte zu vergehen. Nie war ein größeres, stolzeres Wort über mich ausgesprochen worden – und sie fuhr fort: »Und diese Frau mußte in der Blüte ihrer Jahre dahin, da ihr jüngster Sohn nicht sechs Monate alt war! Ihre Krankheit dauerte nicht lange; sie war ruhig, hingegeben, nur ihre Kinder taten ihr weh, besonders das kleine. Wie es gegen das Ende ging und sie zu mir sagte: ›Bringe mir sie herauf!‹ und wie ich sie hereinführte, die kleinen, die nicht wußten, und die ältesten, die ohne Sinne waren, wie sie ums Bette standen, und wie sie die Hände aufhob und über sie betete, und sie küßte nach einander und sie wegschickte und zu mir sagte: ›Sei ihre Mutter!‹ – Ich gab ihr die Hand drauf! – ›Du versprichst viel, meine Tochter‹, sagte sie, ›das Herz einer Mutter und das Aug' einer Mutter. Ich habe oft an deinen dankbaren Tränen gesehen, daß du fühlst, was das sei. Habe es für deine Geschwister, und für deinen Vater die Treue und den Gehorsam einer Frau. Du wirst ihn trösten.‹ – Sie fragte nach ihm, er war ausgegangen, um uns den unerträglichen Kummer zu verbergen, den er fühlte, der Mann war ganz zerrissen.

Albert, du warst im Zimmer. Sie hörte jemand gehn und fragte und forderte dich zu sich, und wie sie dich ansah und mich, mit dem getrösteten, ruhigen Blicke, daß wir glücklich sein, zusammen glücklich sein würden . . .« – Albert fiel ihr um den Hals und küßte sie und rief: »Wir sind es! wir werden es sein!« – Der ruhige Albert war ganz aus seiner Fassung, und ich wußte nichts von mir selber.

»Werther«, fing sie an, »und diese Frau sollte dahin sein! Gott! wenn ich manchmal denke, wie man das Liebste seines Lebens wegtragen läßt, und niemand als die Kinder das so scharf fühlt, die sich noch lange beklagten, die schwarzen Männer hätten die Mama weggetragen!«

Sie stand auf, und ich ward erweckt und erschüttert, blieb sitzen und hielt ihre Hand. – »Wir wollen fort«, sagte sie, »es wird Zeit.« – Sie wollte ihre Hand zurückziehen, und ich hielt sie fester. – »Wir werden uns wieder sehen«, rief ich, »wir werden uns finden, unter allen Gestalten werden wir uns erkennen. Ich gehe«, fuhr ich fort, »ich gehe willig, und doch, wenn ich sagen sollte auf ewig, ich würde es nicht aushalten. Leb' wohl, Lotte! Leb' wohl, Albert! Wir

sehn uns wieder.« – »Morgen, denke ich«, versetzte sie scherzend.
– Ich fühlte das Morgen! Ach, sie wußte nicht, als sie ihre Hand aus
der meinen zog –. Sie gingen die Allee hinaus, ich stand, sah ihnen
nach im Mondscheine und warf mich an die Erde und weinte mich
aus und sprang auf und lief auf die Terrase hervor und sah noch
dort unten im Schatten der hohen Lindenbäume ihr weißes Kleid
nach der Gartentür schimmern, ich streckte meine Arme aus, und
es verschwand.

ZWEITES BUCH

Am 20. Oktober 1771.

Gestern sind wir hier angelangt. Der Gesandte ist unpaß und wird sich also einige Tage einhalten. Wenn er nur nicht so unhold wäre, wär' alles gut. Ich merke, ich merke, das Schicksal hat mir harte Prüfungen zugedacht. Doch gutes Muts! Ein leichter Sinn trägt alles! Ein leichter Sinn? Das macht mich zu lachen, wie das Wort in meine Feder kommt. O ein bißchen leichteres Blut würde mich zum Glücklichsten unter der Sonne machen. Was! da, wo andere mit ihrem bißchen Kraft und Talent vor mir in behaglicher Selbstgefälligkeit herumschwadronieren, verzweifle ich an meiner Kraft, an meinen Gaben? Guter Gott, der du mir das alles schenktest, warum hieltest du nicht die Hälfte zurück und gabst mir Selbstvertrauen und Genügsamkeit?

Geduld! Geduld! es wird besser werden. Denn ich sage dir, Lieber, du hast recht. Seit ich unter dem Volke alle Tage herumgetrieben werde und sehe, was sie tun und wie sie's treiben, stehe ich viel besser mit mir selbst. Gewiß, weil wir doch einmal so gemacht sind, daß wir alles mit uns und uns mit allem vergleichen, so liegt Glück oder Elend in den Gegenständen, womit wir uns zusammenhalten, und da ist nichts gefährlicher als die Einsamkeit. Unsere Einbildungskraft, durch ihre Natur gedrungen sich zu erheben, durch die phantastischen Bilder der Dichtkunst genährt, bildet sich eine Reihe Wesen hinauf, wo wir das unterste sind und alles außer uns herrlicher erscheint, jeder andere vollkommner ist. Und das geht ganz natürlich zu. Wir fühlen so oft, daß uns manches mangelt, und eben was uns fehlt, scheint uns oft ein anderer zu besitzen, dem wir denn auch alles dazu geben, was wir haben, und noch eine gewisse idealische Behaglichkeit dazu. Und so ist der Glückliche vollkommen fertig, das Geschöpf unserer selbst.

Dagegen, wenn wir mit all unserer Schwachheit und Mühseligkeit nur gerade fortarbeiten, so finden wir gar oft, daß wir mit unserem Schlendern und Lavieren es weiter bringen als andere mit ihrem Segeln und Rudern – und – das ist doch ein wahres Gefühl seiner selbst, wenn man andern gleich oder gar vorläuft.

Am 26. November 1771.

Ich fange an, mich insofern ganz leidlich hier zu befinden. Das beste ist, daß es zu tun genug gibt; und dann die vielerlei Menschen, die allerlei neuen Gestalten machen mir ein buntes Schauspiel vor meiner Seele. Ich habe den Grafen C . . kennen lernen, einen Mann, den ich jeden Tag mehr verehren muß, einen weiten, großen Kopf, und der deswegen nicht kalt ist, weil er viel übersieht; aus dessen Umgange so viel Empfindung für Freundschaft und Liebe hervorleuchtet. Er nahm teil an mir, als ich einen Geschäftsauftrag an ihn ausrichtete und er bei den ersten Worten merkte, daß wir uns verstanden, daß er mit mir reden konnte wie nicht mit jedem. Auch kann ich sein offnes Betragen gegen mich nicht genug rühmen. So eine wahre, warme Freude ist nicht in der Welt, als eine große Seele zu sehen, die sich gegen einen öffnet.

Am 24. Dezember 1771.

Der Gesandte macht mir viel Verdruß, ich habe es vorausgesehn. Er ist der pünktlichste Narr, den es nur geben kann; Schritt vor Schritt und umständlich wie eine Base; ein Mensch, der nie mit sich selbst zufrieden ist, und dem es daher niemand zu Danke machen kann. Ich arbeite gern leicht weg, und wie es steht, so steht es; da ist er imstande, mir einen Aufsatz zurückzugeben und zu sagen: »Es ist gut, aber sehen Sie ihn durch, man findet immer ein besseres Wort, eine reinere Partikel.« – Da möchte ich des Teufels werden. Kein Und, kein Bindewörtchen darf außenbleiben, und von allen Inversionen, die mir manchmal entfahren, ist er ein Todfeind; wenn man seinen Period nicht nach der hergebrachten Melodie heraborgelt, so versteht er gar nichts drin. Das ist ein Leiden, mit so einem Menschen zu tun zu haben.

Das Vertrauen des Grafen von C . . ist noch das einzige, was mich schadlos hält. Er sagte mir letzthin ganz aufrichtig, wie unzufrieden er mit der Langsamkeit und Bedenklichkeit meines Gesandten sei. »Die Leute erschweren es sich und andern. Doch«, sagte er, »man muß sich darein resignieren wie ein Reisender, der über einen Berg muß; freilich, wäre der Berg nicht da, so wär der Weg viel bequemer und kürzer; er ist nun aber da, und man soll hinüber!« –

Mein Alter spürt auch wohl den Vorzug, den mir der Graf vor ihm gibt, und das ärgert ihn, und er ergreift jede Gelegenheit, Übels gegen mich vom Grafen zu reden: ich halte, wie natürlich, Widerpart, und dadurch wird die Sache nur schlimmer. Gestern gar brachte er mich auf, denn ich war mit gemeint: zu so Weltgeschäften sei der Graf ganz gut, er habe viele Leichtigkeit zu arbeiten und führe eine gute Feder, doch an gründlicher Gelehrsamkeit mangle es ihm wie allen Belletristen. Dazu machte er eine Miene, als ob er sagen wollte: »Fühlst du den Stich?« Aber es tat bei mir nicht die Wirkung; ich verachtete den Menschen, der so denken und sich so betragen konnte. Ich hielt ihm stand und focht mit ziemlicher Heftigkeit. Ich sagte, der Graf sei ein Mann, vor dem man Achtung haben müsse, wegen seines Charakters sowohl als wegen seiner Kenntnisse. »Ich habe«, sagt' ich, »niemand gekannt, dem es so geglückt wäre, seinen Geist zu erweitern, ihn über unzählige Gegenstände zu verbreiten und doch diese Tätigkeit fürs gemeine Leben zu behalten.« – Das waren dem Gehirne spanische Dörfer, und ich empfahl mich, um nicht über ein weiteres Deraisonnement noch mehr Galle zu schlucken.

Und daran seid ihr alle schuld, die ihr mich in das Joch geschwatzt und mir so viel von Aktivität vorgesungen habt. Aktivität! Wenn nicht der mehr tut, der Kartoffeln legt und in die Stadt reitet, sein Korn zu verkaufen, als ich, so will ich zehn Jahre noch mich auf der Galeere abarbeiten, auf der ich nun angeschmiedet bin.

Und das glänzende Elend, die Langeweile unter dem garstigen Volke, das sich hier neben einander sieht! die Rangsucht unter ihnen, wie sie nur wachen und aufpassen, einander ein Schrittchen abzugewinnen; die elendesten, erbärmlichsten Leidenschaften, ganz ohne Röckchen. Da ist ein Weib, zum Exempel, die jedermann von ihrem Adel und ihrem Lande unterhält, so daß jeder Fremde denken muß: Das ist eine Närrin, die sich auf das bißchen Adel und auf den Ruf ihres Landes Wunderstreiche einbildet. – Aber es ist noch viel ärger: eben das Weib ist hier aus der Nachbarschaft eine Amtschreiberstochter. – Sieh, ich kann das Menschengeschlecht nicht begreifen, das so wenig Sinn hat, um sich so platt zu prostituieren.

Zwar ich merke täglich mehr, mein Lieber, wie töricht man ist, andere nach sich zu berechnen. Und weil ich so viel mit mir selbst zu tun habe und dieses Herz so stürmisch ist – ach ich lasse gern die andern ihres Pfades gehen, wenn sie mich nur auch könnten gehen lassen.

Was mich am meisten neckt, sind die fatalen bürgerlichen Verhältnisse. Zwar weiß ich so gut als einer, wie nötig der Unterschied der Stände ist, wie viele Vorteile er mir selbst verschafft: nur soll er mir nicht eben gerade im Wege stehen, wo ich noch ein wenig Freude, einen Schimmer von Glück auf dieser Erde genießen

könnte. Ich lernte neulich auf dem Spaziergange ein Fräulein von
B . . kennen, ein liebenswürdiges Geschöpf, das sehr viele Natur
mitten in dem steifen Leben erhalten hat. Wir gefielen uns in unserem Gespräche, und da wir schieden, bat ich sie um Erlaubnis, sie
bei sich sehen zu dürfen. Sie gestattete mir das mit so vieler Freimütigkeit, daß ich den schicklichen Augenblick kaum erwarten
konnte, zu ihr zu gehen. Sie ist nicht von hier und wohnt bei einer
Tante im Hause. Die Physiognomie der Alten gefiel mir nicht. Ich
bezeigte ihr viel Aufmerksamkeit, mein Gespräch war meist an sie
gewandt, und in minder als einer halben Stunde hatte ich so ziemlich weg, was mir das Fräulein nachher selbst gestand: daß die liebe
Tante in ihrem Alter Mangel von allem, kein anständiges Vermögen, keinen Geist und keine Stütze hat als die Reihe ihrer Vorfah-
ren, keinen Schirm als den Stand, in den sie sich verpalisadiert,
und kein Ergetzen, als von ihrem Stockwerk herab über die bürgerlichen Häupter wegzusehen. In ihrer Jugend soll sie schön gewesen
sein und ihr Leben weggegaukelt, erst mit ihrem Eigensinne manchen armen Jungen gequält, und in den reifern Jahren sich unter
den Gehorsam eines alten Offiziers geduckt haben, der gegen
diesen Preis und einen leidlichen Unterhalt das eherne Jahrhundert mit ihr zubrachte und starb. Nun sieht sie im eisernen
sich allein und würde nicht angesehn, wär' ihre Nichte nicht
so liebenswürdig.

Den 8. Januar 1772.

Was das für Menschen sind, deren ganze Seele auf dem Zeremo-
niell ruht, deren Dichten und Trachten jahrelang dahin geht, wie
sie um einen Stuhl weiter hinauf bei Tische sich einschieben wollen! Und mehr, daß sie sonst keine Angelegenheit hätten: nein,
vielmehr häufen sich die Arbeiten, eben weil man über den kleinen
Verdrießlichkeiten von Beförderung der wichtigen Sachen abgehalten wird. Vorige Woche gab es bei der Schlittenfahrt Händel,
und der ganze Spaß wurde verdorben.

Die Toren, die nicht sehen, daß es eigentlich auf den Platz gar
nicht ankommt, und daß der, der den ersten hat, so selten die erste
Rolle spielt! Wie mancher König wird durch seinen Minister, wie
mancher Minister durch seinen Sekretär regiert! Und wer ist dann
der Erste? Der, dünkt mich, der die andern übersieht und so viel
Gewalt oder List hat, ihre Kräfte und Leidenschaften zu Ausführung seiner Plane anzuspannen.

Am 20. Januar.

Ich muß Ihnen schreiben, liebe Lotte, hier in der Stube einer geringen Bauernherberge, in die ich mich vor einem schweren Wetter
geflüchtet habe. Solange ich in dem traurigen Nest D . . unter dem
fremden, meinem Herzen ganz fremden Volke herumziehe, habe
ich keinen Augenblick gehabt, keinen, an dem mein Herz mich
geheißen hätte, Ihnen zu schreiben; und jetzt in dieser Hütte, in
dieser Einsamkeit, in dieser Einschränkung, da Schnee und Schlo-
ßen wider mein Fensterchen wüten, hier waren Sie mein erster
Gedanke. Wie ich hereintrat, überfiel mich Ihre Gestalt, Ihr Andenken, o Lotte! so heilig, so warm! Guter Gott! der erste glückliche
Augenblick wieder.

Wenn Sie mich sähen, meine Beste, in dem Schwall von Zer-
streuung! Wie ausgetrocknet meine Sinne werden! Nicht *einen*
Augenblick der Fülle des Herzens, nicht *eine* selige Stunde! nichts!
nichts! Ich stehe wie vor einem Raritätenkasten und sehe die
Männchen und Gäulchen vor mir herumrücken, und frage mich
oft, ob es nicht optischer Betrug ist. Ich spiele mit, vielmehr, ich
werde gespielt wie eine Marionette und fasse manchmal meinen
Nachbar an der hölzernen Hand und schaudere zurück. Des
Abends nehme ich mir vor, den Sonnenaufgang zu genießen, und
komme nicht aus dem Bette; am Tage hoffe ich, mich des Mond-
scheins zu erfreuen, und bleibe in meiner Stube. Ich weiß nicht
recht, warum ich aufstehe, warum ich schlafen gehe.

Der Sauerteig, der mein Leben in Bewegung setzte, fehlt; der
Reiz, der mich in tiefen Nächten munter erhielt, ist hin, der mich
des Morgens aus dem Schlafe weckte, ist weg.

Ein einzig weibliches Geschöpf habe ich hier gefunden, ein
Fräulein von B . ., sie gleicht Ihnen, liebe Lotte, wenn man Ihnen
gleichen kann. »Fi!« werden Sie sagen, »der Mensch legt sich auf
niedliche Komplimente!« Ganz unwahr ist es nicht. Seit einiger
Zeit bin ich sehr artig, weil ich doch nicht anders sein kann, habe
viel Witz, und die Frauenzimmer sagen, es wüßte niemand so fein
zu loben als ich (und zu lügen, setzen Sie hinzu, denn ohne das geht
es nicht ab, verstehen Sie?). Ich wollte von Fräulein B . . reden. Sie
hat viel Seele, die voll aus ihren blauen Augen hervorblickt. Ihr
Stand ist ihr zur Last, der keinen der Wünsche ihres Herzens
befriedigt. Sie sehnt sich aus dem Getümmel, und wir verphantasie-
ren manche Stunde in ländlichen Szenen von ungemischter Glückseligkeit; ach! und von Ihnen! Wie oft muß sie Ihnen huldigen, muß
nicht, tut es freiwillig, hört so gern von Ihnen, liebt Sie. –

O säß' ich zu Ihren Füßen in dem lieben, vertraulichen Zimmerchen, und unsere kleinen Lieben wälzten sich mit einander um mich herum, und wenn sie Ihnen zu laut würden, wollte ich sie mit einem schauerlichen Märchen um mich zur Ruhe versammeln.

Die Sonne geht herrlich unter über der schneeglänzenden Gegend, der Sturm ist hinüber gezogen, und ich – muß mich wieder in meinen Käfig sperren. – Adieu! Ist Albert bei Ihnen? Und wie –? Gott verzeihe mir diese Frage!

Den 8. Februar.

Wir haben seit acht Tagen das abscheulichste Wetter, und mir ist es wohltätig. Denn so lang ich hier bin, ist mir noch kein schöner Tag am Himmel erschienen, den mir nicht jemand verdorben oder verleidet hätte. Wenn's nun recht regnet und stöbert und fröstelt und taut: Ha! denk' ich, kann's doch zu Hause nicht schlimmer werden, als es draußen ist, oder umgekehrt, und so ist's gut. Geht die Sonne des Morgens auf und verspricht einen feinen Tag, erwehr' ich mir niemals auszurufen: Da haben sie doch wieder ein himmlisches Gut, worum sie einander bringen können! Es ist nichts, worum sie einander nicht bringen. Gesundheit, guter Name, Freudigkeit, Erholung! Und meist aus Albernheit, Unbegriff und Enge und, wenn man sie anhört, mit der besten Meinung. Manchmal möcht' ich sie auf den Knieen bitten, nicht so rasend in ihre eigenen Eingeweide zu wüten.

Am 17. Februar.

Ich fürchte, mein Gesandter und ich halten es zusammen nicht lange mehr aus. Der Mann ist ganz und gar unerträglich. Seine Art zu arbeiten und Geschäfte zu treiben ist so lächerlich, daß ich mich nicht enthalten kann, ihm zu widersprechen und oft eine Sache nach meinem Kopf und meiner Art zu machen, das ihm denn, wie natürlich, niemals recht ist. Darüber hat er mich neulich bei Hofe verklagt, und der Minister gab mir einen zwar sanften Verweis, aber es war doch ein Verweis, und ich stand im Begriffe, meinen Abschied zu begehren, als ich einen Privatbrief* von ihm erhielt, einen Brief, vor dem ich niedergekniet, und den hohen, edlen, weisen Sinn angebetet habe. Wie er meine allzu große Empfindlichkeit zurechtweiset, wie er meine überspannten Ideen von Wirksamkeit,

---

*Man hat aus Ehrfurcht für diesen trefflichen Herrn gedachten Brief und einen andern, dessen weiter hinten erwähnt wird, dieser Sammlung entzogen, weil man nicht glaubte, eine solche Kühnheit durch den wärmsten Dank des Publikums entschuldigen zu können.

von Einfluß auf andere, von Durchdringen in Geschäften als jugendlichen guten Mut zwar ehrt, sie nicht auszurotten, nur zu mildern und dahin zu leiten sucht, wo sie ihr wahres Spiel haben, ihre kräftige Wirkung tun können. Auch bin ich auf acht Tage gestärkt und in mir selbst einig geworden. Die Ruhe der Seele ist ein herrliches Ding und die Freude an sich selbst. Lieber Freund, wenn nur das Kleinod nicht eben so zerbrechlich wäre, als es schön und kostbar ist.

Am 20. Februar.

Gott segne euch, meine Lieben, geb' euch alle die guten Tage, die er mir abzieht!

Ich danke dir, Albert, daß du mich betrogen hast: ich wartete auf Nachricht, wann euer Hochzeitstag sein würde, und hatte mir vorgenommen, feierlichst an demselben Lottens Schattenriß von der Wand zu nehmen und ihn unter andere Papiere zu begraben. Nun seid ihr ein Paar, und ihr Bild ist noch hier! Nun, so soll es bleiben! Und warum nicht? Ich weiß, ich bin ja auch bei euch, bin dir unbeschadet in Lottens Herzen, habe, ja ich habe den zweiten Platz darin und will und muß ihn behalten. O ich würde rasend werden, wenn sie vergessen könnte – Albert, in dem Gedanken liegt eine Hölle. Albert, leb' wohl! Leb' wohl, Engel des Himmels! Leb' wohl, Lotte!

Den 15. März.

Ich habe einen Verdruß gehabt, der mich von hier wegtreiben wird. Ich knirsche mit den Zähnen! Teufel! er ist nicht zu ersetzen, und ihr seid doch allein schuld daran, die ihr mich sporntet und triebt und quältet, mich in einen Posten zu begeben, der nicht nach meinem Sinne war. Nun habe ich's! nun habt ihr's! Und daß du nicht wieder sagst, meine überspannten Ideen verdürben alles, so hast du hier, lieber Herr, eine Erzählung, plan und nett, wie ein Chronikenschreiber das aufzeichnen würde.

Der Graf von C . . liebt mich, distinguiert mich, das ist bekannt, das habe ich dir schon hundertmal gesagt. Nun war ich gestern bei ihm zu Tafel, eben an dem Tage, da abends die noble Gesellschaft von Herren und Frauen bei ihm zusammenkommt, an die ich nie gedacht habe, auch mir nie aufgefallen ist, daß wir Subalternen nicht hineingehören. Gut. Ich speise bei dem Grafen, und nach Tische gehn wir in dem großen Saal auf und ab, ich rede mit ihm, mit dem Obristen B . ., der dazu kommt, und so rückt die Stunde der Gesellschaft heran. Ich denke, Gott weiß, an nichts. Da tritt herein die übergnädige Dame von S . . mit ihrem Herrn Gemahl und wohl ausgebrüteten Gänslein Tochter mit der flachen Brust und niedlichem Schnürleibe, machen en passant ihre hergebrachten, hochadeligen Augen und Naslöcher, und wie mir die Nation von Herzen zuwider ist, wollte ich mich eben empfehlen und wartete nur, bis der Graf vom garstigen Gewäsche frei wäre, als meine Fräulein B . . hereintrat. Da mir das Herz immer ein bißchen aufgeht, wenn ich sie sehe, blieb ich eben, stellte mich hinter ihren Stuhl und bemerkte erst nach einiger Zeit, daß sie mit weniger Offenheit als sonst, mit einiger Verlegenheit mit mir redete. Das fiel mir auf. Ist sie auch wie all das Volk, dacht' ich, und war angestochen und wollte gehen, und doch blieb ich, weil ich sie gerne entschuldigt hätte und es nicht glaubte und noch ein gut Wort von ihr hoffte und – was du willst. Unterdessen füllt sich die Gesellschaft. Der Baron F . . mit der ganzen Garderobe von den Krönungszeiten Franz des Ersten her, der Hofrat R . ., hier aber in qualitate Herr von R . . genannt, mit seiner tauben Frau etc., den übel fournierten J . . nicht zu vergessen, der die Lücken seiner altfränkischen Garderobe mit neumodischen Lappen ausflickt, das kommt zu Hauf, und ich rede mit einigen meiner Bekanntschaft, die alle sehr lakonisch sind. Ich dachte – und gab nur auf meine B . . acht. Ich merkte nicht, daß die Weiber am Ende des Saales sich in die Ohren flüsterten, daß es auf die Männer zirkulierte, daß Frau von S . . mit dem Grafen redete (das alles hat mir Fräulein B . . nachher erzählt), bis endlich der Graf auf mich losging und mich in ein Fenster nahm. – »Sie wissen«, sagt' er, »unsere wunderbaren Verhältnisse; die Gesellschaft ist unzufrieden, merke ich, Sie hier zu sehn. Ich wollte nicht um alles« – »Ihro Exzellenz«, fiel ich ein, »ich bitte tausendmal um Verzeihung; ich hätte eher dran denken sollen, und ich weiß, Sie vergeben mir diese Inkonsequenz; ich wollte schon vorhin mich empfehlen. Ein böser Genius hat mich zurückgehalten«, setzte ich lächelnd hinzu, indem ich mich neigte. – Der Graf drückte meine Hände mit einer Empfindung, die alles sagte. Ich strich mich sacht aus der vornehmen Gesellschaft, ging, setzte mich in ein Kabriolett und fuhr nach M . ., dort vom Hügel die Sonne untergehen zu sehen und dabei in meinem Homer den herrlichen Gesang zu lesen, wie Ulyß von dem trefflichen Schweinehirten bewirtet wird. Das war alles gut.

Des Abends komm' ich zurück zu Tische, es waren noch wenige in der Gaststube; die würfelten auf einer Ecke, hatten das Tischtuch zurückgeschlagen. Da kommt der ehrliche Adelin hinein, legt seinen Hut nieder, indem er mich ansieht, tritt zu mir und sagt leise:

64

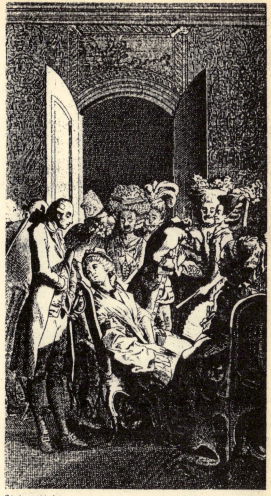

Chodowiecki del.

»Du hast Verdruß gehabt?« – »Ich?« sagt' ich. – »Der Graf hat dich aus der Gesellschaft gewiesen.« – »Hol' sie der Teufel!« sagt' ich, »mir war's lieb, daß ich in die freie Luft kam.« – »Gut«, sagt' er, »daß du's auf die leichte Achsel nimmst. Nur verdrießt mich's, es ist schon überall herum.« – Da fing mich das Ding erst an zu wurmen. Alle, die zu Tische kamen und mich ansahen, dachte ich, die sehen dich darum an! Das gab böses Blut.

Und da man nun heute gar, wo ich hintrete, mich bedauert, da ich höre, daß meine Neider nun triumphieren und sagen: da sähe man's, wo es mit den Übermütigen hinausginge, die sich ihres bißchen Kopfs überhöben und glaubten, sich darum über alle Verhältnisse hinaussetzen zu dürfen, und was des Hundegeschwätzes mehr ist – da möchte man sich ein Messer ins Herz bohren; denn man rede von Selbständigkeit was man will, den will ich sehen, der dulden kann, daß Schurken über ihn reden, wenn sie einen Vorteil über ihn haben; wenn ihr Geschwätze leer ist, ach da kann man sie leicht lassen.

Am 16. März.

Es hetzt mich alles. Heut' treff' ich die Fräulein B . . in der Allee, ich konnte mich nicht enthalten, sie anzureden und ihr, sobald wir etwas entfernt von der Gesellschaft waren, meine Empfindlichkeit über ihr neuliches Betragen zu zeigen. – »O Werther«, sagte sie mit einem innigen Tone, »konnten Sie meine Verwirrung so auslegen, da Sie mein Herz kennen? Was ich gelitten habe um Ihrentwillen, von dem Augenblicke an, da ich in den Saal trat! Ich sah alles voraus, hundertmal saß mir's auf der Zunge, es Ihnen zu sagen. Ich wußte, daß die von S . . und T . . mit ihren Männern eher aufbrechen würden, als in Ihrer Gesellschaft zu bleiben; ich wußte, daß der Graf es mit ihnen nicht verderben darf, – und jetzt der Lärm!« – »Wie, Fräulein?« sagt' ich und verbarg meinen Schrecken; denn alles, was Adelin mir ehegestern gesagt hatte, lief mir wie siedend Wasser durch die Adern in diesem Augenblicke. – »Was hat mich es schon gekostet!« sagte das süße Geschöpf, indem ihr die Tränen in den Augen standen. – Ich war nicht Herr mehr von mir selbst, war im Begriffe, mich ihr zu Füßen zu werfen. – »Erklären Sie sich!« rief ich. – Die Tränen liefen ihr die Wangen herunter. Ich war außer mir. Sie trocknete sie ab, ohne sie verbergen zu wollen. – »Meine Tante kennen Sie«, fing sie an, »sie war gegenwärtig und hat – o, mit was für Augen hat sie das angesehen! Werther, ich habe gestern nacht ausgestanden und heute früh eine Predigt über meinen Umgang mit Ihnen, und ich habe müssen zuhören Sie herabsetzen, erniedrigen, und konnte und durfte Sie nur halb verteidigen.«

Jedes Wort, das sie sprach, ging mir wie ein Schwert durchs Herz. Sie fühlte nicht, welche Barmherzigkeit es gewesen wäre, mir das alles zu verschweigen, und nun fügte sie noch dazu, was weiter würde geträtscht werden, was eine Art Menschen darüber triumphieren würde. Wie man sich nunmehr über die Strafe meines Übermuts und meiner Geringschätzung anderer, die sie mir schon lange vorwerfen, kitzeln und freuen würde. Das alles, Wilhelm, von ihr zu hören, mit der Stimme der wahrsten Teilnehmung – ich war zerstört und bin noch wütend in mir. Ich wollte, daß sich einer unterstünde, mir's vorzuwerfen, daß ich ihm den Degen durch den Leib stoßen könnte; wenn ich Blut sähe, würde mir's besser werden. Ach, ich hab' hundertmal ein Messer ergriffen, um diesem gedrängten Herzen Luft zu machen. Man erzählt von einer edlen Art Pferde, die, wenn sie schrecklich erhitzt und aufgejagt sind, sich selbst aus Instinkt eine Ader aufbeißen, um sich zum Atem zu helfen. So ist mir's oft, ich möchte mir eine Ader öffnen, die mir die ewige Freiheit schaffte.

Am 24. März.

Ich habe meine Entlassung vom Hofe verlangt und werde sie, hoffe ich, erhalten, und ihr werdet mir verzeihen, daß ich nicht erst Erlaubnis dazu bei euch geholt habe. Ich mußte nun einmal fort, und was ihr zu sagen hattet, um mir das Bleiben einzureden, weiß ich alles, und also – Bringe das meiner Mutter in einem Säftchen bei, ich kann mir selbst nicht helfen, und sie mag sich gefallen lassen, wenn ich ihr auch nicht helfen kann. Freilich muß es ihr wehe tun. Den schönen Lauf, den ihr Sohn gerade zum Geheimenrat und Gesandten ansetzte, so auf einmal Halte zu sehen, und rückwärts mit dem Tierchen in den Stall! Macht nun daraus, was ihr wollt, und kombiniert die möglichen Fälle, unter denen ich hätte bleiben können und sollen; genug, ich gehe, und damit ihr wißt, wo ich hinkomme, so ist hier der Fürst**, der vielen Geschmack an meiner Gesellschaft findet; der hat mich gebeten, da er von meiner Absicht hörte, mit ihm auf seine Güter zu gehen und den schönen Frühling da zuzubringen. Ich soll ganz mir selbst gelassen sein, hat er mir versprochen, und da wir uns zusammen bis auf einen gewissen Punkt verstehn, so will ich es denn auf gut Glück wagen und mit ihm gehen.

Zur Nachricht.

Am 19. April.

Danke für deine beiden Briefe. Ich antwortete nicht, weil ich dieses Blatt liegen ließ, bis mein Abschied vom Hofe da wäre; ich fürchtete, meine Mutter möchte sich an den Minister wenden und mir mein Vorhaben erschweren. Nun aber ist es geschehen, mein Abschied ist da. Ich mag euch nicht sagen, wie ungern man mir ihn gegeben hat, und was mir der Minister schreibt – ihr würdet in neue Lamentationen ausbrechen. Der Erbprinz hat mir zum Abschiede fünfundzwanzig Dukaten geschickt, mit einem Wort, das mich bis zu Tränen gerührt hat; also brauche ich von der Mutter das Geld nicht, um das ich neulich schrieb.

Am 5. Mai.

Morgen gehe ich von hier ab, und weil mein Geburtsort nur sechs Meilen vom Wege liegt, so will ich den auch wiedersehen, will mich der alten, glücklich verträumten Tage erinnern. Zu eben dem Tore will ich hinein gehn, aus dem meine Mutter mit mir heraus fuhr, als sie nach dem Tode meines Vaters den lieben, vertraulichen Ort verließ, um sich in ihre unerträgliche Stadt einzusperren. Adieu, Wilhelm, du sollst von meinem Zuge hören.

Am 9. Mai.

Ich habe die Wallfahrt nach meiner Heimat mit aller Andacht eines Pilgrims vollendet, und manche unerwarteten Gefühle haben mich ergriffen. An der großen Linde, die eine Viertelstunde vor der Stadt nach S . . zu steht, ließ ich halten, stieg aus und hieß den Postillon fortfahren, um zu Fuße jede Erinnerung ganz neu, lebhaft, nach meinem Herzen zu kosten. Da stand ich nun unter der Linde, die ehedem, als Knabe, das Ziel und die Grenze meiner Spaziergänge gewesen. Wie anders! Damals sehnte ich mich in glücklicher Unwissenheit hinaus in die unbekannte Welt, wo ich für mein Herz so viele Nahrung, so vielen Genuß hoffte, meinen strebenden, sehnenden Busen auszufüllen und zu befriedigen. Jetzt komme ich zurück aus der weiten Welt – o mein Freund, mit wie viel fehlgeschlagenen Hoffnungen, mit wie viel zerstörten Planen! – Ich sah das Gebirge vor mir liegen, das so tausendmal der Gegenstand meiner Wünsche gewesen war. Stundenlang konnt' ich hier sitzen und mich hinüber sehnen, mit inniger Seele mich in den Wäldern, den Tälern verlieren, die sich meinen Augen so freundlich-dämmernd darstellten; und wenn ich dann um die bestimmte

Zeit wieder zurück mußte, mit welchem Widerwillen verließ ich nicht den lieben Platz! – Ich kam der Stadt näher, alle die alten, bekannten Gartenhäuschen wurden von mir gegrüßt, die neuen waren mir zuwider, so auch alle Veränderungen, die man sonst vorgenommen hatte. Ich trat zum Tor hinein und fand mich doch gleich und ganz wieder. Lieber, ich mag nicht ins Detail gehn; so reizend, als es mir war, so einförmig würde es in der Erzählung werden. Ich hatte beschlossen, auf dem Markte zu wohnen, gleich neben unserem alten Haus. Im Hingehen bemerkte ich, daß die Schulstube, wo ein ehrliches altes Weib unsere Kindheit zusammengepfercht hatte, in einen Kramladen verwandelt war. Ich erinnerte mich der Unruhe, der Tränen, der Dumpfheit des Sinnes, der Herzensangst, die ich in dem Loche ausgestanden hatte. – Ich tat keinen Schritt, der nicht merkwürdig war. Ein Pilger im heiligen Lande trifft nicht so viele Stätten religiöser Erinnerungen an, und seine Seele ist schwerlich so voll heiliger Bewegung. – Noch eins für tausend. Ich ging den Fluß hinab, bis an einen gewissen Hof; das war sonst auch mein Weg, und die Plätzchen, wo wir Knaben uns übten, die meisten Sprünge der flachen Steine im Wasser hervorzubringen. Ich erinnerte mich so lebhaft, wenn ich manchmal stand und dem Wasser nachsah, mit wie wunderbaren Ahnungen ich es verfolgte, wie abenteuerlich ich mir die Gegenden vorstellte, wo es nun hinflösse, und wie ich da so bald Grenzen meiner Vorstellungskraft fand; und doch mußte das weiter gehen, immer weiter, bis ich mich ganz in dem Anschauen einer unsichtbaren Ferne verlor. – Sieh, mein Lieber, so beschränkt und so glücklich waren die herrlichen Altväter! so kindlich ihr Gefühl, ihre Dichtung! Wenn Ulyß von dem ungemeßnen Meer und von der unendlichen Erde spricht, das ist so wahr, menschlich, innig, eng und geheimnisvoll. Was hilft mich's, daß ich jetzt mit jedem Schulknaben nachsagen kann, daß sie rund sei? Der Mensch braucht nur wenige Erdschollen, um drauf zu genießen, weniger, um drunter zu ruhen.

Nun bin ich hier, auf dem fürstlichen Jagdschloß. Es läßt sich noch ganz wohl mit dem Herrn leben, er ist wahr und einfach. Wunderliche Menschen sind um ihn herum, die ich gar nicht begreife. Sie scheinen keine Schelmen und haben doch auch nicht das Ansehen von ehrlichen Leuten. Manchmal kommen sie mir ehrlich vor, und ich kann ihnen doch nicht trauen. Was mir noch leid tut, ist, daß er oft von Sachen redet, die er nur gehört und gelesen hat, und zwar aus eben dem Gesichtspunkte, wie sie ihm der andere vorstellen mochte.

Auch schätzt er meinen Verstand und meine Talente mehr als

dies Herz, das doch mein einziger Stolz ist, das ganz allein die Quelle von allem ist, aller Kraft, aller Seligkeit und alles Elendes. Ach, was ich weiß, kann jeder wissen – mein Herz habe ich allein.

Am 25. Mai.

Ich hatte etwas im Kopfe, davon ich euch nichts sagen wollte, bis es ausgeführt wäre: jetzt, da nichts draus wird, ist es ebenso gut. Ich wollte in den Krieg; das hat mir lange am Herzen gelegen. Vornehmlich darum bin ich dem Fürsten hierher gefolgt, der General in ***schen Diensten ist. Auf einem Spaziergang entdeckte ich ihm mein Vorhaben; er widerriet mir es, und es müßte bei mir mehr Leidenschaft als Grille gewesen sein, wenn ich seinen Gründen nicht hätte Gehör geben wollen.

Am 11. Junius.

Sage was du willst, ich kann nicht länger bleiben. Was soll ich hier? die Zeit wird mir lang. Der Fürst hält mich, so gut man nur kann, und doch bin ich nicht in meiner Lage. Wir haben im Grunde nichts gemein mit einander. Er ist ein Mann von Verstande, aber von ganz gemeinem Verstande; sein Umgang unterhält mich nicht mehr, als wenn ich ein wohl geschriebenes Buch lese. Noch acht Tage bleibe ich, und dann ziehe ich wieder in der Irre herum. Das Beste, was ich hier getan habe, ist mein Zeichnen. Der Fürst fühlt in der Kunst und würde noch stärker fühlen, wenn er nicht durch das garstige wissenschaftliche Wesen und durch die gewöhnliche Terminologie eingeschränkt wäre. Manchmal knirsche ich mit den Zähnen, wenn ich ihn mit warmer Imagination an Natur und Kunst herumführe und er es auf einmal recht gut zu machen denkt, wenn er mit einem gestempelten Kunstworte dreinstolpert.

Am 16. Junius.

Ja wohl bin ich nur ein Wandrer, ein Waller auf der Erde! Seid ihr denn mehr?

Am 18. Junius.

Wo ich hin will? Das laß dir im Vertrauen eröffnen. Vierzehn Tage muß ich doch noch hier bleiben, und dann habe ich mir weisgemacht, daß ich die Bergwerke im **schen besuchen wollte; ist aber im Grunde nichts dran, ich will nur Lotten wieder näher, das ist alles. Und ich lache über mein eigenes Herz – und tu' ihm seinen Willen.

70

Am 29. Julius.

Nein, es ist gut! es ist alles gut! – Ich – ihr Mann! O Gott, der du mich machtest, wenn du mir diese Seligkeit bereitet hättest, mein ganzes Leben sollte ein anhaltendes Gebet sein. Ich will nicht rechten, und verzeihe mir diese Tränen, verzeihe mir meine vergeblichen Wünsche! – Sie meine Frau! Wenn ich das liebste Geschöpf unter der Sonne in meine Arme geschlossen hätte – Es geht mir ein Schauder durch den ganzen Körper, Wilhelm, wenn Albert sie um den schlanken Leib faßt.

Und, darf ich es sagen? Warum nicht, Wilhelm? Sie wäre mit mir glücklicher geworden als mit ihm! O er ist nicht der Mensch, die Wünsche dieses Herzens alle zu füllen. Ein gewisser Mangel an Fühlbarkeit, ein Mangel – nimm es, wie du willst; daß sein Herz nicht sympathetisch schlägt bei – o! – bei der Stelle eines lieben Buches, wo mein Herz und Lottens in *einem* zusammentreffen; in hundert andern Vorfällen, wenn es kommt, daß unsere Empfindungen über eine Handlung eines Dritten laut werden. Lieber Wilhelm! – Zwar er liebt sie von ganzer Seele, und so eine Liebe, was verdient die nicht! –

Ein unerträglicher Mensch hat mich unterbrochen. Meine Tränen sind getrocknet. Ich bin zerstreut. Adieu, Lieber!

Am 4. August.

Es geht mir nicht allein so. Alle Menschen werden in ihren Hoffnungen getäuscht, in ihren Erwartungen betrogen. Ich besuchte mein gutes Weib unter der Linde. Der älteste Junge lief mir entgegen, sein Freudengeschrei führte die Mutter herbei, die sehr niedergeschlagen aussah. Ihr erstes Wort war: »Guter Herr, ach, mein Hans ist mir gestorben!« – Es war der jüngste ihrer Knaben. Ich war stille. – »Und mein Mann«, sagte sie, »ist aus der Schweiz zurück und hat nichts mitgebracht, und ohne gute Leute hätte er sich heraus betteln müssen, er hatte das Fieber unterwegs gekriegt.« – Ich konnte ihr nichts sagen und schenkte dem Kleinen was; sie bat mich, einige Äpfel anzunehmen, das ich tat und den Ort des traurigen Andenkens verließ.

Am 21. August.

Wie man eine Hand umwendet, ist es anders mit mir. Manchmal will wohl ein freudiger Blick des Lebens wieder aufdämmern, ach, nur für einen Augenblick! – Wenn ich mich so in Träumen verliere, kann ich mich des Gedankens nicht erwehren: wie, wenn Albert stürbe? Du würdest! ja, sie würde – und dann laufe ich dem Hirngespinste nach, bis es mich an Abgründe führet, vor denen ich zurückbebe.

Wenn ich zum Tor hinausgehe, den Weg, den ich zum erstenmal fuhr, Lotten zum Tanze zu holen, wie war das so ganz anders! Alles, alles ist vorübergegangen! Kein Wink der vorigen Welt, kein Pulsschlag meines damaligen Gefühles. Mir ist es, wie es einem Geiste sein müßte, der in das ausgebrannte, zerstörte Schloß zurückkehrte, das er als blühender Fürst einst gebaut und mit allen Gaben der Herrlichkeit ausgestattet, sterbend seinem geliebten Sohne hoffnungsvoll hinterlassen hätte.

Am 3. September.

Ich begreife manchmal nicht, wie sie ein anderer lieb haben *kann,* lieb haben *darf,* da ich sie so ganz allein, so innig, so voll liebe, nichts anders kenne, noch weiß, noch habe als sie!

Am 4. September.

Ja, es ist so. Wie die Natur sich zum Herbste neigt, wird es Herbst in mir und um mich her. Meine Blätter werden gelb, und schon sind die Blätter der benachbarten Bäume abgefallen. Hab' ich dir nicht einmal von einem Bauernburschen geschrieben, gleich da ich herkam? Jetzt erkundigte ich mich wieder nach ihm in Wahlheim; es hieß, er sei aus dem Dienste gejagt worden, und niemand wollte was weiter von ihm wissen. Gestern traf ich ihn von ungefähr auf dem Wege nach einem andern Dorfe, ich redete ihn an, und er erzählte mir seine Geschichte, die mich doppelt und dreifach gerührt hat, wie du leicht begreifen wirst, wenn ich dir sie wiedererzähle. Doch wozu das alles? warum behalt' ich nicht für mich, was mich ängstigt und kränkt? warum betrüb' ich noch dich? warum geb' ich dir immer Gelegenheit, mich zu bedauern und mich zu schelten? Sei's denn, auch das mag zu meinem Schicksal gehören!

Mit einer stillen Traurigkeit, in der ich ein wenig scheues Wesen zu bemerken schien, antwortete der Mensch mir erst auf meine Fragen; aber gar bald offner, als wenn er sich und mich auf einmal wiedererkennte, gestand er mir seine Fehler, klagte er mir sein Unglück. Könnt' ich dir, mein Freund, jedes seiner Worte vor Gericht stellen! Er bekannte, ja er erzählte mit einer Art von Genuß und Glück der Wiedererinnerung, daß die Leidenschaft zu seiner Hausfrau sich in ihm tagtäglich vermehrt, daß er zuletzt nicht gewußt habe, was er tue, nicht, wie er sich ausdrückte, wo er mit dem Kopfe hingesollt. Er habe weder essen noch trinken noch schlafen können, es habe ihm an der Kehle gestockt, er habe getan, was er nicht tun sollen; was ihm aufgetragen worden, hab' er ver-

gessen, er sei als wie von einem bösen Geist verfolgt gewesen, bis er
eines Tags, als er sie in einer obern Kammer gewußt, ihr nachge-
gangen, ja vielmehr ihr nachgezogen worden sei; da sie seinen Bitten kein Gehör gegeben, hab' er sich ihrer mit Gewalt bemächtigen
wollen; er wisse nicht, wie ihm geschehen sei, und nehme Gott zum
Zeugen, daß seine Absichten gegen sie immer redlich gewesen, und
daß er nichts sehnlicher gewünscht, als daß sie ihn heiraten, daß sie
mit ihm ihr Leben zubringen möchte. Da er eine Zeitlang geredet
hatte, fing er an zu stocken, wie einer, der noch etwas zu sagen hat
und sich es nicht herauszusagen getraut; endlich gestand er mir
auch mit Schüchternheit, was sie ihm für kleine Vertraulichkeiten
erlaubt, und welche Nähe sie ihm vergönnet. Er brach zwei-, dreimal ab und wiederholte die lebhaftesten Protestationen, daß er
das nicht sage, um sie schlecht zu machen, wie er sich ausdrückte,
daß er sie liebe und schätze wie vorher, daß so etwas nicht über
seinen Mund gekommen sei und daß er es mir nur sage, um mich
zu überzeugen, daß er kein ganz verkehrter und unsinniger
Mensch sei. – Und hier, mein Bester, fang' ich mein altes Lied wieder an, das ich ewig anstimmen werde: Könnt' ich dir den Menschen vorstellen, wie er vor mir stand, wie er noch vor mir steht!
Könnt' ich dir alles recht sagen, damit du fühltest, wie ich an seinem Schicksale teilnehme, teilnehmen muß! Doch genug, da du
auch mein Schicksal kennst, auch mich kennst, so weißt du nur zu
wohl, was mich zu allen Unglücklichen, was mich besonders zu diesem Unglücklichen hinzieht.

Da ich das Blatt wieder durchlese, seh' ich, daß ich das Ende der
Geschichte zu erzählen vergessen habe, das sich aber leicht hinzu-
denken läßt. Sie erwehrte sich sein; ihr Bruder kam dazu, der ihn
schon lange gehaßt, der ihn schon lange aus dem Hause gewünscht
hatte, weil er fürchtet, durch eine neue Heirat der Schwester werde
seinen Kindern die Erbschaft entgehn, die ihnen jetzt, da sie kin-
derlos ist, schöne Hoffnungen gibt; dieser habe ihn gleich zum
Hause hinausgestoßen und einen solchen Lärm von der Sache
gemacht, daß die Frau, auch selbst wenn sie gewollt, ihn nicht wieder hätte aufnehmen können. Jetzt habe sie wieder einen andern
Knecht genommen, auch über den, sage man, sei sie mit dem Bruder zerfallen, und man behaupte für gewiß, sie werde ihn heiraten,
aber er sei fest entschlossen, das nicht zu erleben.

Was ich dir erzähle, ist nicht übertrieben, nichts verzärtelt, ja ich
darf wohl sagen, schwach, schwach hab' ich's erzählt, und vergrö-
bert hab' ich's, indem ich's mit unsern hergebrachten sittlichen
Worten vorgetragen habe.

Diese Liebe, diese Treue, diese Leidenschaft ist also keine dichterische Erfindung. Sie lebt, sie ist in ihrer größten Reinheit unter der Klasse von Menschen, die wir ungebildet, die wir roh nennen. Wir Gebildeten – zu Nichts Verbildeten! Lies die Geschichte mit Andacht, ich bitte dich. Ich bin heute still, indem ich das hinschreibe; du siehst an meiner Hand, daß ich nicht so strudele und sudele wie sonst. Lies, mein Geliebter, und denke dabei, daß es auch die Geschichte deines Freundes ist. Ja so ist mir's gegangen, so wird mir's gehn, und ich bin nicht halb so brav, nicht halb so entschlossen als der arme Unglückliche, mit dem ich mich zu vergleichen mich fast nicht getraue.

Am 5. September.

Sie hatte ein Zettelchen an ihren Mann aufs Land geschrieben, wo er sich Geschäfte wegen aufhielt. Es fing an: »Bester, Liebster, komme, sobald du kannst, ich erwarte dich mit tausend Freuden.« – Ein Freund, der hereinkam, brachte Nachricht, daß er wegen gewisser Umstände so bald noch nicht zurückkehren würde. Das Billett blieb liegen und fiel mir abends in die Hände. Ich las es und lächelte; sie fragte worüber? – »Was die Einbildungskraft für ein göttliches Geschenk ist«, rief ich aus, »ich konnte mir einen Augenblick vorspiegeln, als wäre es an mich geschrieben.« – Sie brach ab, es schien ihr zu mißfallen, und ich schwieg.

Am 6. September.

Es hat schwer gehalten, bis ich mich entschloß, meinen blauen einfachen Frack, in dem ich mit Lotten zum erstenmale tanzte, abzulegen, er ward aber zuletzt gar unscheinbar. Auch habe ich mir einen machen lassen ganz wie den vorigen, Kragen und Aufschlag, und auch wieder so gelbe Weste und Beinkleider dazu.

Ganz will es doch die Wirkung nicht tun. Ich weiß nicht – Ich denke, mit der Zeit soll mir der auch lieber werden.

Am 12. September.

Sie war einige Tage verreist, Alberten abzuholen. Heute trat ich in ihre Stube, sie kam mir entgegen, und ich küßte ihre Hand mit tausend Freuden.

Ein Kanarienvogel flog von dem Spiegel ihr auf die Schulter. – »Einen neuen Freund«, sagte sie und lockte ihn auf ihre Hand, »er ist meinen Kleinen zugedacht. Er tut gar zu lieb! Sehen Sie ihn! Wenn ich ihm Brot gebe, flattert er mit den Flügeln und pickt so artig. Er küßt mich auch, sehen Sie!«

Als sie dem Tierchen den Mund hinhielt, drückte er sich so lieblich in die süßen Lippen, als wenn es die Seligkeit hätte fühlen können, die es genoß.

»Er soll Sie auch küssen«, sagte sie und reichte den Vogel herüber. – Das Schnäbelchen machte den Weg von ihrem Munde zu dem meinigen, und die pickende Berührung war wie ein Hauch, eine Ahnung liebevollen Genusses.

»Sein Kuß«, sagte ich, »ist nicht ganz ohne Begierde, er sucht Nahrung und kehrt unbefriedigt von der leeren Liebkosung zurück.«

»Er ißt mir auch aus dem Munde«, sagte sie. – Sie reichte ihm einige Brosamen mit ihren Lippen, aus denen die Freuden unschuldig teilnehmender Liebe in aller Wonne lächelten.

Ich kehrte das Gesicht weg. Sie sollte es nicht tun, sollte nicht meine Einbildungskraft mit diesen Bildern himmlischer Unschuld und Seligkeit reizen und mein Herz aus dem Schlafe, in den es manchmal die Gleichgültigkeit des Lebens wiegt, nicht wecken! – Und warum nicht? – Sie traut mir so! sie weiß, wie ich sie liebe!

Am 15. September.

Man möchte rasend werden, Wilhelm, daß es Menschen geben soll ohne Sinn und Gefühl an dem wenigen, was auf Erden noch einen Wert hat. Du kennst die Nußbäume, unter denen ich bei dem ehrlichen Pfarrer zu St.. mit Lotten gesessen, die herrlichen Nußbäume, die mich, Gott weiß, immer mit dem größten Seelenvergnügen füllten! Wie vertraulich sie den Pfarrhof machten, wie kühl! und wie herrlich die Äste waren! Und die Erinnerung bis zu den ehrlichen Geistlichen, die sie vor vielen Jahren pflanzten. Der Schulmeister hat uns den einen Namen oft genannt, den er von seinem Großvater gehört hatte; und so ein braver Mann soll er gewesen sein, und sein Andenken war immer heilig unter den Bäumen. Ich sage dir, dem Schulmeister standen die Tränen in den Augen, da wir gestern davon redeten, daß sie abgehauen worden – abgehauen! Ich möchte toll werden, ich könnte den Hund ermorden, der den ersten Hieb dran tat. Ich, der ich mich vertrauern könnte, wenn so ein paar Bäume in meinem Hofe stünden und einer davon stürbe vor Alter ab, ich muß zusehen. Lieber Schatz, eins ist doch dabei: Was Menschengefühl ist! Das ganze Dorf murrt, und ich hoffe, die Frau Pfarrerin soll es an Butter und Eiern und übrigem Zutrauen spüren, was für eine Wunde sie ihrem Orte gegeben hat. Denn *sie* ist es, die Frau des neuen Pfarrers (unser alter ist auch gestorben), ein hageres, kränkliches Geschöpf, das sehr Ursache

hat, an der Welt keinen Anteil zu nehmen, denn niemand nimmt
Anteil an ihr. Eine Närrin, die sich abgibt, gelehrt zu sein, sich in
die Untersuchung des Kanons meliert, gar viel an der neumodischen, moralisch-kritischen Reformation des Christentumes arbei-
tet und über Lavaters Schwärmereien die Achseln zuckt, eine ganz
zerrüttete Gesundheit hat und deswegen auf Gottes Erdboden
keine Freude. So einer Kreatur war es auch allein möglich, meine
Nußbäume abzuhauen. Siehst du, ich komme nicht zu mir! Stelle
dir vor: die abfallenden Blätter machen ihr den Hof unrein und
dumpfig, die Bäume nehmen ihr das Tageslicht, und wenn die
Nüsse reif sind, so werfen die Knaben mit Steinen darnach, und das
fällt ihr auf die Nerven, das stört sie in ihren tiefen Überlegungen,
wenn sie Kennikot, Semler und Michaelis gegen einander abwiegt.
Da ich die Leute im Dorfe, besonders die alten, so unzufrieden sah,
sagte ich: »Warum habt ihr es gelitten?« – »Wenn der Schulze will,
hier zu Lande«, sagten sie, »was kann man machen?« – Aber eins ist
recht geschehen. Der Schulze und der Pfarrer, der doch auch von
seiner Frauen Grillen, die ihm ohnedies die Suppen nicht fett
machen, was haben wollte, dachten es mit einander zu teilen; da
erfuhr es die Kammer und sagte: »Hier herein!« Denn sie hatte
noch alte Prätensionen an den Teil des Pfarrhofes, wo die Bäume
standen, und verkaufte sie an den Meistbietenden. Sie liegen! O,
wenn ich Fürst wäre! Ich wollte die Pfarrerin, den Schulzen und die
Kammer – Fürst! – Ja wenn ich Fürst wäre, was kümmerten mich
die Bäume in meinem Lande!

Am 10. Oktober.

Wenn ich nur ihre schwarzen Augen sehe, ist mir es schon wohl!
Sieh, und was mich verdrießt, ist, daß Albert nicht so beglückt zu
sein scheinet, als er – hoffte – als ich – zu sein glaubte – wenn – Ich
mache nicht gern Gedankenstriche, aber hier kann ich mich nicht
anders ausdrücken – und mich dünkt deutlich genug.

Am 12. Oktober.

Ossian hat in meinem Herzen den Homer verdrängt. Welch eine
Welt, in die der Herrliche mich führt! Zu wandern über die Heide,
umsaust vom Sturmwinde, der in dampfenden Nebeln die Geister
der Väter im dämmernden Lichte des Mondes hinführt. Zu hören
vom Gebirge her, im Gebrülle des Waldstroms, halb verwehtes
Ächzen der Geister aus ihren Höhlen, und die Wehklagen des zu
Tode sich jammernden Mädchens, um die vier moosbedeckten,
grasbewachsenen Steine des Edelgefallnen, ihres Geliebten. Wenn

76

ich ihn dann finde, den wandelnden grauen Barden, der auf der weiten Heide die Fußstapfen seiner Väter sucht und, ach, ihre Grabsteine findet und dann jammernd nach dem lieben Sterne des Abends hinblickt, der sich ins rollende Meer verbirgt, und die Zeiten der Vergangenheit in des Helden Seele lebendig werden, da noch der freundliche Strahl den Gefahren der Tapferen leuchtete und der Mond ihr bekränztes, siegrückkehrendes Schiff beschien. Wenn ich den tiefen Kummer auf seiner Stirn lese, den letzten verlassenen Herrlichen in aller Ermattung dem Grabe zuwanken sehe, wie er immer neue, schmerzlich glühende Freuden in der kraftlosen Gegenwart der Schatten seiner Abgeschiedenen einsaugt und nach der kalten Erde, dem hohen, wehenden Grase niedersieht und ausruft: »Der Wanderer wird kommen, kommen, der mich kannte in meiner Schönheit, und fragen: ›Wo ist der Sänger, Fingals trefflicher Sohn?‹ Sein Fußtritt geht über mein Grab hin, und er fragt vergebens nach mir auf der Erde.« – O Freund! ich möchte gleich einem edlen Waffenträger das Schwert ziehen, meinen Fürsten von der zückenden Qual des langsam absterbenden Lebens auf einmal befreien und dem befreiten Halbgott meine Seele nachsenden.

Am 19. Oktober.

Ach diese Lücke! diese entsetzliche Lücke, die ich hier in meinem Busen fühle! – Ich denke oft, wenn du sie nur *einmal,* nur *einmal* an dieses Herz drücken könntest, diese ganze Lücke würde ausgefüllt sein.

Am 26. Oktober.

Ja es wird mir gewiß, Lieber, gewiß und immer gewisser, daß an dem Dasein eines Geschöpfes wenig gelegen ist, ganz wenig. Es kam eine Freundin zu Lotten, und ich ging herein ins Nebenzimmer, ein Buch zu nehmen, und konnte nicht lesen, und dann nahm ich eine Feder, zu schreiben. Ich hörte sie leise reden; sie erzählten einander unbedeutende Sachen, Stadtneuigkeiten: Wie diese heiratet, wie jene krank, sehr krank ist. – »Sie hat einen trocknen Husten, die Knochen stehn ihr zum Gesichte heraus, und kriegt Ohnmachten; ich gebe keinen Kreuzer für ihr Leben«, sagt die eine. – »Der N. N. ist auch so übel dran«, sagte Lotte. – »Er ist schon geschwollen«, sagte die andere. – Und meine lebhafte Einbildungskraft versetzte mich ans Bett dieser Armen; ich sah sie, mit welchem Widerwillen sie dem Leben den Rücken wandten, wie sie – Wilhelm! und meine Weibchen redeten davon, wie man eben davon redet – daß ein Fremder stirbt. – Und wenn ich mich umsehe und sehe das Zimmer an, und rings um mich Lottens Kleider und Alberts Skripturen und diese Möbeln, denen ich nun so befreundet bin, sogar diesem Dintenfaß, und denke: Siehe, was du nun diesem Hause bist! Alles in allem. Deine Freunde ehren dich! Du machst oft ihre Freude, und deinem Herzen scheint es, als wenn es ohne sie nicht sein könnte; und doch – wenn du nun gingst, wenn du aus diesem Kreise schiedest? würden sie, wie lange würden sie die Lücke füllen, die dein Verlust in ihr Schicksal reißt? Wie lange? – O, so vergänglich ist der Mensch, daß er auch da, wo er seines Daseins eigentliche Gewißheit hat, da, wo er den einzigen wahren Eindruck seiner Gegenwart macht, in dem Andenken, in der Seele seiner Lieben, daß er auch da verlöschen, verschwinden muß, und das so bald!

Am 27. Oktober.
Ich möchte mir oft die Brust zerreißen und das Gehirn einstoßen, daß man einander so wenig sein kann. Ach die Liebe, Freude, Wärme und Wonne, die ich nicht hinzubringe, wird mir der andere nicht geben, und mit einem ganzen Herzen voll Seligkeit werde ich den andern nicht beglücken, der kalt und kraftlos vor mir steht.

Am 27. Oktober abends.
Ich habe so viel, und die Empfindung an ihr verschlingt alles; ich habe so viel, und ohne sie wird mir alles zu Nichts.

Am 30. Oktober.
Wenn ich nicht schon hundertmal auf dem Punkte gestanden bin, ihr um den Hals zu fallen! Weiß der große Gott, wie einem das tut, so viele Liebenswürdigkeit vor einem herumkreuzen zu sehen und nicht zugreifen zu dürfen; und das Zugreifen ist doch der natürlichste Trieb der Menschheit. Greifen die Kinder nicht nach allem, was ihnen in den Sinn fällt? – Und ich?

Am 3. November.
Weiß Gott! ich lege mich so oft zu Bette mit dem Wunsche, ja manchmal mit der Hoffnung, nicht wieder zu erwachen: und morgens schlage ich die Augen auf, sehe die Sonne wieder, und bin elend. O daß ich launisch sein könnte, könnte die Schuld aufs Wetter, auf einen Dritten, auf eine fehlgeschlagene Unternehmung schieben, so würde die unerträgliche Last des Unwillens doch nur halb auf mir ruhen. Wehe mir! ich fühle zu wahr, daß an mir allein alle Schuld liegt – nicht Schuld! Genug, daß in mir die Quelle alles

Elendes verborgen ist, wie ehemals die Quelle aller Seligkeiten. Bin ich nicht noch ebenderselbe, der ehemals in aller Fülle der Empfindung herumschwebte, dem auf jedem Tritte ein Paradies folgte, der ein Herz hatte, eine ganze Welt liebevoll zu umfassen? Und dies Herz ist jetzt tot, aus ihm fließen keine Entzückungen mehr, meine Augen sind trocken, und meine Sinne, die nicht mehr von erquikkenden Tränen gelabt werden, ziehen ängstlich meine Stirn zusammen. Ich leide viel, denn ich habe verloren, was meines Lebens einzige Wonne war, die heilige, belebende Kraft, mit der ich Welten um mich schuf; sie ist dahin! – Wenn ich zu meinem Fenster hinaus an den fernen Hügel sehe, wie die Morgensonne über ihn her den Nebel durchbricht und den stillen Wiesengrund bescheint, und der sanfte Fluß zwischen seinen entblätterten Weiden zu mir herschlängelt, – o! wenn da diese herrliche Natur so starr vor mir steht wie ein lackiertes Bildchen, und alle die Wonne keinen Tropfen Seligkeit aus meinem Herzen herauf in das Gehirn pumpen kann, und der ganze Kerl vor Gottes Angesicht steht wie ein versiegter Brunnen, wie ein verlechter Eimer. Ich habe mich oft auf den Boden geworfen und Gott um Tränen gebeten, wie ein Ackersmann um Regen, wenn der Himmel ehern über ihm ist und um ihn die Erde verdürstet.

Aber, ach, ich fühle es, Gott gibt Regen und Sonnenschein nicht unserm ungestümen Bitten, und jene Zeiten, deren Andenken mich quält, warum waren sie so selig, als weil ich mit Geduld seinen Geist erwartete und die Wonne, die er über mich ausgoß, mit ganzem, innig dankbarem Herzen aufnahm!

Am 8. November.

Sie hat mir meine Exzesse vorgeworfen! Ach, mit so viel Liebenswürdigkeit! Meine Exzesse, daß ich mich manchmal von einem Glase Wein verleiten lasse, eine Bouteille zu trinken. – »Tun Sie es nicht!« sagte sie, »denken Sie an Lotten!« – »Denken!« sagte ich, »brauchen Sie mir das zu heißen? Ich denke! – ich denke nicht! Sie sind immer vor meiner Seele. Heute saß ich an dem Flecke, wo Sie neulich aus der Kutsche stiegen . . .« – Sie redete was anders, um mich nicht tiefer in den Text kommen zu lassen. Bester, ich bin dahin! sie kann mit mir machen, was sie will.

Am 15. November.

Ich danke dir, Wilhelm, für deinen herzlichen Anteil, für deinen wohlmeinenden Rat und bitte dich, ruhig zu sein. Laß mich ausdulden, ich habe bei aller meiner Müdseligkeit noch Kraft genug durchzusetzen. Ich ehre die Religion, das weißt du, ich fühle, daß sie manchem Ermatteten Stab, manchem Verschmachtenden Erquickung ist. Nur – kann sie denn, muß sie denn das einem jeden sein? Wenn du die große Welt ansiehst, so siehst du Tausende, denen sie es nicht war, Tausende, denen sie es nicht sein wird, gepredigt oder ungepredigt, und muß sie mir es denn sein? Sagt nicht selbst der Sohn Gottes, daß die um ihn sein würden, die ihm der Vater gegeben hat? Wenn ich ihm nun nicht gegeben bin? Wenn mich nun der Vater für sich behalten will, wie mir mein Herz sagt? – Ich bitte dich, lege das nicht falsch aus; sieh nicht etwa Spott in diesen unschuldigen Worten; es ist meine ganze Seele, die ich dir vorlege; sonst wollte ich lieber, ich hätte geschwiegen: wie ich denn über alles das, wovon jedermann so wenig weiß als ich, nicht gern ein Wort verliere. Was ist es anders als Menschenschicksal, sein Maß auszuleiden, seinen Becher auszutrinken? – Und ward der Kelch dem Gott vom Himmel auf seiner Menschenlippe zu bitter, warum soll ich großtun und mich stellen, als schmeckte er mir süß? Und warum sollte ich mich schämen, in dem schrecklichen Augenblick, da mein ganzes Wesen zwischen Sein und Nichtsein zittert, da die Vergangenheit wie ein Blitz über dem finstern Abgrunde der Zukunft leuchtet und alles um mich her versinkt und mit mir die Welt untergeht? Ist es da nicht die Stimme der ganz in sich gedrängten, sich selbst ermangelnden und unaufhaltsam hinabstürzenden Kreatur, in den innern Tiefen ihrer vergebens aufarbeitenden Kräfte zu knirschen: »Mein Gott! mein Gott! warum hast du mich verlassen?« Und sollt' ich mich des Ausdruckes schämen, sollte mir es vor dem Augenblicke bange sein, da ihm der nicht entging, der die Himmel zusammenrollt wie ein Tuch?

Am 21. November.
Sie sieht nicht, sie fühlt nicht, daß sie ein Gift bereitet, das mich und sie zugrunde richten wird; und ich mit voller Wollust schlürfe den Becher aus, den sie mir zu meinem Verderben reicht. Was soll der gütige Blick, mit dem sie mich oft – oft? – nein, nicht oft, aber doch manchmal ansieht, die Gefälligkeit, womit sie einen unwillkürlichen Ausdruck meines Gefühles aufnimmt, das Mitleiden mit meiner Duldung, das sich auf ihrer Stirne zeichnet?

Gestern, als ich wegging, reichte sie mir die Hand und sagte: »Adieu, lieber Werther!« – Lieber Werther! Es war das erstemal, daß sie mich Lieber hieß, und es ging mir durch Mark und Bein. Ich habe es mir hundertmal wiederholt, und gestern nacht, da ich zu Bette gehen wollte und mit mir selbst allerlei schwatzte, sagte ich so auf einmal: »Gute Nacht, lieber Werther!« und mußte hernach selbst über mich lachen.

Am 22. November.
Ich kann nicht beten: »Laß mir sie!« und doch kommt sie mir oft als die Meine vor. Ich kann nicht beten: »Gib mir sie!« Denn sie ist eines andern. Ich witzle mich mit meinen Schmerzen herum; wenn ich mir's nachließe, es gäbe eine ganze Litanei von Antithesen.

Am 24. November.
Sie fühlt, was ich dulde. Heute ist mir ihr Blick tief durchs Herz gedrungen. Ich fand sie allein; sie sagte nichts, und sie sah mich an. Und ich sah nicht mehr in ihr die liebliche Schönheit, nicht mehr das Leuchten des trefflichen Geistes, das war alles vor meinen Augen verschwunden. Ein weit herrlicherer Blick wirkte auf mich, voll Ausdruck des innigsten Anteils, des süßesten Mitleidens. Warum durft' ich mich nicht ihr zu Füßen werfen? warum durft' ich nicht an ihrem Halse mit tausend Küssen antworten? Sie nahm ihre Zuflucht zum Klavier und hauchte mit süßer, leiser Stimme harmonische Laute zu ihrem Spiele. Nie habe ich ihre Lippen so reizend gesehn; es war, als wenn sie sich lechzend öffneten, jene süßen Töne in sich zu schlürfen, die aus dem Instrument hervorquollen, und nur der heimliche Widerschall aus dem reinen Munde zurückklänge – Ja wenn ich dir das so sagen könnte! – Ich widerstand nicht länger, neigte mich und schwur: Nie will ich es wagen, einen Kuß euch aufzudrücken, Lippen, auf denen die Geister des Himmels schweben. – Und doch – ich will – Ha! siehst du, das steht wie eine Scheidewand vor meiner Seele – diese Seligkeit – und dann untergegangen, diese Sünde abzubüßen – Sünde?

Am 26. November.
Manchmal sag' ich mir: Dein Schicksal ist einzig; preise die übrigen glücklich – so ist noch keiner gequält worden. – Dann lese ich einen Dichter der Vorzeit, und es ist mir, als säh' ich in mein eignes Herz. Ich habe so viel auszustehen! Ach, sind denn Menschen vor mir schon so elend gewesen?

Am 30. November.
Ich soll, ich soll nicht zu mir selbst kommen! Wo ich hintrete, begegnet mir eine Erscheinung, die mich aus aller Fassung bringt. Heute! o Schicksal! o Menschheit!
Ich gehe an dem Wasser hin in der Mittagsstunde, ich hatte

81

keine Lust zu essen. Alles war öde, ein naßkalter Abendwind blies vom Berge, und die grauen Regenwolken zogen das Tal hinein. Von fern seh' ich einen Menschen in einem grünen, schlechten Rocke, der zwischen den Felsen herumkrabbelte und Kräuter zu suchen schien. Als ich näher zu ihm kam und er sich auf das Geräusch, das ich machte, herumdrehte, sah ich eine gar interessante Physiognomie, darin eine stille Trauer den Hauptzug machte, die aber sonst nichts als einen geraden guten Sinn ausdrückte; seine schwarzen Haare waren mit Nadeln in zwei Rollen gesteckt, und die übrigen in einen starken Zopf geflochten, der ihm den Rükken herunter hing. Da mir seine Kleidung einen Menschen von geringem Stande zu bezeichnen schien, glaubte ich, er würde es nicht übelnehmen, wenn ich auf seine Beschäftigung aufmerksam wäre, und daher fragte ich ihn, was er suchte? – »Ich suche«, antwortete er mit einem tiefen Seufzer, »Blumen – und finde keine.« – »Das ist auch die Jahreszeit nicht«, sagte ich lächelnd. – »Es gibt so viele Blumen«, sagte er, indem er zu mir herunterkam. »In meinem Garten sind Rosen und Jelängerjelieber zweierlei Sorten, eine hat mir mein Vater gegeben, sie wachsen wie Unkraut; ich suche schon zwei Tage darnach und kann sie nicht finden. Da haußen sind auch immer Blumen, gelbe und blaue und rote, und das Tausendgülden-kraut hat ein schönes Blümchen. Keines kann ich finden.« – Ich merkte was Unheimliches, und drum fragte ich durch einen Umweg: »Was will Er denn mit den Blumen?« – Ein wunderbares, zuckendes Lächeln verzog sein Gesicht. »Wenn Er mich nicht verraten will«, sagte er, indem er den Finger auf den Mund drückte, »ich habe meinem Schatz einen Strauß versprochen«, – »Das ist brav«, sagte ich. – »O!« sagte er, »sie hat viel andere Sachen, sie ist reich.« – »Und doch hat sie Seinen Strauß lieb«, versetzte ich. – »O!« fuhr er fort, »sie hat Juwelen und eine Krone.« – »Wie heißt sie denn?« – »Wenn mich die Generalstaaten bezahlen wollten«, versetzte er, »ich wär' ein anderer Mensch! Ja, es war einmal eine Zeit, da mir es so wohl war! Jetzt ist es aus mit mir. Ich bin nun . . .« Ein nasser Blick zum Himmel drückte alles aus. – »Er war also glücklich?« fragte ich. – »Ach ich wollte, ich wäre wieder so!« sagte er. »Da war mir es so wohl, so lustig, so leicht wie einem Fisch im Wasser!« – »Heinrich!« rief eine alte Frau, die den Weg herkam, »Heinrich, wo steckst du? Wir haben dich überall gesucht, komm zum Essen.« – »Ist das Euer Sohn?« fragt' ich, zu ihr tretend. – »Wohl, mein armer Sohn!« versetzte sie. »Gott hat mir ein schweres Kreuz aufgelegt.« – »Wie lange ist er so?« fragte ich. – »So stille«, sagte sie, »ist er nun ein halbes Jahr. Gott sei Dank, daß er nur so weit ist, vorher war er ein ganzes Jahr rasend, da hat er an Ketten im Tollhause gelegen. Jetzt tut er niemand nichts, nur hat er immer mit Königen und Kaisern zu schaffen. Er war ein so guter, stiller Mensch, der mich ernähren half, seine schöne Hand schrieb, und auf einmal wird er tiefsinnig, fällt in ein hitziges Fieber, daraus in Raserei, und nun ist er, wie Sie ihn sehen. Wenn ich Ihnen erzählen sollte, Herr . . .« – Ich unterbrach den Strom ihrer Worte mit der Frage: »Was war denn das für eine Zeit, von der er rühmt, daß er so glücklich, so wohl darin gewesen sei?« – »Der törichte Mensch!« rief sie mit mitleidigem Lächeln, »da meint er die Zeit, da er von sich war, das rühmt er immer; das ist die Zeit, da er im Tollhause war, wo er nichts von sich wußte.« – Das fiel mir auf wie ein Donnerschlag, ich drückte ihr ein Stück Geld in die Hand und verließ sie eilend.

Da du glücklich warst! rief ich aus, schnell vor mich hin nach der Stadt zu gehend, da dir es wohl war wie einem Fisch im Wasser! – Gott im Himmel! hast du das zum Schicksale der Menschen gemacht, daß sie nicht glücklich sind, als ehe sie zu ihrem Verstande kommen und wenn sie ihn wieder verlieren! – Elender! und auch wie beneide ich deinen Trübsinn, die Verwirrung deiner Sinne, in der du verschmachtest! Du gehst hoffnungsvoll aus, deiner Königin Blumen zu pflücken – im Winter – und trauerst, da du keine findest, und begreifst nicht, warum du keine finden kannst. Und ich – und ich gehe ohne Hoffnung, ohne Zweck heraus und kehre wieder heim, wie ich gekommen bin. – Du wähnst, welcher Mensch du sein würdest, wenn die Generalstaaten dich bezahlten. Seliges Geschöpf, das den Mangel seiner Glückseligkeit einer irdischen Hindernis zuschreiben kann! Du fühlst nicht, du fühlst nicht, daß in deinem zerstörten Herzen, in deinem zerrütteten Gehirne dein Elend liegt, wovon alle Könige der Erde dir nicht helfen können.

Müsse der trostlos umkommen, der eines Kranken spottet, der nach der entferntesten Quelle reist, die seine Krankheit vermehren, sein Ausleben schmerzhafter machen wird! der sich über das bedrängte Herz erhebt, das, um seine Gewissensbisse loszuwerden und die Leiden seiner Seele abzutun, eine Pilgrimschaft nach dem heiligen Grabe tut. Jeder Fußtritt, der seine Sohlen auf ungebahntem Wege durchschneidet, ist ein Linderungstropfen der geängsteten Seele, und mit jeder ausgedauerten Tagereise legt sich das Herz um viele Bedrängnisse leichter nieder. – Und dürft ihr das Wahn nennen, ihr Wortkrämer auf euren Polstern? – Wahn! – O Gott! du siehst meine Tränen! Mußtest du, der du den Menschen arm genug erschufst, ihm auch Brüder zugeben, die ihm das bißchen Armut, das bißchen Vertrauen noch raubten, das er auf dich hat, auf dich, du Alliebender! Denn das Vertrauen zu einer heilenden Wurzel, zu den Tränen des Weinstockes, was ist es als Vertrauen zu dir, daß du in alles, was uns umgibt, Heil- und Linderungskraft gelegt hast, der wir so stündlich bedürfen? Vater, den ich nicht kenne! Vater, der sonst meine ganze Seele füllte und nun sein Angesicht von mir gewendet hat, rufe mich zu dir! Schweige nicht länger! Dein Schweigen wird diese dürstende Seele nicht aufhalten – Und würde ein Mensch, ein Vater, zürnen können, dem sein unvermutet rückkehrender Sohn um den Hals fiele und riefe: »Ich bin wieder da, mein Vater! Zürne nicht, daß ich die Wanderschaft abbreche, die ich nach deinem Willen länger aushalten sollte. Die Welt ist überall einerlei, auf Mühe und Arbeit Lohn und Freude; aber was soll mir das? mir ist nur wohl, wo du bist, und vor deinem Angesichte will ich leiden und genießen.« – Und du, lieber himmlischer Vater, solltest ihn von dir weisen?

Am 1. Dezember.

Wilhelm! Der Mensch, von dem ich dir schrieb, der glückliche Unglückliche, war Schreiber bei Lottens Vater, und eine Leidenschaft zu ihr, die er nährte, verbarg, entdeckte und worüber er aus dem Dienst geschickt wurde, hat ihn rasend gemacht. Fühle bei diesen trocknen Worten, mit welchem Unsinne mich die Geschichte ergriffen hat, da mir sie Albert ebenso gelassen erzählte, als du sie vielleicht liesest.

Am 4. Dezember.

Ich bitte dich – Siehst du, mit mir ist's aus, ich trag' es nicht länger! Heute saß ich bei ihr – saß, sie spielte auf ihrem Klavier, mannigfaltige Melodien, und all den Ausdruck! all! – all! – Was willst du? – Ihr Schwesterchen putzte ihre Puppe auf meinem Knie. Mir kamen die Tränen in die Augen. Ich neigte mich, und ihr Trauring fiel mir ins Gesicht – meine Tränen flossen – Und auf einmal fiel sie in die alte, himmelsüße Melodie ein, so auf einmal, und mir durch die Seele gehn ein Trostgefühl und eine Erinnerung des Vergangenen, der Zeiten, da ich das Lied gehört, der düstern Zwischenräume des Verdrusses, der fehlgeschlagenen Hoffnungen, und dann – Ich ging in der Stube auf und nieder, mein Herz erstickte unter dem Zudringen. – »Um Gottes willen«, sagte ich, mit einem heftigen Ausbruch hin gegen sie fahrend, »um Gottes willen, hören Sie auf!« – Sie hielt und sah mich starr an. »Werther«, sagte sie mit einem Lächeln, das

84

mir durch die Seele ging, »Werther, Sie sind sehr krank, Ihre Lieblingsgerichte widerstehen Ihnen. Gehen Sie! Ich bitte Sie, beruhigen Sie sich.« – Ich riß mich von ihr weg und – Gott! du siehst mein Elend und wirst es enden.

Am 6. Dezember.

Wie mich die Gestalt verfolgt! Wachend und träumend füllt sie meine ganze Seele! Hier, wenn ich die Augen schließe, hier in meiner Stirne, wo die innere Sehkraft sich vereinigt, stehen ihre schwarzen Augen. Hier! ich kann dir es nicht ausdrücken. Mache ich meine Augen zu, so sind sie da; wie ein Meer, wie ein Abgrund ruhen sie vor mir, in mir, füllen die Sinne meiner Stirn.

Was ist der Mensch, der gepriesene Halbgott! Ermangeln ihm nicht eben da die Kräfte, wo er sie am nötigsten braucht? Und wenn er in Freude sich aufschwingt oder im Leiden versinkt, wird er nicht in beiden eben da aufgehalten, eben da zu dem stumpfen, kalten Bewußtsein wieder zurückgebracht, da er sich in der Fülle des Unendlichen zu verlieren sehnte?

Der Herausgeber an den Leser

Wie sehr wünscht' ich, daß uns von den letzten merkwürdigen Tagen unsers Freundes so viel eigenhändige Zeugnisse übriggeblieben wären, daß ich nicht nötig hätte, die Folge seiner hinterlaßnen Briefe durch Erzählung zu unterbrechen.

Ich habe mir angelegen sein lassen, genaue Nachrichten aus dem Munde derer zu sammeln, die von seiner Geschichte wohl unterrichtet sein konnten; sie ist einfach, und es kommen alle Erzählungen davon bis auf wenige Kleinigkeiten miteinander überein; nur über die Sinnesarten der handelnden Personen sind die Meinungen verschieden und die Urteile geteilt.

Was bleibt uns übrig, als dasjenige, was wir mit wiederholter Mühe erfahren können, gewissenhaft zu erzählen, die von dem Abscheidenden hinterlaßnen Briefe einzuschalten und das kleinste aufgefundene Blättchen nicht gering zu achten; zumal da es so schwer ist, die eigensten, wahren Triebfedern auch nur einer einzelnen Handlung zu entdecken, wenn sie unter Menschen vorgeht, die nicht gemeiner Art sind.

Unmut und Unlust hatten in Werthers Seele immer tiefer Wurzel geschlagen, sich fester untereinander verschlungen und sein ganzes Wesen nach und nach eingenommen. Die Harmonie seines Geistes war völlig zerstört, eine innerliche Hitze und Heftigkeit, die alle Kräfte seiner Natur durcheinanderarbeitete, brachte die widrigsten Wirkungen hervor und ließ ihm zuletzt nur eine Ermattung übrig, aus der er noch ängstlicher empor strebte, als er mit allen Übeln bisher gekämpft hatte. Die Beängstigung seines Herzens zehrte die übrigen Kräfte seines Geistes, seine Lebhaftigkeit, seinen Scharfsinn auf, er ward ein trauriger Gesellschafter, immer unglücklicher, und immer ungerechter, je unglücklicher er ward. Wenigstens sagen dies Alberts Freunde; sie behaupten, daß Werther einen reinen, ruhigen Mann, der nun eines lang gewünschten Glückes teilhaftig geworden, und sein Betragen, sich dieses Glück auch auf die Zukunft zu erhalten, nicht habe beurteilen können, er, der gleichsam mit jedem Tage sein ganzes Vermögen verzehrte, um an dem Abend zu leiden und zu darben. Albert, sagen sie, hatte sich in so kurzer Zeit nicht verändert, er war noch immer derselbige, den Werther so vom Anfang her kannte, so sehr schätzte und ehrte. Er liebte Lotten über alles, er war stolz auf sie und wünschte sie auch von jedermann als das herrlichste Geschöpf anerkannt zu wissen. War es ihm daher zu verdenken, wenn er auch jeden Schein des Verdachtes abzuwenden wünschte, wenn er in dem Augenblicke mit niemand diesen köstlichen Besitz auch auf die unschuldigste Weise zu teilen Lust hatte? Sie gestehen ein, daß Albert oft das Zimmer seiner Frau verlassen, wenn Werther bei ihr war, aber nicht aus Haß noch Abneigung gegen seinen Freund, sondern nur weil er gefühlt habe, daß dieser von seiner Gegenwart gedrückt sei.

Lottens Vater war von einem Übel befallen worden, das ihn in der Stube hielt, er schickte ihr seinen Wagen, und sie fuhr hinaus. Es war ein schöner Wintertag, der erste Schnee war stark gefallen und deckte die ganze Gegend.

Werther ging ihr den andern Morgen nach, um, wenn Albert sie nicht abzuholen käme, sie hereinzubegleiten.

Das klare Wetter konnte wenig auf sein trübes Gemüt wirken, ein dumpfer Druck lag auf seiner Seele, die traurigen Bilder hatten sich bei ihm festgesetzt, und sein Gemüt kannte keine Bewegung als von einem schmerzlichen Gedanken zum andern.

Wie er mit sich in ewigem Unfrieden lebte, schien ihm auch der Zustand andrer nur bedenklicher und verworrner, er glaubte, das schöne Verhältnis zwischen Albert und seiner Gattin gestört zu haben, er machte sich Vorwürfe darüber, in die sich ein heimlicher Unwille gegen den Gatten mischte.

Seine Gedanken fielen auch unterwegs auf diesen Gegenstand. »Ja, ja«, sagte er zu sich selbst, mit heimlichem Zähneknirschen, »das ist der vertraute, freundliche, zärtliche, an allem teilnehmende

Umgang, die ruhige, dauernde Treue! Sattigkeit ist's und Gleichgültigkeit! Zieht ihn nicht jedes elende Geschäft mehr an als die teure, köstliche Frau? Weiß er sein Glück zu schätzen? Weiß er sie zu achten, wie sie es verdient? Er hat sie, nun gut, er hat sie – Ich weiß das, wie ich was anders auch weiß, ich glaube an den Gedanken gewöhnt zu sein, er wird mich noch rasend machen, er wird mich noch umbringen – Und hat denn die Freundschaft zu mir Stich gehalten? Sieht er nicht in meiner Anhänglichkeit an Lotten schon einen Eingriff in seine Rechte, in meiner Aufmerksamkeit für sie einen stillen Vorwurf? Ich weiß es wohl, ich fühl' es, er sieht mich ungern, er wünscht meine Entfernung, meine Gegenwart ist ihm beschwerlich.«

Oft hielt er seinen raschen Schritt an, oft stand er stille und schien umkehren zu wollen; allein er richtete seinen Gang immer wieder vorwärts und war mit diesen Gedanken und Selbstgesprächen endlich gleichsam wider Willen beim Jagdhause angekommen.

Er trat in die Tür, fragte nach dem Alten und nach Lotten, er fand das Haus in einiger Bewegung. Der älteste Knabe sagte ihm, es sei drüben in Wahlheim ein Unglück geschehn, es sei ein Bauer erschlagen worden! – Es machte das weiter keinen Eindruck auf ihn. – Er trat in die Stube und fand Lotten beschäftigt, dem Alten zuzureden, der ungeachtet seiner Krankheit hinüber wollte, um an Ort und Stelle die Tat zu untersuchen. Der Täter war noch unbekannt, man hatte den Erschlagenen des Morgens vor der Haustür gefunden, man hatte Mutmaßungen: der Entleibte war Knecht einer Witwe, die vorher einen andern im Dienste gehabt, der mit Unfrieden aus dem Hause gekommen war.

Da Werther dieses hörte, fuhr er mit Heftigkeit auf. – »Ist's möglich!« rief er aus, »ich muß hinüber, ich kann nicht einen Augenblick ruhn.« – Er eilte nach Wahlheim zu, jede Erinnerung ward ihm lebendig, und er zweifelte nicht einen Augenblick, daß jener Mensch die Tat begangen, den er so manchmal gesprochen, der ihm so wert geworden war.

Da er durch die Linden mußte, um nach der Schenke zu kommen, wo sie den Körper hingelegt hatten, entsetzt' er sich vor dem sonst so geliebten Platze. Jene Schwelle, worauf die Nachbarskinder so oft gespielt hatten, war mit Blut besudelt. Liebe und Treue, die schönsten menschlichen Empfindungen, hatten sich in Gewalt und Mord verwandelt. Die starken Bäume standen ohne Laub und bereift, die schönen Hecken, die sich über die niedrige Kirchhofmauer wölbten, waren entblättert, und die Grabsteine sahen mit Schnee bedeckt durch die Lücken hervor.

Als er sich der Schenke näherte, vor welcher das ganze Dorf versammelt war, entstand auf einmal ein Geschrei. Man erblickte von fern einen Trupp bewaffneter Männer, und ein jeder rief, daß man den Täter herbeiführe. Werther sah hin und blieb nicht lange zweifelhaft. Ja, es war der Knecht, der jene Witwe so sehr liebte, den er vor einiger Zeit mit dem stillen Grimme, mit der heimlichen Verzweiflung umhergehend angetroffen hatte.

»Was hast du begangen, Unglücklicher!« rief Werther aus, indem er auf den Gefangnen losging. – Dieser sah ihn still an, schwieg und versetzte endlich ganz gelassen: »Keiner wird sie haben, sie wird keinen haben.« – Man brachte den Gefangnen in die Schenke, und Werther eilte fort.

Durch die entsetzliche, gewaltige Berührung war alles, was in seinem Wesen lag, durcheinandergeschüttelt worden. Aus seiner Trauer, seinem Mißmut, seiner gleichgültigen Hingegebenheit wurde er auf einen Augenblick herausgerissen; unüberwindlich bemächtigte sich die Teilnehmung seiner, und es ergriff ihn eine unsägliche Begierde, den Menschen zu retten. Er fühlte ihn so unglücklich, er fand ihn als Verbrecher selbst so schuldlos, er setzte sich so tief in seine Lage, daß er gewiß glaubte, auch andere davon zu überzeugen. Schon wünschte er für ihn sprechen zu können, schon drängte sich der lebhafteste Vortrag nach seinen Lippen, er eilte nach dem Jagdhause und konnte sich unterwegs nicht enthalten, alles das, was er dem Amtmann vorstellen wollte, schon halblaut auszusprechen.

Als er in die Stube trat, fand er Alberten gegenwärtig, dies verstimmte ihn einen Augenblick; doch faßte er sich bald wieder und trug dem Amtmann feurig seine Gesinnungen vor. Dieser schüttelte einigemal den Kopf, und obgleich Werther mit der größten Lebhaftigkeit, Leidenschaft und Wahrheit alles vorbrachte, was ein Mensch zur Entschuldigung eines Menschen sagen kann, so war doch, wie sich's leicht denken läßt, der Amtmann dadurch nicht gerührt. Er ließ vielmehr unsern Freund nicht ausreden, widersprach ihm eifrig und tadelte ihn, daß er einen Meuchelmörder in Schutz nehme; er zeigte ihm, daß auf diese Weise jedes Gesetz aufgehoben, alle Sicherheit des Staats zugrund gerichtet werde; auch setzte er hinzu, daß er in einer solchen Sache nichts tun könne, ohne sich die größte Verantwortung aufzuladen, es müsse alles in der Ordnung, in dem vorgeschriebenen Gang gehen.

Werther ergab sich noch nicht, sondern bat nur, der Amtmann möchte durch die Finger sehn, wenn man dem Menschen zur Flucht behülflich wäre! Auch damit wies ihn der Amtmann ab.

Albert, der sich endlich ins Gespräch mischte, trat auch auf des Alten Seite. Werther wurde überstimmt, und mit einem entsetzlichen Leiden machte er sich auf den Weg, nachdem ihm der Amtmann einigemal gesagt hatte: »Nein, er ist nicht zu retten!«

Wie sehr ihm diese Worte aufgefallen sein müssen, sehn wir aus einem Zettelchen, das sich unter seinen Papieren fand und das gewiß an dem nämlichen Tage geschrieben worden:

»Du bist nicht zu retten, Unglücklicher! ich sehe wohl, daß wir nicht zu retten sind.«

Was Albert zuletzt über die Sache des Gefangenen in Gegenwart des Amtmanns gesprochen, war Werthern höchst zuwider gewesen: er glaubte einige Empfindlichkeit gegen sich darin bemerkt zu haben, und wenn gleich bei mehrerem Nachdenken seinem Scharfsinne nicht entging, daß beide Männer recht haben möchten, so war es ihm doch, als ob er seinem innersten Dasein entsagen müßte, wenn er es gestehen, wenn er es zugeben sollte.

Ein Blättchen, das sich darauf bezieht, das vielleicht sein ganzes Verhältnis zu Albert ausdrückt, finden wir unter seinen Papieren:

»Was hilft es, daß ich mir's sage und wieder sage, er ist brav und gut, aber es zerreißt mir mein inneres Eingeweide; ich kann nicht gerecht sein.«

Weil es ein gelinder Abend war und das Wetter anfing, sich zum Tauen zu neigen, ging Lotte mit Alberten zu Fuße zurück. Unterwegs sah sie sich hier und da um, eben als wenn sie Werthers Begleitung vermißte. Albert fing von ihm an zu reden, er tadelte ihn, indem er ihm Gerechtigkeit widerfahren ließ. Er berührte seine unglückliche Leidenschaft und wünschte, daß es möglich sein möchte, ihn zu entfernen. – »Ich wünsch' es auch um unsertwillen«, sagt' er, »und ich bitte dich«, fuhr er fort, »siehe zu, seinem Betragen gegen dich eine andere Richtung zu geben, seine öftern Besuche zu vermindern. Die Leute werden aufmerksam, und ich weiß, daß man hier und da drüber gesprochen hat.« – Lotte schwieg, und Albert schien ihr Schweigen empfunden zu haben, wenigstens seit der Zeit erwähnte er Werthers nicht mehr gegen sie, und wenn sie seiner erwähnte, ließ er das Gespräch fallen oder lenkte es woanders hin.

Der vergebliche Versuch, den Werther zur Rettung des Unglücklichen gemacht hatte, war das letzte Auflodern der Flamme eines verlöschenden Lichtes; er versank nur desto tiefer in Schmerz und Untätigkeit; besonders kam er fast außer sich, als er hörte, daß man ihn vielleicht gar zum Zeugen gegen den Menschen, der sich nun aufs Leugnen legte, auffordern könnte.

Alles was ihm Unangenehmes jemals in seinem wirksamen Leben begegnet war, der Verdruß bei der Gesandtschaft, alles was ihm sonst mißlungen war, was ihn je gekränkt hatte, ging in seiner Seele auf und nieder. Er befand sich durch alles dieses wie zur Untätigkeit berechtigt, er fand sich abgeschnitten von aller Aussicht, unfähig, irgendeine Handhabe zu ergreifen, mit denen man die Geschäfte des gemeinen Lebens anfaßt; und so rückte er endlich, ganz seiner wunderbaren Empfindung, Denkart und einer endlosen Leidenschaft hingegeben, in dem ewigen Einerlei eines traurigen Umgangs mit dem liebenswürdigen und geliebten Geschöpfe, dessen Ruhe er störte, in seine Kräfte stürmend, sie ohne Zweck und Aussicht abarbeitend, immer einem traurigen Ende näher.

Von seiner Verworrenheit, Leidenschaft, von seinem rastlosen Treiben und Streben, von seiner Lebensmüde sind einige hinterlaßne Briefe die stärksten Zeugnisse, die wir hier einrücken wollen.

»Am 12. Dezember.
Lieber Wilhelm, ich bin in einem Zustande, in dem jene Unglücklichen gewesen sein müssen, von denen man glaubte, sie würden von einem bösen Geiste umhergetrieben. Manchmal ergreift mich's; es ist nicht Angst, nicht Begier – es ist ein inneres, unbekanntes Toben, das meine Brust zu zerreißen droht, das mir die Gurgel zupreßt! Wehe! wehe! und dann schweife ich umher in den furchtbaren nächtlichen Szenen dieser menschenfeindlichen Jahrszeit.

Gestern abend mußte ich hinaus. Es war plötzlich Tauwetter eingefallen, ich hatte gehört, der Fluß sei übergetreten, alle Bäche geschwollen und von Wahlheim herunter mein liebes Tal überschwemmt! Nachts nach eilfe rannte ich hinaus. Ein fürchterliches Schauspiel, vom Fels herunter die wühlenden Fluten in dem Mondlichte wirbeln zu sehen, über Äcker und Wiesen und Hecken und alles, und das weite Tal hinauf und hinab *eine* stürmende See im Sausen des Windes! Und wenn dann der Mond wieder hervortrat und über der schwarzen Wolke ruhte, und vor mir hinaus die Flut in fürchterlich herrlichem Widerschein rollte und klang: da überfiel mich ein Schauer, und wieder ein Sehnen! Ach, mit offenen Armen stand ich gegen den Abgrund und atmete hinab! hinab! und verlor mich in der Wonne, meine Qualen, meine Leiden da hinabzustürmen! dahinzubrausen wie die Wellen! O! – und den Fuß vom Boden zu heben vermochtest du nicht, und alle Qualen zu enden! – Meine Uhr ist noch nicht ausgelaufen, ich fühle es! O Wilhelm! wie gern hätte ich mein Menschsein drum gegeben, mit jenem Sturmwinde die Wolken zu zerreißen, die Fluten zu fassen! Ha! und wird nicht vielleicht dem Eingekerkerten einmal diese Wonne zuteil? –

Und wie ich wehmütig hinabsah auf ein Plätzchen, wo ich mit Lotten unter einer Weide geruht, auf einem heißen Spaziergange, – das war auch überschwemmt, und kaum daß ich die Weide erkannte! Wilhelm! Und ihre Wiesen, dachte ich, die Gegend um ihr Jagdhaus! wie verstört jetzt vom reißenden Strome unsere Laube! dacht' ich. Und der Vergangenheit Sonnenstrahl blickte herein, wie einem Gefangenen ein Traum von Herden, Wiesen und Ehrenämtern. Ich stand! – Ich schelte mich nicht, denn ich habe Mut zu sterben. – Ich hätte – Nun sitze ich hier wie ein altes Weib, das ihr Holz von Zäunen stoppelt und ihr Brot an den Türen, um ihr hinsterbendes, freudeloses Dasein noch einen Augenblick zu verlängern und zu erleichtern.«

»Am 14. Dezember.

Was ist das, mein Lieber? Ich erschrecke vor mir selbst! Ist nicht meine Liebe zu ihr die heiligste, reinste, brüderlichste Liebe? Habe ich jemals einen strafbaren Wunsch in meiner Seele gefühlt? – Ich will nicht beteuern – Und nun, Träume! O wie wahr fühlten die Menschen, die so widersprechende Wirkungen fremden Mächten zuschrieben! Diese Nacht! ich zittere, es zu sagen, hielt ich sie in meinen Armen, fest an meinen Busen gedrückt, und deckte ihren liebelispelnden Mund mit unendlichen Küssen; mein Auge schwamm in der Trunkenheit des ihrigen! Gott! bin ich strafbar, daß ich auch jetzt noch eine Seligkeit fühle, mir diese glühenden Freuden mit voller Innigkeit zurückzurufen? Lotte! Lotte! – Und mit mir ist es aus! Meine Sinne verwirren sich, schon acht Tage habe ich keine Besinnungskraft mehr, meine Augen sind voll Tränen. Ich bin nirgend wohl, und überall wohl. Ich wünsche nichts, verlange nichts. Mir wäre besser, ich ginge.«

Der Entschluß, die Welt zu verlassen, hatte in dieser Zeit, unter solchen Umständen in Werthers Seele immer mehr Kraft gewonnen. Seit der Rückkehr zu Lotten war es immer seine letzte Aussicht und Hoffnung gewesen; doch hatte er sich gesagt, es solle keine übereilte, keine rasche Tat sein, er wolle mit der besten Überzeugung, mit der möglichst ruhigen Entschlossenheit diesen Schritt tun.

Seine Zweifel, sein Streit mit sich selbst blicken aus einem Zettelchen hervor, das wahrscheinlich ein angefangener Brief an Wilhelm ist und ohne Datum unter seinen Papieren gefunden worden:

»Ihre Gegenwart, ihr Schicksal, ihre Teilnehmung an dem meinigen preßt noch die letzten Tränen aus meinem versengten Gehirne.

Den Vorhang aufzuheben und dahinter zu treten! das ist alles! Und warum das Zaudern und Zagen? Weil man nicht weiß, wie es dahinten aussieht? und man nicht wiederkehrt? Und daß das nun die Eigenschaft unseres Geistes ist, da Verwirrung und Finsternis zu ahnen, wovon wir nichts Bestimmtes wissen.«

Endlich ward er mit dem traurigen Gedanken immer mehr verwandt und befreundet und sein Vorsatz fest und unwiderruflich, wovon folgender zweideutige Brief, den er an seinen Freund schrieb, ein Zeugnis abgibt.

»Am 20. Dezember.
Ich danke deiner Liebe, Wilhelm, daß du das Wort so aufgefangen hast. Ja, du hast recht: mir wäre besser, ich ginge. Der Vorschlag, den du zu einer Rückkehr zu euch tust, gefällt mir nicht ganz; wenigstens möchte ich noch gern einen Umweg machen, besonders da wir anhaltenden Frost und gute Wege zu hoffen haben. Auch ist mir es sehr lieb, daß du kommen willst, mich abzuholen; verziehe nur noch vierzehn Tage, und erwarte noch einen Brief von mir mit dem Weiteren. Es ist nötig, daß nichts gepflückt werde, ehe es reif ist. Und vierzehn Tage auf oder ab tun viel. Meiner Mutter sollst du sagen: daß sie für ihren Sohn beten soll, und daß ich sie um Vergebung bitte wegen alles Verdrusses, den ich ihr gemacht habe. Das war nun mein Schicksal, die zu betrüben, denen ich Freude schuldig war. Leb' wohl, mein Teuerster! Allen Segen des Himmels über dich! Leb' wohl!«

Was in dieser Zeit in Lottens Seele vorging, wie ihre Gesinnung gegen ihren Mann, gegen ihren unglücklichen Freund gewesen, getrauen wir uns kaum mit Worten auszudrücken, ob wir uns gleich davon, nach der Kenntnis ihres Charakters, wohl einen stillen Begriff machen können, und eine schöne weibliche Seele sich in die ihrige denken und mit ihr empfinden kann.

So viel ist gewiß, sie war fest bei sich entschlossen, alles zu tun, um Werthern zu entfernen, und wenn sie zauderte, so war es eine herzliche, freundschaftliche Schonung, weil sie wußte, wie viel es ihm kosten, ja daß es ihm beinahe unmöglich sein würde. Doch ward sie in dieser Zeit mehr gedrängt, Ernst zu machen; es schwieg ihr Mann ganz über dies Verhältnis, wie sie auch immer darüber geschwiegen hatte, und um so mehr war ihr angelegen, ihm durch die Tat zu beweisen, wie ihre Gesinnungen der seinigen wert seien.

An demselben Tage, als Werther den zuletzt eingeschalteten Brief an seinen Freund geschrieben, es war der Sonntag vor Weihnachten, kam er abends zu Lotten und fand sie allein. Sie beschäftigte sich, einige Spielwerke in Ordnung zu bringen, die sie ihren kleinen Geschwistern zum Christgeschenke zurecht gemacht hatte. Er redete von dem Vergnügen, das die Kleinen haben würden, und von den Zeiten, da einen die unerwartete Öffnung der Tür und die Erscheinung eines aufgeputzten Baumes mit Wachslichtern, Zukkerwerk und Äpfeln in paradiesische Entzückung setzte. – »Sie sollen«, sagte Lotte, indem sie ihre Verlegenheit unter ein liebes Lächeln verbarg, »Sie sollen auch beschert kriegen, wenn Sie recht geschickt sind; ein Wachsstöckchen und noch was.« – »Und was heißen Sie geschickt sein?« rief er aus; »wie soll ich sein? wie kann ich sein? beste Lotte!« – »Donnerstag abend«, sagte sie, »ist Weihnachtsabend, da kommen die Kinder, mein Vater auch, da kriegt jedes das Seinige, da kommen Sie auch – aber nicht eher.« – Werther stutzte. – »Ich bitte Sie«, fuhr sie fort, »es ist nun einmal so, ich bitte Sie um meiner Ruhe willen, es kann nicht, es kann nicht so bleiben.« – Er wendete seine Augen von ihr und ging in der Stube auf und ab und murmelte das »Es kann nicht so bleiben!« zwischen den Zähnen. – Lotte, die den schrecklichen Zustand fühlte, worein ihn diese Worte versetzt hatten, suchte durch allerlei Fragen seine Gedanken abzulenken, aber vergebens. – »Nein, Lotte«, rief er aus, »ich werde Sie nicht wiedersehen!« – »Warum das?« versetzte sie, »Werther, Sie können, Sie müssen uns wiedersehen, nur mäßigen Sie sich. O warum mußten Sie mit dieser Heftigkeit, dieser unbezwinglich haftenden Leidenschaft für alles, was Sie einmal anfassen, geboren werden! Ich bitte Sie«, fuhr sie fort, indem sie ihn bei der Hand nahm, »mäßigen Sie sich! Ihr Geist, Ihre Wissenschaften, Ihre Talente, was bieten die Ihnen für mannigfaltige Ergetzungen dar! Sein Sie ein Mann, wenden Sie diese traurige Anhänglichkeit von einem Geschöpf, das nichts tun kann als Sie bedauern.« – Er knirrte mit den Zähnen und sah sie düster an. – Sie hielt seine Hand. »Nur einen Augenblick ruhigen Sinn, Werther!« sagte sie. »Fühlen Sie nicht, daß Sie sich betriegen, sich mit Willen zugrunde richten! Warum denn mich, Werther? just mich, das Eigentum eines andern? just das? Ich fürchte, ich fürchte, es ist nur die

93

Unmöglichkeit, mich zu besitzen, die Ihnen diesen Wunsch so reizend macht.« – Er zog seine Hand aus der ihrigen, indem er sie mit einem starren, unwilligen Blick ansah. »Weise!« rief er, »sehr weise! hat vielleicht Albert diese Anmerkung gemacht? Politisch! sehr politisch!« – »Es kann sie jeder machen«, versetzte sie drauf. »Und sollte denn in der weiten Welt kein Mädchen sein, das die Wünsche Ihres Herzens erfüllte? Gewinnen Sie's über sich, suchen Sie darnach, und ich schwöre Ihnen, Sie werden sie finden; denn schon lange ängstet mich, für Sie und uns, die Einschränkung, in die Sie sich diese Zeit her selbst gebannt haben. Gewinnen Sie es über sich, eine Reise wird Sie, muß Sie zerstreuen! Suchen Sie, finden Sie einen werten Gegenstand Ihrer Liebe, und kehren Sie zurück, und lassen Sie uns zusammen die Seligkeit einer wahren Freundschaft genießen.«

»Das könnte man«, sagte er mit einem kalten Lachen, »drucken lassen und allen Hofmeistern empfehlen. Liebe Lotte! lassen Sie mir noch ein klein wenig Ruh, es wird alles werden!« – »Nur das, Werther, daß Sie nicht eher kommen als Weihnachtsabend!« – Er wollte antworten, und Albert trat in die Stube. Man bot sich einen frostigen Guten Abend und ging verlegen im Zimmer neben einander auf und nieder. Werther fing einen unbedeutenden Diskurs an, der bald aus war, Albert desgleichen, der sodann seine Frau nach gewissen Aufträgen fragte und, als er hörte, sie seien noch nicht ausgerichtet, ihr einige Worte sagte, die Werthern kalt, ja gar hart vorkamen. Er wollte gehen, er konnte nicht und zauderte bis acht, da sich denn sein Unmut und Unwillen immer vermehrte, bis der Tisch gedeckt wurde, und er Hut und Stock nahm. Albert lud ihn zu bleiben, er aber, der nur ein unbedeutendes Kompliment zu hören glaubte, dankte kalt dagegen und ging weg.

Er kam nach Hause, nahm seinem Burschen, der ihm leuchten wollte, das Licht aus der Hand und ging allein in sein Zimmer, weinte laut, redete aufgebracht mit sich selbst, ging heftig die Stube auf und ab und warf sich endlich in seinen Kleidern aufs Bette, wo ihn der Bediente fand, der es gegen eilfe wagte hineinzugehn, um zu fragen, ob er dem Herrn die Stiefel ausziehen sollte, das er denn zuließ und dem Bedienten verbot, den andern Morgen ins Zimmer zu kommen, bis er ihm rufen würde.

Montags früh, den einundzwanzigsten Dezember, schrieb er folgenden Brief an Lotten, den man nach seinem Tode versiegelt auf seinem Schreibtische gefunden und ihr überbracht hat, und den ich absatzweise hier einrücken will, so wie aus den Umständen erhellet, daß er ihn geschrieben habe.

»Es ist beschlossen, Lotte, ich will sterben, und das schreibe ich dir ohne romantische Überspannung, gelassen, an dem Morgen des Tages, an dem ich dich zum letzten Male sehen werde. Wenn du dieses liesest, meine Beste, deckt schon das kühle Grab die erstarrten Reste des Unruhigen, Unglücklichen, der für die letzten Augenblicke seines Lebens keine größere Süßigkeit weiß, als sich mit dir zu unterhalten. Ich habe eine schreckliche Nacht gehabt und, ach, eine wohltätige Nacht. Sie ist es, die meinen Entschluß befestiget, bestimmt hat: ich will sterben! Wie ich mich gestern von dir riß, in der fürchterlichen Empörung meiner Sinne, wie sich alles das nach meinem Herzen drängte und mein hoffnungsloses, freudeloses Dasein neben dir in gräßlicher Kälte mich anpackte – ich erreichte kaum mein Zimmer, ich warf mich außer mir auf meine Knie, und o Gott! du gewährtest mir das letzte Labsal der bittersten Tränen! Tausend Anschläge, tausend Aussichten wüteten durch meine Seele, und zuletzt stand er da, fest, ganz, der letzte, einzige Gedanke: ich will sterben! – Ich legte mich nieder, und morgens, in der Ruhe des Erwachens, steht er noch fest, noch ganz stark in meinem Herzen: ich will sterben! – Es ist nicht Verzweiflung, es ist Gewißheit, daß ich ausgetragen habe, und daß ich mich opfere für dich. Ja, Lotte! warum sollte ich es verschweigen? Eins von uns dreien muß hinweg, und das will ich sein! O meine Beste! in diesem zerrissenen Herzen ist es wütend herumgeschlichen, oft – deinen Mann zu ermorden! – dich! – mich! – So sei es denn! – Wenn du hinaufsteigst auf den Berg, an einem schönen Sommerabende, dann erinnere dich meiner, wie ich so oft das Tal heraufkam, und dann blicke nach dem Kirchhofe hinüber nach meinem Grabe, wie der Wind das hohe Gras im Scheine der sinkenden Sonne hin und her wiegt. – Ich war ruhig, da ich anfing, nun, nun weine ich wie ein Kind, da alles das so lebhaft um mich wird. –«

Gegen zehn Uhr rief Werther seinem Bedienten, und unter dem Anziehen sagte er ihm, wie er in einigen Tagen verreisen würde, er solle daher die Kleider auskehren und alles zum Einpacken zurecht machen; auch gab er ihm Befehl, überall Kontos zu fordern, einige ausgeliehene Bücher abzuholen und einigen Armen, denen er wöchentlich etwas zu geben gewohnt war, ihr Zugeteiltes auf zwei Monate voraus zu bezahlen.

Er ließ sich das Essen auf die Stube bringen, und nach Tische ritt er hinaus zum Amtmanne, den er nicht zu Hause antraf. Er ging tiefsinnig im Garten auf und ab und schien noch zuletzt alle Schwermut der Erinnerung auf sich häufen zu wollen.

Die Kleinen ließen ihn nicht lange in Ruhe, sie verfolgten ihn, sprangen an ihm hinauf, erzählten ihm, daß, wenn morgen, und wieder morgen, und noch ein Tag wäre, sie die Christgeschenke bei Lotten holten, und erzählten ihm Wunder, die sich ihre kleine Einbildungskraft versprach. – »Morgen!« rief er aus, »und wieder morgen! und noch ein Tag!« – und küßte sie alle herzlich und wollte sie verlassen, als ihm der Kleine noch etwas in das Ohr sagen wollte. Der verriet ihm, die großen Brüder hätten schöne Neujahrswünsche geschrieben, so groß! und einen für den Papa, für Albert und Lotten einen und auch einen für Herrn Werther; die wollten sie am Neujahrstage früh überreichen. Das übermannte ihn, er schenkte jedem etwas, setzte sich zu Pferde, ließ den Alten grüßen und ritt mit Tränen in den Augen davon.

Gegen fünf kam er nach Hause, befahl der Magd, nach dem Feuer zu sehen und es bis in die Nacht zu unterhalten. Den Bedienten hieß er Bücher und Wäsche unten in den Koffer packen und die Kleider einnähen. Darauf schrieb er wahrscheinlich folgenden Absatz seines letzten Briefes an Lotten.

»Du erwartest mich nicht! du glaubst, ich würde gehorchen und erst Weihnachtsabend dich wieder sehn. O Lotte! heut oder nie mehr. Weihnachtsabend hältst du dieses Papier in deiner Hand, zitterst und benetzest es mit deinen lieben Tränen. Ich will, ich muß! O wie wohl ist es mir, daß ich entschlossen bin.«

Lotte war indes in einen sonderbaren Zustand geraten. Nach der letzten Unterredung mit Werthern hatte sie empfunden, wie schwer es ihr fallen werde, sich von ihm zu trennen, was er leiden würde, wenn er sich von ihr entfernen sollte.

Es war wie im Vorübergehn in Alberts Gegenwart gesagt worden, daß Werther vor Weihnachtsabend nicht wieder kommen werde, und Albert war zu einem Beamten in der Nachbarschaft geritten, mit dem er Geschäfte abzutun hatte, und wo er über Nacht ausbleiben mußte.

Sie saß nun allein, keins von ihren Geschwistern war um sie, sie überließ sich ihren Gedanken, die stille über ihren Verhältnissen herumschweiften. Sie sah sich nun mit dem Mann auf ewig verbunden, dessen Liebe und Treue sie kannte, dem sie von Herzen zugetan war, dessen Ruhe, dessen Zuverlässigkeit recht vom Himmel dazu bestimmt zu sein schien, daß eine wackere Frau das Glück ihres Lebens darauf gründen sollte; sie fühlte, was er ihr und ihren Kindern auf immer sein würde. Auf der andern Seite war ihr Werther so teuer geworden, gleich von dem ersten Augenblick ihrer Bekanntschaft an hatte sich die Übereinstimmung ihrer Gemüter so schön gezeigt, der lange dauernde Umgang mit ihm, so manche durchlebte Situationen hatten einen unauslöschlichen Eindruck auf ihr Herz gemacht. Alles, was sie Interessantes fühlte und dachte, war sie gewohnt mit ihm zu teilen, und seine Entfernung drohete in ihr ganzes Wesen eine Lücke zu reißen, die nicht wieder ausgefüllt werden konnte. O hätte sie ihn in dem Augenblick zum Bruder umwandeln können, wie glücklich wäre sie gewesen! Hätte sie ihn einer ihrer Freundinnen verheiraten dürfen, hätte sie hoffen können, auch sein Verhältnis gegen Albert ganz wieder herzustellen!

Sie hatte ihre Freundinnen der Reihe nach durchgedacht und fand bei einer jeglichen etwas auszusetzen, fand keine, der sie ihn gegönnt hätte.

Über allen diesen Betrachtungen fühlte sie erst tief, ohne sich es deutlich zu machen, daß ihr herzliches, heimliches Verlangen sei, ihn für sich zu behalten, und sagte sich daneben, daß sie ihn nicht behalten könne, behalten dürfe; ihr reines, schönes, sonst so leichtes und leicht sich helfendes Gemüt empfand den Druck einer Schwermut, dem die Aussicht zum Glück verschlossen ist. Ihr Herz war gepreßt, und eine trübe Wolke lag über ihrem Auge.

So war es halb sieben geworden, als sie Werthern die Treppe heraufkommen hörte und seinen Tritt, seine Stimme, die nach ihr fragte, bald erkannte. Wie schlug ihr Herz, und wir dürfen fast sagen zum erstenmal, bei seiner Ankunft. Sie hätte sich gern vor ihm verleugnen lassen, und als er hereintrat, rief sie ihm mit einer Art von leidenschaftlicher Verwirrung entgegen: »Sie haben nicht Wort gehalten.« – »Ich habe nichts versprochen«, war seine Antwort. – »So hätten Sie wenigstens meiner Bitte stattgeben sollen«, versetzte sie, »ich bat Sie um unser beider Ruhe.«

Sie wußte nicht recht, was sie sagte, ebensowenig was sie tat, als sie nach einigen Freundinnen schickte, um nicht mit Werthern allein zu sein. Er legte einige Bücher hin, die er gebracht hatte, fragte nach andern, und sie wünschte, bald daß ihre Freundinnen kommen, bald daß sie wegbleiben möchten. Das Mädchen kam zurück und brachte die Nachricht, daß sich beide entschuldigen ließen.

Sie wollte das Mädchen mit ihrer Arbeit in das Nebenzimmer sitzen lassen; dann besann sie sich wieder anders. Werther ging in der Stube auf und ab, sie trat ans Klavier und fing eine Menuett an, sie wollte nicht fließen. Sie nahm sich zusammen und setzte sich gelassen zu Werthern, der seinen gewöhnlichen Platz auf dem Kanapee eingenommen hatte.

97

»Haben Sie nichts zu lesen?« sagte sie. – Er hatte nichts. – »Da drin in meiner Schublade«, fing sie an, »liegt Ihre Übersetzung einiger Gesänge Ossians; ich habe sie noch nicht gelesen, denn ich hoffte immer, sie von Ihnen zu hören; aber zeither hat sich's nicht finden, nicht machen wollen.« – Er lächelte, holte die Lieder, ein Schauer überfiel ihn, als er sie in die Hände nahm, und die Augen standen ihm voll Tränen, als er hineinsah. Er setzte sich nieder und las.

»Stern der dämmernden Nacht, schön funkelst du in Westen, hebst dein strahlend Haupt aus deiner Wolke, wandelst stattlich deinen Hügel hin. Wornach blickst du auf die Heide? Die stürmenden Winde haben sich gelegt; von ferne kommt des Gießbachs Murmeln; rauschende Wellen spielen am Felsen ferne; das Gesumme der Abendfliegen schwärmet übers Feld. Wornach siehst du, schönes Licht? Aber du lächelst und gehst, freudig umgeben dich die Wellen und baden dein liebliches Haar. Lebe wohl, ruhiger Strahl. Erscheine, du herrliches Licht von Ossians Seele!

Und es erscheint in seiner Kraft. Ich sehe meine geschiedenen Freunde, sie sammeln sich auf Lora, wie in den Tagen, die vorüber sind. – Fingal kommt wie eine feuchte Nebelsäule; um ihn sind seine Helden, und, siehe! die Barden des Gesanges: Grauer Ullin! stattlicher Ryno! Alpin, lieblicher Sänger! und du, sanft klagende Minona! – Wie verändert seid ihr, meine Freunde, seit den festlichen Tagen auf Selma, da wir buhlten um die Ehre des Gesanges, wie Frühlingslüfte den Hügel hin wechselnd beugen das schwach lispelnde Gras.

Da trat Minona hervor in ihrer Schönheit, mit niedergeschlagenem Blick und tränenvollem Auge, schwer floß ihr Haar im unsteten Winde, der von dem Hügel herstieß. – Düster ward's in der Seele der Helden, als sie die liebliche Stimme erhob; denn oft hatten sie das Grab Salgars gesehen, oft die finstere Wohnung der weißen Colma. Colma, verlassen auf dem Hügel, mit der harmonischen Stimme; Salgar versprach zu kommen; aber ringsum zog sich die Nacht. Höret Colmas Stimme, da sie auf dem Hügel allein saß.

Colma

Es ist Nacht! – Ich bin allein, verloren auf dem stürmischen Hügel. Der Wind saust im Gebirge. Der Strom heult den Felsen hinab. Keine Hütte schützt mich vor Regen, mich Verlaßne auf dem stürmischen Hügel.

Tritt, o Mond, aus deinen Wolken, erscheinet, Sterne der Nacht! Leite mich irgend ein Strahl zu dem Orte, wo meine Liebe ruht von den Beschwerden der Jagd, sein Bogen neben ihm abgespannt, seine Hunde schnobend um ihn! Aber hier muß ich sitzen allein auf dem Felsen des verwachsenen Stroms. Der Strom und der Sturm saust, ich höre nicht die Stimme meines Geliebten.

Warum zaudert mein Salgar? Hat er sein Wort vergessen? – Da ist der Fels und der Baum und hier der rauschende Strom! Mit einbrechender Nacht versprachst du hier zu sein; ach! wohin hat sich mein Salgar verirrt? Mit dir wollt' ich fliehen, verlassen Vater und Bruder, die stolzen! Lange sind unsere Geschlechter Feinde, aber wir sind keine Feinde, o Salgar!

Schweig eine Weile, o Wind! still eine kleine Weile, o Strom, daß meine Stimme klinge durchs Tal, daß mein Wanderer mich höre. Salgar! ich bin's, die ruft! Hier ist der Baum und der Fels! Salgar! mein Lieber! hier bin ich; warum zauderst du zu kommen?

Sieh, der Mond erscheint, die Flut glänzt im Tale, die Felsen stehen grau den Hügel hinauf; aber ich seh' ihn nicht auf der Höhe, seine Hunde vor ihm her verkündigen nicht seine Ankunft. Hier muß ich sitzen allein.

Aber wer sind, die dort unten liegen auf der Heide? – Mein Geliebter? Mein Bruder? – Redet, o meine Freunde! Sie antworten nicht. Wie geängstet ist meine Seele! – Ach sie sind tot! Ihre Schwerter rot vom Gefechte! O mein Bruder, mein Bruder, warum hast du meinen Salgar erschlagen? O mein Salgar, warum hast du meinen Bruder erschlagen? Ihr wart mir beide so lieb! O du warst schön an dem Hügel unter Tausenden! Es war schrecklich in der Schlacht. Antwortet mir! hört meine Stimme, meine Geliebten! Aber ach, sie sind stumm, stumm auf ewig! Kalt wie die Erde ist ihr Busen!

O von dem Felsen des Hügels, von dem Gipfel des stürmenden Berges, redet, Geister der Toten! redet! mir soll es nicht grausen! – Wohin seid ihr zur Ruhe gegangen? In welcher Gruft des Gebirges soll ich euch finden? – Keine schwache Stimme vernehme ich im Winde, keine wehende Antwort im Sturme des Hügels.

Ich sitze in meinem Jammer, ich harre auf den Morgen in meinen Tränen. Wühlet das Grab, ihr Freunde der Toten, aber schließt es nicht, bis ich komme. Mein Leben schwindet wie ein Traum; wie sollt' ich zurückbleiben! Hier will ich wohnen mit meinen Freunden an dem Strome des klingenden Felsens – Wenn's Nacht wird auf dem Hügel, und Wind kommt über die Heide, soll mein Geist im Winde stehn und trauern den Tod meiner Freunde. Der Jäger hört mich aus seiner Laube, fürchtet meine Stimme und liebt sie; denn süß soll meine Stimme sein um meine Freunde, sie waren mir beide so lieb!

Das war dein Gesang, o Minona, Tormans sanft errötende Tochter. Unsere Tränen flossen um Colma, und unsere Seele ward düster.

Ullin trat auf mit der Harfe und gab uns Alpins Gesang – Alpins Stimme war freundlich, Rynos Seele ein Feuerstrahl. Aber schon ruhten sie im engen Hause, und ihre Stimme war verhallet in Selma. Einst kehrte Ullin zurück von der Jagd, ehe die Helden noch fielen. Er hörte ihren Wettegesang auf dem Hügel. Ihr Lied war sanft, aber traurig. Sie klagten Morars Fall, des ersten der Helden. Seine Seele war wie Fingals Seele, sein Schwert wie das Schwert Oskars – Aber er fiel, und sein Vater jammerte, und seiner Schwester Augen waren voll Tränen, Minonas Augen waren voll Tränen, der Schwester des herrlichen Morars. Sie trat zurück vor Ullins Gesang, wie der Mond in Westen, der den Sturmregen voraussieht und sein schönes Haupt in eine Wolke verbirgt. – Ich schlug die Harfe mit Ullin zum Gesange des Jammers.

Ryno

Vorbei sind Wind und Regen, der Mittag ist so heiter, die Wolken teilen sich. Fliehend bescheint den Hügel die unbeständige Sonne. Rötlich fließt der Strom des Bergs im Tale hin. Süß ist das Murmeln, Strom; doch süßer die Stimme, die ich höre. Es ist Alpins Stimme, er bejammert den Toten. Sein Haupt ist vor Alter gebeugt und rot sein tränendes Auge. Alpin, trefflicher Sänger, warum allein auf dem schweigenden Hügel? Warum jammerst du wie ein Windstoß im Walde, wie eine Welle am fernen Gestade?

Alpin

Meine Tränen, Ryno, sind für den Toten, meine Stimme für die Bewohner des Grabs. Schlank bist du auf dem Hügel, schön unter den Söhnen der Heide. Aber du wirst fallen wie Morar, und auf deinem Grabe wird der Trauernde sitzen. Die Hügel werden dich vergessen, dein Bogen in der Halle liegen ungespannt.

Du warst schnell, o Morar, wie ein Reh auf dem Hügel, schrecklich wie die Nachtfeuer am Himmel. Dein Grimm war ein Sturm, dein Schwert in der Schlacht wie Wetterleuchten über der Heide.

Deine Stimme glich dem Waldstrome nach dem Regen, dem Donner auf fernen Hügeln. Manche fielen von deinem Arm, die Flamme deines Grimmes verzehrte sie. Aber wenn du wiederkehrtest vom Kriege, wie friedlich war deine Stirne! dein Angesicht war gleich der Sonne nach dem Gewitter, gleich dem Monde in der schweigenden Nacht, ruhig deine Brust wie der See, wenn sich des Windes Brausen gelegt hat.

Eng ist nun deine Wohnung, finster deine Stätte! Mit drei Schritten mess' ich dein Grab, o du, der du ehe so groß warst! Vier Steine mit moosigen Häuptern sind dein einziges Gedächtnis; ein entblätterter Baum, langes Gras, das im Winde wispelt, deutet dem Auge des Jägers das Grab des mächtigen Morars. Keine Mutter hast du, dich zu beweinen, kein Mädchen mit Tränen der Liebe. Tot ist, die dich gebar, gefallen die Tochter von Morglan.

Wer auf seinem Stabe ist das? Wer ist es, dessen Haupt weiß ist vor Alter, dessen Augen rot sind von Tränen? Es ist dein Vater, o Morar, der Vater keines Sohnes außer dir. Er hörte von deinem Ruf in der Schlacht, er hörte von zerstobenen Feinden; er hörte Morars Ruhm! Ach! nichts von seiner Wunde? Weine, Vater Morars, weine! Aber dein Sohn hört dich nicht. Tief ist der Schlaf der Toten, niedrig ihr Kissen von Staube. Nimmer achtet er auf die Stimme, nie erwacht er auf deinen Ruf. O wann wird es Morgen im Grabe, zu bieten dem Schlummerer: Erwache!

Lebe wohl, edelster der Menschen, du Eroberer im Felde! Aber nimmer wird dich das Feld sehen, nimmer der düstere Wald leuchten vom Glanze deines Stahls. Du hinterließest keinen Sohn, aber der Gesang soll deinen Namen erhalten, künftige Zeiten sollen von dir hören, hören von dem gefallenen Morar. –

Laut war die Trauer der Helden, am lautesten Armins berstender Seufzer. Ihn erinnerte es an den Tod seines Sohnes, er fiel in den Tagen der Jugend. Carmor saß nah bei dem Helden, der Fürst des hallenden Galmal. ›Warum schluchzet der Seufzer Armins?‹ sprach er, ›was ist hier zu weinen? Klingt nicht ein Lied und ein Gesang, die Seele zu schmelzen und zu ergetzen? sie sind wie sanfter Nebel, der steigend vom See aufs Tal sprüht, und die blühenden Blumen füllet das Naß; aber die Sonne kommt wieder in ihrer Kraft, und der Nebel ist gegangen. Warum bist du so jammervoll, Armin, Herrscher des seeumflossenen Gorma?‹

›Jammervoll! Wohl das bin ich, und nicht gering die Ursache meines Wehs. – Carmor, du verlorst keinen Sohn, verlorst keine blühende Tochter; Colgar, der Tapfere, lebt, und Annira, die schönste der Mädchen. Die Zweige deines Hauses blühen, o Carmor; aber Armin ist der Letzte seines Stammes. Finster ist dein Bett, o Daura! dumpf ist dein Schlaf in dem Grabe – Wann erwachst du mit deinen Gesängen, mit deiner melodischen Stimme? Auf, ihr Winde des Herbstes! auf, stürmt über die finstere Heide! Waldströme, braust! Heult, Stürme, im Gipfel der Eichen! Wandle durch gebrochene Wolken, o Mond, zeige wechselnd dein bleiches Gesicht! Erinnre mich der schrecklichen Nacht, da meine Kinder umkamen, da Arindal, der Mächtige, fiel, Daura, die Liebe, verging.

Daura, meine Tochter, du warst schön, schön wie der Mond auf den Hügeln von Fura, weiß wie der gefallene Schnee, süß wie die atmende Luft! Arindal, dein Bogen war stark, dein Speer schnell auf dem Felde, dein Blick wie Nebel auf der Welle, dein Schild eine Feuerwolke im Sturme!

Armar, berühmt im Kriege, kam und warb um Dauras Liebe; sie widerstand nicht lange. Schön waren die Hoffnungen ihrer Freunde.

Erath, der Sohn Odgals, grollte, denn sein Bruder lag erschlagen von Armar. Er kam, in einen Schiffer verkleidet. Schön war sein Nachen auf der Welle, weiß seine Locken vor Alter, ruhig sein ernstes Gesicht. ›Schönste der Mädchen‹, sagte er, ›liebliche Tochter von Armin, dort am Felsen, nicht fern in der See, wo die rote Frucht vom Baume herblinkt, dort wartet Armar auf Daura; ich komme, seine Liebe zu führen über die rollende See.‹

Sie folgt' ihm und rief nach Armar; nichts antwortete als die Stimme des Felsens. ›Armar! mein Lieber! mein Lieber! warum ängstest du mich so? Höre, Sohn Arnarths! höre! Daura ist's, die dich ruft!‹

Erath, der Verräter, floh lachend zum Lande. Sie erhob ihre Stimme, rief nach ihrem Vater und Bruder: ›Arindal! Armin! Ist keiner, seine Daura zu retten?‹

Ihre Stimme kam über die See. Arindal, mein Sohn, stieg vom Hügel herab, rauh in der Beute der Jagd, seine Pfeile rasselten an seiner Seite, seinen Bogen trug er in der Hand, fünf schwarzgraue Doggen waren um ihn. Er sah den kühnen Erath am Ufer, faßt' und band ihn an die Eiche, fest umflocht er seine Hüften, der Gefesselte füllte mit Ächzen die Winde.

Arindal betritt die Wellen in seinem Boote, Daura herüber zu bringen. Armar kam in seinem Grimme, drückt' ab den grau befiederten Pfeil, er klang, er sank in dein Herz, o Arindal, mein Sohn! Statt Eraths, des Verräters, kamst du um, das Boot erreichte den

Felsen, er sank dran nieder und starb. Zu deinen Füßen floß deines Bruders Blut, welch war dein Jammer, o Daura!

Die Wellen zerschmettern das Boot. Armar stürzt sich in die See, seine Daura zu retten oder zu sterben. Schnell stürmte ein Stoß vom Hügel in die Wellen, er sank und hob sich nicht wieder.

Allein auf dem seebespülten Felsen hört' ich die Klagen meiner Tochter. Viel und laut war ihr Schreien, doch konnt' sie ihr Vater nicht retten. Die ganze Nacht stand ich am Ufer, ich sah sie im schwachen Strahle des Mondes, die ganze Nacht hört' ich ihr Schreien, laut war der Wind, und der Regen schlug scharf nach der Seite des Berges. Ihre Stimme ward schwach, ehe der Morgen erschien, sie starb weg wie die Abendluft zwischen dem Grase der Felsen. Beladen mit Jammer starb sie und ließ Armin allein! Dahin ist meine Stärke im Kriege, gefallen mein Stolz unter den Mädchen.

Wenn die Stürme des Berges kommen, wenn der Nord die Wellen hochhebt, sitz' ich am schallenden Ufer, schaue nach dem schrecklichen Felsen. Oft im sinkenden Monde seh' ich die Geister meiner Kinder, halb dämmernd wandeln sie zusammen in trauriger Eintracht.«

Ein Strom von Tränen, der aus Lottens Augen brach und ihrem gepreßten Herzen Luft machte, hemmte Werthers Gesang. Er warf das Papier hin, faßte ihre Hand und weinte die bittersten Tränen. Lotte ruhte auf der andern und verbarg ihre Augen ins Schnupftuch. Die Bewegung beider war fürchterlich. Sie fühlten ihr eigenes Elend in dem Schicksale der Edlen, fühlten es zusammen, und ihre Tränen vereinigten sich. Die Lippen und Augen Werthers glühten an Lottens Arme; ein Schauer überfiel sie; sie wollte sich entfernen, und Schmerz und Anteil lagen betäubend wie Blei auf ihr. Sie atmete, sich zu erholen, und bat ihn schluchzend fortzufahren, bat mit der ganzen Stimme des Himmels! Werther zitterte, sein Herz wollte bersten, er hob das Blatt auf und las halb gebrochen:

»Warum weckst du mich, Frühlingsluft? Du buhlst und sprichst: Ich betaue mit Tropfen des Himmels! Aber die Zeit meines Welkens ist nahe, nahe der Sturm, der meine Blätter herabstört! Morgen wird der Wanderer kommen, kommen der mich sah in meiner Schönheit, ringsum wird sein Auge im Felde mich suchen und wird mich nicht finden. –«

Die ganze Gewalt dieser Worte fiel über den Unglücklichen. Er warf sich vor Lotten nieder in der vollen Verzweifelung, faßte ihre

Hände, drückte sie in seine Augen, wider seine Stirn, und ihr schien eine Ahnung seines schrecklichen Vorhabens durch die Seele zu fliegen. Ihre Sinne verwirrten sich, sie drückte seine Hände, drückte sie wider ihre Brust, neigte sich mit einer wehmütigen Bewegung zu ihm, und ihre glühenden Wangen berührten sich. Die Welt verging ihnen. Er schlang seine Arme um sie her, preßte sie an seine Brust und deckte ihre zitternden, stammelnden Lippen mit wütenden Küssen. – »Werther!« rief sie mit erstickter Stimme, sich abwendend, »Werther!«, und drückte mit schwacher Hand seine Brust von der ihrigen; »Werther!« rief sie mit dem gefaßten Tone des edelsten Gefühles. – Er widerstand nicht, ließ sie aus seinen Armen und warf sich unsinnig vor sie hin. – Sie riß sich auf, und in ängstlicher Verwirrung, bebend zwischen Liebe und Zorn, sagte sie: »Das ist das letzte Mal! Werther! Sie sehn mich nicht wieder.« Und mit dem vollsten Blick der Liebe auf den Elenden eilte sie ins Nebenzimmer und schloß hinter sich zu. – Werther streckte ihr die Arme nach, getraute sich nicht, sie zu halten. Er lag an der Erde, den Kopf auf dem Kanapee, und in dieser Stellung blieb er über eine halbe Stunde, bis ihn ein Geräusch zu sich selbst rief. Es war das Mädchen, das den Tisch decken wollte. Er ging im Zimmer auf und ab, und da er sich wieder allein sah, ging er zur Türe des Kabinetts und rief mit leiser Stimme: »Lotte! Lotte! nur noch *ein* Wort! Ein Lebewohl!« – Sie schwieg. – Er harrte und bat und harrte; dann riß er sich weg und rief: »Lebe wohl, Lotte! Auf ewig lebe wohl!«

Er kam ans Stadttor. Die Wächter, die ihn schon gewohnt waren, ließen ihn stillschweigend hinaus. Es stiebte zwischen Regen und Schnee, und erst gegen eilfe klopfte er wieder. Sein Diener bemerkte, als Werther nach Hause kam, daß seinem Herrn der Hut fehlte. Er getraute sich nicht, etwas zu sagen, entkleidete ihn, alles war naß. Man hat nachher den Hut auf einem Felsen, der an dem Abhange des Hügels ins Tal sieht, gefunden, und es ist unbegreiflich, wie er ihn in einer finstern, feuchten Nacht, ohne zu stürzen, erstiegen hat.

Er legte sich zu Bette und schlief lange. Der Bediente fand ihn schreibend, als er ihm den andern Morgen auf sein Rufen den Kaffee brachte. Er schrieb folgendes am Briefe an Lotten:

»Zum letztenmale denn, zum letztenmale schlage ich diese Augen auf. Sie sollen, ach, die Sonne nicht mehr sehn, ein trüber, neblichter Tag hält sie bedeckt. So traure denn, Natur! dein Sohn, dein Freund, dein Geliebter naht sich seinem Ende. Lotte, das ist ein

Gefühl ohnegleichen, und doch kommt es dem dämmernden Traum am nächsten, zu sich zu sagen: das ist der letzte Morgen. Der letzte! Lotte, ich habe keinen Sinn für das Wort: der letzte! Stehe ich nicht da in meiner ganzen Kraft, und morgen liege ich ausgestreckt und schlaff am Boden. Sterben! was heißt das? Siehe, wir träumen, wenn wir vom Tode reden. Ich habe manchen sterben sehen; aber so eingeschränkt ist die Menschheit, daß sie für ihres Daseins Anfang und Ende keinen Sinn hat. Jetzt noch mein, dein! dein, o Geliebte! Und einen Augenblick – getrennt, geschieden – vielleicht auf ewig? – Nein, Lotte, nein – Wie kann ich vergehen? wie kannst du vergehen? Wir *sind* ja! – Vergehen! – Was heißt das? Das ist wieder ein Wort, ein leerer Schall, ohne Gefühl für mein Herz. – – Tot, Lotte! eingescharrt der kalten Erde, so eng! so finster! – Ich hatte eine Freundin, die mein alles war meiner hülflosen Jugend; sie starb, und ich folgte ihrer Leiche und stand an dem Grabe, wie sie den Sarg hinunterließen und die Seile schnurrend unter ihm weg und wieder herauf schnellten, dann die erste Schaufel hinunterschollerte, und die ängstliche Lade einen dumpfen Ton wiedergab, und dumpfer und immer dumpfer, und endlich bedeckt war! – Ich stürzte neben das Grab hin – ergriffen, erschüttert, geängstigt, zerrissen mein Innerstes, aber ich wußte nicht, wie mir geschah – wie mir geschehen wird – Sterben! Grab! ich verstehe die Worte nicht!

O vergib mir! vergib mir! Gestern! Es hätte der letzte Augenblick meines Lebens sein sollen. O du Engel! Zum ersten Male, zum ersten Male ganz ohne Zweifel durch mein innig Innerstes durchglühte mich das Wonnegefühl: Sie liebt mich! Sie liebt mich! Es brennt noch auf meinen Lippen das heilige Feuer, das von den deinigen strömte, neue, warme Wonne ist in meinem Herzen. Vergib mir! vergib mir!

Ach, ich wußte, daß du mich liebtest, wußte es an den ersten seelenvollen Blicken, an dem ersten Händedruck, und doch, wenn ich wieder weg war, wenn ich Alberten an deiner Seite sah, verzagte ich wieder in fieberhaften Zweifeln.

Erinnerst du dich der Blumen, die du mir schicktest, als du in jener fatalen Gesellschaft mir kein Wort sagen, keine Hand reichen konntest? o, ich habe die halbe Nacht davor gekniet, und sie versiegelten mir deine Liebe. Aber ach! diese Eindrücke gingen vorüber, wie das Gefühl der Gnade seines Gottes allmählich wieder aus der Seele des Gläubigen weicht, die ihm mit ganzer Himmelsfülle in heiligen, sichtbaren Zeichen gereicht ward.

Alles das ist vergänglich, aber keine Ewigkeit soll das glühende

Leben auslöschen, das ich gestern auf deinen Lippen genoß, das ich in mir fühle! Sie liebt mich! Dieser Arm hat sie umfaßt, diese Lippen haben auf ihren Lippen gezittert, dieser Mund hat an dem ihrigen gestammelt. Sie ist mein! du bist mein! ja, Lotte, auf ewig.

Und was ist das, daß Albert dein Mann ist? Mann! Das wäre denn für diese Welt – und für diese Welt Sünde, daß ich dich liebe, daß ich dich aus seinen Armen in die meinigen reißen möchte? Sünde? Gut, und ich strafe mich dafür; ich habe sie in ihrer ganzen Himmelswonne geschmeckt, diese Sünde, habe Lebensbalsam und Kraft in mein Herz gesaugt. Du bist von diesem Augenblicke mein! mein, o Lotte! Ich gehe voran! gehe zu meinem Vater, zu deinem Vater. Dem will ich's klagen, und er wird mich trösten, bis du kommst, und ich fliege dir entgegen und fasse dich und bleibe bei dir vor dem Angesichte des Unendlichen in ewigen Umarmungen.

Ich träume nicht, ich wähne nicht! Nahe am Grabe wird mir es heller. Wir werden sein! wir werden uns wieder sehen! Deine Mutter sehen! ich werde sie sehen, werde sie finden, ach, und vor ihr mein ganzes Herz ausschütten! Deine Mutter, dein Ebenbild.«

Gegen eilfe fragte Werther seinen Bedienten, ob wohl Albert zurückgekommen sei? Der Bediente sagte: ja, er habe dessen Pferd dahinführen sehen. Darauf gibt ihm der Herr ein offenes Zettelchen des Inhalts:

»Wollten Sie mir wohl zu einer vorhabenden Reise Ihre Pistolen leihen? Leben Sie recht wohl!«

Die liebe Frau hatte die letzte Nacht wenig geschlafen; was sie gefürchtet hatte, war entschieden, auf eine Weise entschieden, die sie weder ahnen noch fürchten konnte. Ihr sonst so rein und leicht fließendes Blut war in einer fieberhaften Empörung, tausenderlei Empfindungen zerrütteten das schöne Herz. War es das Feuer von Werthers Umarmungen, das sie in ihrem Busen fühlte? War es Unwille über seine Verwegenheit? War es eine unmutige Vergleichung ihres gegenwärtigen Zustandes mit jenen Tagen ganz unbefangener, freier Unschuld und sorglosen Zutrauens an sich selbst? Wie sollte sie ihrem Manne entgegengehen, wie ihm eine Szene bekennen, die sie so gut gestehen durfte, und die sie sich doch zu gestehen nicht getraute? Sie hatten so lange gegen einander geschwiegen, und sollte sie die erste sein, die das Stillschweigen bräche und eben zur unrechten Zeit ihrem Gatten eine so unerwartete Entdeckung machte? Schon fürchtete sie, die bloße Nachricht von Werthers Besuch werde ihm einen unangenehmen Eindruck machen, und nun gar diese unerwartete Katastrophe! Konnte sie wohl hoffen, daß ihr Mann sie ganz im rechten Lichte sehen, ganz ohne Vorurteil aufnehmen würde? Und konnte sie wünschen, daß er in ihrer Seele lesen möchte? Und doch wieder, konnte sie sich verstellen gegen den Mann, vor dem sie immer wie ein kristallhelles Glas offen und frei gestanden und dem sie keine ihrer Empfindungen jemals verheimlicht noch verheimlichen können? Eins und das andre machte ihr Sorgen und setzte sie in Verlegenheit; und immer kehrten ihre Gedanken wieder zu Werthern, der für sie verloren war, den sie nicht lassen konnte, den sie – leider! – sich selbst überlassen mußte, und dem, wenn er sie verloren hatte, nichts mehr übrig blieb.

Wie schwer lag jetzt, was sie sich in dem Augenblick nicht deutlich machen konnte, die Stockung auf ihr, die sich unter ihnen festgesetzt hatte! So verständige, so gute Menschen fingen wegen gewisser heimlicher Verschiedenheiten unter einander zu schweigen an, jedes dachte seinem Recht und dem Unrechte des andern nach, und die Verhältnisse verwickelten und verhetzten sich dergestalt, daß es unmöglich ward, den Knoten eben in dem kritischen Momente, von dem alles abhing, zu lösen. Hätte eine glückliche Vertraulichkeit sie früher wieder einander näher gebracht, wäre Liebe und Nachsicht wechselweise unter ihnen lebendig worden und hätte ihre Herzen aufgeschlossen, vielleicht wäre unser Freund noch zu retten gewesen.

Noch ein sonderbarer Umstand kam dazu. Werther hatte, wie wir aus seinen Briefen wissen, nie ein Geheimnis daraus gemacht, daß er sich diese Welt zu verlassen sehnte. Albert hatte ihn oft bestritten, auch war zwischen Lotten und ihrem Mann manchmal die Rede davon gewesen. Dieser, wie er einen entschiedenen Widerwillen gegen die Tat empfand, hatte auch gar oft mit einer Art von Empfindlichkeit, die sonst ganz außer seinem Charakter lag, zu erkennen gegeben, daß er an dem Ernst eines solchen Vorsatzes sehr zu zweifeln Ursach' finde, er hatte sich sogar darüber einigen Scherz erlaubt und seinen Unglauben Lotten mitgeteilt. Dies beruhigte sie zwar von einer Seite, wenn ihre Gedanken ihr das traurige Bild vorführten, von der andern aber fühlte sie sich auch dadurch gehindert, ihrem Manne die Besorgnisse mitzuteilen, die sie in dem Augenblicke quälten.

Albert kam zurück, und Lotte ging ihm mit einer verlegenen Hastigkeit entgegen, er war nicht heiter, sein Geschäft war nicht vollbracht, er hatte an dem benachbarten Amtmanne einen unbiegsamen, kleinsinnigen Menschen gefunden. Der üble Weg auch hatte ihn verdrießlich gemacht.

Er fragte, ob nichts vorgefallen sei, und sie antwortete mit Übereilung: Werther sei gestern abends dagewesen. Er fragte, ob Briefe gekommen, und er erhielt zur Antwort, daß ein Brief und Pakete auf seiner Stube lägen. Er ging hinüber, und Lotte blieb allein. Die Gegenwart des Mannes, den sie liebte und ehrte, hatte einen neuen Eindruck in ihr Herz gemacht. Das Andenken seines Edelmuts, seiner Liebe und Güte hatte ihr Gemüt mehr beruhigt, sie fühlte einen heimlichen Zug, ihm zu folgen, sie nahm ihre Arbeit und ging auf sein Zimmer, wie sie mehr zu tun pflegte. Sie fand ihn beschäftigt, die Pakete zu erbrechen und zu lesen. Einige schienen nicht das Angenehmste zu enthalten. Sie tat einige Fragen an ihn, die er kurz beantwortete, und sich an den Pult stellte, zu schreiben.

Sie waren auf diese Weise eine Stunde nebeneinander gewesen, und es ward immer dunkler in Lottens Gemüt. Sie fühlte, wie schwer es ihr werden würde, ihrem Mann, auch wenn er bei dem besten Humor wäre, das zu entdecken, was ihr auf dem Herzen lag; sie verfiel in eine Wehmut, die ihr um desto ängstlicher wurde, als sie solche zu verbergen und ihre Tränen zu verschlucken suchte.

Die Erscheinung von Werthers Knaben setzte sie in die größte Verlegenheit; er überreichte Alberten das Zettelchen, der sich gelassen nach seiner Frau wendete und sagte: »Gib ihm die Pistolen.« – »Ich lasse ihm glückliche Reise wünschen«, sagte er zum Jungen. – Das fiel auf sie wie ein Donnerschlag, sie schwankte aufzustehen, sie wußte nicht, wie ihr geschah. Langsam ging sie nach der Wand, zitternd nahm sie das Gewehr herunter, putzte den Staub ab und zauderte, und hätte noch lange gezögert, wenn nicht Albert durch einen fragenden Blick sie gedrängt hätte. Sie gab das unglückliche Werkzeug dem Knaben, ohne ein Wort vorbringen zu können, und als der zum Hause hinaus war, machte sie ihre Arbeit zusammen, ging in ihr Zimmer, in dem Zustande der unaussprechlichsten Ungewißheit. Ihr Herz weissagte ihr alle Schrecknisse. Bald war sie im Begriffe, sich zu den Füßen ihres Mannes zu werfen, ihm alles zu entdecken, die Geschichte des gestrigen Abends, ihre Schuld und ihre Ahnungen. Dann sah sie wieder keinen Ausgang des Unternehmens, am wenigsten konnte sie hoffen, ihren Mann zu einem Gang nach Werthern zu bereden. Der Tisch ward gedeckt, und eine gute Freundin, die nur etwas zu fragen kam, gleich gehen wollte – und blieb, machte die Unterhaltung bei Tische erträglich; man zwang sich, man redete, man erzählte, man vergaß sich.

Der Knabe kam mit den Pistolen zu Werthern, der sie ihm mit Entzücken abnahm, als er hörte, Lotte habe sie ihm gegeben. Er ließ sich Brot und Wein bringen, hieß den Knaben zu Tische gehen und setzte sich nieder, zu schreiben.

»Sie sind durch deine Hände gegangen, du hast den Staub davon geputzt, ich küsse sie tausendmal, du hast sie berührt! Und du, Geist des Himmels, begünstigst meinen Entschluß, und du, Lotte, reichst mir das Werkzeug, du, von deren Händen ich den Tod zu empfangen wünschte, und ach! nun empfange. O ich habe meinen Jungen ausgefragt. Du zittertest, als du sie ihm reichtest, du sagtest kein Lebewohl! – Wehe! wehe! kein Lebewohl! – Solltest du dein Herz für mich verschlossen haben, um des Augenblicks willen, der mich ewig an dich befestigte? Lotte, kein Jahrtausend vermag den Eindruck auszulöschen! und ich fühle es, du kannst den nicht hassen, der so für dich glüht.«

Nach Tische hieß er den Knaben alles vollends einpacken, zerriß viele Papiere, ging aus und brachte noch kleine Schulden in Ordnung. Er kam wieder nach Hause, ging wieder aus vors Tor, ungeachtet des Regens, in den gräflichen Garten, schweifte weiter in der Gegend umher und kam mit anbrechender Nacht zurück und schrieb.

»Wilhelm, ich habe zum letzten Male Feld und Wald und den Himmel gesehen. Leb wohl auch du! Liebe Mutter, verzeiht mir! Tröste sie, Wilhelm! Gott segne euch! Meine Sachen sind alle in Ordnung. Lebt wohl! wir sehen uns wieder und freudiger.«

»Ich habe dir übel gelohnt, Albert, und du vergibst mir. Ich habe den Frieden deines Hauses gestört, ich habe Mißtrauen zwischen euch gebracht. Lebe wohl! ich will es enden. O daß ihr glücklich wäret durch meinen Tod! Albert! Albert! mache den Engel glücklich! Und so wohne Gottes Segen über dir!«

Er kramte den Abend noch viel in seinen Papieren, zerriß vieles und warf es in den Ofen, versiegelte einige Päcke mit den Adressen an Wilhelm. Sie enthielten kleine Aufsätze, abgerissene Gedanken, deren ich verschiedene gesehen habe; und nachdem er um zehn Uhr Feuer hatte nachlegen und sich eine Flasche Wein geben lassen, schickte er den Bedienten, dessen Kammer wie auch die Schlafzimmer der Hausleute weit hinten hinaus waren, zu Bette, der sich dann in seinen Kleidern niederlegte, um frühe bei der Hand zu sein; denn sein Herr hatte gesagt, die Postpferde würden vor sechse vors Haus kommen.

»Nach eilfe.
Alles ist so still um mich her, und so ruhig meine Seele. Ich danke dir, Gott, der du diesen letzten Augenblicken diese Wärme, diese Kraft schenkest.

Ich trete an das Fenster, meine Beste, und sehe, und sehe noch durch die stürmenden, vorüberfliehenden Wolken einzelne Sterne des ewigen Himmels! Nein, ihr werdet nicht fallen! der Ewige trägt euch an seinem Herzen, und mich. Ich sehe die Deichselsterne des Wagens, des liebsten unter allen Gestirnen. Wenn ich nachts von dir ging, wie ich aus deinem Tore trat, stand er gegen mir über. Mit welcher Trunkenheit habe ich ihn oft angesehen, oft mit aufgehobenen Händen ihn zum Zeichen, zum heiligen Merksteine meiner gegenwärtigen Seligkeit gemacht! und noch – O Lotte, was erinnert mich nicht an dich! umgibst du mich nicht! und habe ich nicht, gleich einem Kinde, ungenügsam allerlei Kleinigkeiten zu mir gerissen, die du Heilige berührt hattest!

Liebes Schattenbild! Ich vermache dir es zurück, Lotte, und bitte dich, es zu ehren. Tausend, tausend Küsse habe ich darauf gedrückt, tausend Grüße ihm zugewinkt, wenn ich ausging oder nach Hause kam.

Ich habe deinen Vater in einem Zettelchen gebeten, meine Leiche zu schützen. Auf dem Kirchhofe sind zwei Lindenbäume, hinten in der Ecke nach dem Felde zu; dort wünsche ich zu ruhen. Er kann, er wird das für seinen Freund tun. Bitte ihn auch. Ich will frommen Christen nicht zumuten, ihren Körper neben einen armen Unglücklichen zu legen. Ach, ich wollte, ihr begrübt mich am Wege, oder im einsamen Tale, daß Priester und Levit vor dem bezeichneten Steine sich segnend vorübergingen und der Samariter eine Träne weinte.

Hier, Lotte! Ich schaudre nicht, den kalten, schrecklichen Kelch zu fassen, aus dem ich den Taumel des Todes trinken soll! Du reichtest mir ihn, und ich zage nicht. All! all! So sind alle die Wünsche und Hoffnungen meines Lebens erfüllt! So kalt, so starr an der ehernen Pforte des Todes anzuklopfen.

Daß ich des Glückes hätte teilhaftig werden können, für *dich* zu sterben! Lotte, für dich mich hinzugeben! Ich wollte mutig, ich wollte freudig sterben, wenn ich dir die Ruhe, die Wonne deines Lebens wiederschaffen könnte. Aber ach! das ward nur wenigen

Edeln gegeben, ihr Blut für die Ihrigen zu vergießen und durch ihren Tod ein neues, hundertfältiges Leben ihren Freunden anzufachen.

In diesen Kleidern, Lotte, will ich begraben sein, du hast sie berührt, geheiligt; ich habe auch deinen Vater darum gebeten. Meine Seele schwebt über dem Sarge. Man soll meine Taschen nicht aussuchen. Diese blaßrote Schleife, die du am Busen hattest, als ich dich zum ersten Male unter deinen Kindern fand – O küsse sie tausendmal und erzähle ihnen das Schicksal ihres unglücklichen Freundes. Die Lieben! sie wimmeln um mich. Ach wie ich mich an dich schloß! seit dem ersten Augenblicke dich nicht lassen konnte! – Diese Schleife soll mit mir begraben werden. An meinem Geburtstage schenktest du sie mir! Wie ich das alles verschlang! – Ach, ich dachte nicht, daß mich der Weg hierher führen sollte! – – Sei ruhig! ich bitte dich, sei ruhig! –

Sie sind geladen – Es schlägt zwölfe! So sei es denn! – Lotte! Lotte, lebe wohl! lebe wohl!«

Ein Nachbar sah den Blick vom Pulver und hörte den Schuß fallen; da aber alles stille blieb, achtete er nicht weiter drauf.

Morgens um sechse tritt der Bediente herein mit dem Lichte. Er findet seinen Herrn an der Erde, die Pistole und Blut. Er ruft, er faßt ihn an; keine Antwort, er röchelt nur noch. Er läuft nach den Ärzten, nach Alberten. Lotte hört die Schelle ziehen, ein Zittern ergreift alle ihre Glieder. Sie weckt ihren Mann, sie stehen auf, der Bediente bringt heulend und stotternd die Nachricht, Lotte sinkt ohnmächtig vor Alberten nieder.

Als der Medikus zu dem Unglücklichen kam, fand er ihn an der Erde ohne Rettung, der Puls schlug, die Glieder waren alle gelähmt. Über dem rechten Auge hatte er sich durch den Kopf geschossen, das Gehirn war herausgetrieben. Man ließ ihm zum Überfluß eine Ader am Arme, das Blut lief, er holte noch immer Atem.

Aus dem Blut auf der Lehne des Sessels konnte man schließen, er habe sitzend vor dem Schreibtische die Tat vollbracht, dann ist er heruntergesunken, hat sich konvulsivisch um den Stuhl herumgewälzt. Er lag gegen das Fenster entkräftet auf dem Rücken, war in völliger Kleidung, gestiefelt, im blauen Frack mit gelber Weste.

Das Haus, die Nachbarschaft, die Stadt kam in Aufruhr. Albert trat herein. Werthern hatte man auf das Bett gelegt, die Stirn verbunden, sein Gesicht schon wie eines Toten, er rührte kein Glied.

D. Chodowiecki del.

Die Lunge röchelte noch fürchterlich, bald schwach, bald stärker; man erwartete sein Ende.

Von dem Weine hatte er nur ein Glas getrunken. »Emilia Galotti« lag auf dem Pulte aufgeschlagen.

Von Alberts Bestürzung, von Lottens Jammer laßt mich nichts sagen.

Der alte Amtmann kam auf die Nachricht hereingesprengt, er küßte den Sterbenden unter den heißesten Tränen. Seine ältesten Söhne kamen bald nach ihm zu Fuße, sie fielen neben dem Bette nieder im Ausdrucke des unbändigsten Schmerzes, küßten ihm die Hände und den Mund, und der älteste, den er immer am meisten geliebt, hing an seinen Lippen, bis er verschieden war und man den Knaben mit Gewalt wegriß. Um zwölfe mittags starb er. Die Gegenwart des Amtmannes und seine Anstalten tuschten einen Auflauf. Nachts gegen eilfe ließ er ihn an die Stätte begraben, die er sich erwählt hatte. Der Alte folgte der Leiche und die Söhne, Albert vermocht's nicht. Man fürchtete für Lottens Leben. Handwerker trugen ihn. Kein Geistlicher hat ihn begleitet.

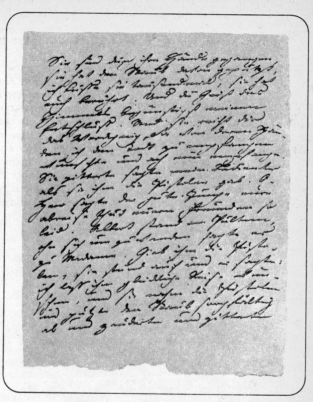

Fragment des Werther-Manuskripts

Die Leiden des jungen Werthers.

Erster Theil.

Leipzig,
in der Weygandschen Buchhandlung.
1774.

»Die Leiden des jungen Werthers«
Leipzig 1774. Erstausgabe

NACHWORT UND DOKUMENTATION

von
Bernhard Pollmann

Goethe als Autor des »Werther«

»Daß alle Symptome dieser wunderlichen, so natürlichen als unnatürlichen Krankheit auch einmal mein Innerstes durchrast haben, daran läßt ›Werther‹ wohl niemand zweifeln. Ich weiß recht gut, was es mich für Entschlüsse und Anstrengungen kostete, damals den Wellen des Todes zu entkommen, so wie ich mich aus manchem spätern Schiffbruch auch mühsam rettete und mühselig erholte«, schrieb Goethe 1813, mehr als 40 Jahre nach Erscheinen der »Leiden des jungen Werthers« an den befreundeten Komponisten Carl Friedrich Zelter, nachdem dessen Stiefsohn Selbstmord begangen hatte.

»Die Leiden des jungen Werthers« – den Titel hat Goethe später in »Die Leiden des jungen Werther« geändert, da das Genitiv-s nicht dem Sprachgebrauch der Klassik entsprach –, das zweite große Werk Goethes nach dem Schauspiel »Götz von Berlichingen mit der eisernen Hand« (1773), machten den jungen Autor in kürzester Zeit in ganz Europa berühmt und wurden einer der größten buchhändlerischen Erfolge der Weltliteratur. Noch im Erscheinungsjahr 1774 suchten den Fünfundzwanzigjährigen Prominente aus ganz Deutschland auf: Klopstock, Lavater, Boie, Basedow usw. Aber auch Adlige sprachen im Frankfurter Goethehaus vor, etwa die Prinzen Karl August und Konstantin von Sachsen-Weimar – ein Treffen, das zu Goethes Berufung nach Weimar führte.

Als Autor dieses in ganz Europa verbreiteten, übersetzten, parodierten, nachgeahmten und immer wieder neuaufgelegten Buches blieb Goethe zeit seines Lebens mit der Gestalt des Werther konfrontiert. Im Alter von 25 und 26 Jahren aber stand er schon auf dem Gipfel des Ruhms, denn keiner seiner Romane, keines seiner Dramen erreichte dieselbe Breitenwirkung wie der »Werther«. Trotz Goethes umfassender Tätigkeit und hervorragenden Leistungen auf den verschiedensten Gebieten galt er auch später bei den meisten Zeitgenossen vorrangig als Autor des »Werther«. Wer zu Goethe nach Weimar pilgerte, wollte nicht den Minister sehen, den »Fürstendiener«, sondern den Autor von »Götz« und »Werther«,

117

den Stürmer und Dränger. Und manch einer, der nicht begriff, daß dieser Mann, den man anstaunen wollte, sich kalt-korrekt hinter der geheimrätlichen Maske verbergen mußte, um sich die Neugierigen vom Leibe zu halten, der nicht mehr auf »Werther«-Effekte aus war, machte nach einem solchen Besuch seinem Ärger Luft. Der Dichter Gottfried August Bürger, in der Sturm-und-Drang-Zeit in freundschaftlichem Briefverkehr mit Goethe stehend, schrieb über seinen Besuch in Weimar 1789:

> »Den edlen Künstler wollt' ich sehn
> Und nicht das Alltagsstück Minister.
> Doch steif und kalt blieb der Minister
> Vor meinem trauten Künstler stehn,
> Und vor dem hölzernen Minister
> Kriegt' ich den Künstler nicht zu sehn.«

Als Goethe 1808 mit Napoleon I. in Erfurt zusammentraf, versicherte ihm der Franzosenkaiser, »Werther« siebenmal gelesen zu haben, »und machte zum Beweise dessen eine tiefe eindringende Analyse dieses Romans« (Bericht des Kanzlers Friedrich von Müller). Auch während seiner Ersten Italienischen Reise 1786–88 wurde Goethe immer wieder nach dem »Werther« gefragt, man wollte wissen,

> »Ob denn auch Werther gelebt? Ob denn auch alles fein wahr sei?
> Welche Stadt sich mit Recht Lottens, der einzigen, rühmt?
> Ach, wie hab' ich so oft die törichten Blätter verwünscht,
> Die mein jugendlich Leid unter die Menschen gebracht!
> Wäre Werther mein Bruder gewesen, ich hätt' ihn erschlagen,
> Kaum verfolgte mich so rächend sein trauriger Geist.«

Bis ins hohe Alter wurde Goethe immer wieder auf diese Etappe seines Lebens angesprochen und hatte stets ein zwiespältiges Verhältnis zu diesem Buch, dessen Inhalt im wesentlichen auf erlebter Wirklichkeit beruhte und das er in einer Art Selbstbefreiungsprozeß niedergeschrieben hatte wie eine »Generalbeichte«. 1775 – dem Jahr, in dem er sich mit Lili Schönemann ver- und wieder entlobte – setzte er in die zweite Auflage ein vorsichtig belehrendes Motto, das allerdings in allen späteren Ausgaben fortgelassen wurde:

> »Du beweinst, du liebst ihn, liebe Seele,
> Rettest sein Gedächtnis vor der Schmach;

Sieh, dir winkt sein Geist aus seiner Höhle:
Sei ein Mann und folge mir nicht nach.«

Die Haltung Goethes zum »Werther« schwankte stets zwischen Ablehnung und Anziehung, Distanzierung und Identifikation. »Daß man bei den Franzosen auch von meinem ›Werther‹ bezaubert ist, hätt' ich mir nicht vermutet ... man fragt mich, ob ich nicht mehr dergleichen schriebe, und ich sage: Gott möge mich behüten, daß ich nicht je wieder in den Fall komme, einen zu schreiben und schreiben zu können« (an Charlotte von Stein, 2. 11. 1799). 1786 überarbeitete er die Erstfassung: »Ich korrigiere am ›Werther‹ und finde immer, daß der Verfasser übel getan hat, sich nicht nach geendigter Schrift zu erschießen« (an Frau von Stein, 25. 6. 1786). 1805 äußerte er gegenüber dem Altertumsforscher Friedrich Gottlieb Welcker: »Ja, das war ein Stoff, bei dem man sich zusammenhalten oder zu Grunde gehen mußte.« 1808 baten der berühmte französische Schauspieler Talma und seine Gattin Goethe, »nach Paris zu kommen und bei ihnen zu logieren. Das Glück, den Autor von ›Werther‹ bei sich zu besitzen, würde ganz Frankreich ihnen beneiden ... in allen Boudoirs würde er sein Buch finden, das immer von neuem gelesen, von neuem übersetzt, jetzt wie vor dreißig Jahren den Reiz der Neuheit besäße ... Talma fragte jetzt ziemlich indiskret, ob es wahr sei, wie man allgemein versichere, daß eine wahre Geschichte dem Roman zugrunde läge. Besorgt über die Wirkung dieser Frage blickte ich auf Goethe, auf dessen Gesicht aber sich keine Spur von Verstimmung zeigte. ›Diese Frage‹, erwiderte er freundlich, ›ist mir schon oft vorgelegt worden; und da pflege ich zu antworten, daß es zwei Personen in einer gewesen, wovon die eine untergegangen, die andere aber leben geblieben ist.‹ ... Mit einem unbeschreiblich tiefen Ausdruck setzte er hinzu, so etwas schreibe sich indes nicht mit heiler Haut. Er hatte bisher französisch gesprochen, diese Worte aber sprach er deutsch« (Caroline Sartorius an ihren Bruder, 27. 10. 1808).

Immer wieder wurde er – hartnäckig oder beiläufig – auf den »Werther« und den damals durchlebten »pathologischen Zustand« zurückverwiesen. 1816 an Zelter: »Vor einigen Tagen kam mir zufälligerweise die erste Ausgabe meines ›Werthers‹ in die Hände, und dieses mir längst verschollene Lied fing wieder an zu klingen. Da begreift man denn nun nicht, wie es ein Mensch mit vierzig Jahre in einer Welt hat aushalten können, die ihm in früher Jugend schon so absurd vorkam ... Beseh' ich es recht genau, so ist es ganz allein das Talent, das in mir steckt, was mir durch alle diese

Zustände durchhilft, die mir nicht gemäß sind und in die ich mich durch falsche Richtung, Zufall und Verschränkung verwickelt sehe.«

1824 zu seinem Sekretär und Vertrauten Johann Peter Eckermann: Werther »ist auch so ein Geschöpf, das ich gleich dem Pelikan mit dem Blute meines eigenen Herzens gefüttert habe ... Es sind lauter Brandraketen! Es wird mir unheimlich dabei, und ich fürchte, den pathologischen Zustand wieder durchzuempfinden, aus dem es hervorging ... Ich hatte gelebt, geliebt und sehr viel gelitten! ... es müßte schlimm sein, wenn nicht jeder einmal in seinem Leben eine Epoche haben sollte, wo ihm der ›Werther‹ käme, als wäre er bloß für ihn geschrieben.«

Zur Zeit dieses Eckermann-Gespräches war Goethe 74 Jahre alt und durchlebte seine letzte Werther-Epoche: Im Sommer 1823 hielt er brieflich um die Hand der neunzehnjährigen Ulrike von Levetzow an, Herzog Karl August übernahm die Rolle des Brautwerbers. Die Sommermonate der Jahre 1821–23 hatte Goethe in Marienbad verbracht, wo er fast täglich mit der noch jugendlichschönen Witwe Amalie von Levetzow – er hatte sie 1806 in Karlsbad kennengelernt und war ihr 1810 in Teplitz wiederbegegnet – und ihren drei Töchtern zusammengetroffen war. Für die gerade aus einem Straßburger französischen Pensionat zurückgekehrte Ulrike, Frau von Levetzows älteste Tochter, entwickelte er eine tiefe Leidenschaft. Die Marienbader Gedichte entstanden, leidenschaftliche Gedichte – »Schon rast's und reißt in meiner Brust gewaltsam, / Wo Tod und Leben grausend sich bekämpfen« (Marienbader »Elegie« 118) –, tragische Gedichte, kurze Aufschreie von Verzweiflung.

Nach dem Scheitern seines Heiratsantrages – der von der Familie von Levetzow zunächst als Scherz aufgefaßt worden war – schrieb er 1823 auf der Rückfahrt nach Weimar die (Marienbader) »Elegie«. Im Motto dieses Gedichts zitierte er Tasso, die Hauptgestalt seiner gleichnamigen Tragödie: »Und wenn der Mensch in seiner Qual verstummt / Gab mir ein Gott, zu sagen, wie ich leide«. Später hat Goethe die Meinung von Interpreten, Tasso sei ein »dramatischer Werther in höherem Stil« bzw. ein »gesteigerter Werther« als zutreffend bezeichnet (Eckermann, 3. 5. 1827).

Im März des folgenden Jahres faßte er die »Elegie« und das Gedicht »Aussöhnung« sowie das zu diesem Zeitpunkt entstandene Gedicht »An Werther« zur »Trilogie der Leidenschaft« zusammen (erschienen 1827). »An Werther« stellte er der 1824 erscheinenden »Werther«-Jubiläumsausgabe als Vorwort voran. Nirgendwo anders

»Die Leiden des jungen Werthers«
Leipzig 1775. 2. Auflage

wird Goethes Verhältnis zu Werther so deutlich als in diesem
Gedicht, das er als Fünfundsiebzigjähriger schrieb in der Erkennt-
nis, daß er – wie als Dreiundzwanzigjähriger – noch immer
Werther sei:

»Noch einmal wagst du, vielbeweinter Schatten,
hervor dich an das Tageslicht,
Begegnest mir auf neu beblümten Matten,
Und meinen Anblick scheust du nicht.
Es ist, als ob du lebtest in der Frühe,
Wo uns der Tau auf einem Feld erquickt,
Und nach des Tages unwillkommner Mühe
Der Schneidesonne letzter Strahl entzückt;
Zum Bleiben ich, zum Scheiden du erkoren,
Gingst du voran – und hast nicht viel verloren.
. . .
Er schaut umher, die Welt gehört ihm an.
Ins Weite zieht ihn unbefangne Hast,
Nichts engt ihn ein, nicht Mauer noch Palast;
Wie Vögelschar an Wäldergipfeln streift,
So schwebt auch er, der um die Liebste schweift,
Er sucht vom Äther, den er gern verläßt,
Den treuen Blick, und dieser hält ihn fest.

Doch erst zu früh und dann zu spät gewarnt,
Fühlt er den Flug gehemmt, fühlt sich umgarnt,
Das Wiedersehn ist froh, das Scheiden schwer,
Das Wieder-Wiedersehn beglückt noch mehr,
Und Jahre sind im Augenblick ersetzt;
Doch tückisch harrt das Lebewohl zuletzt.

Du lächelst, Freund, gefühlvoll, wie sich ziemt:
Ein gräßlich Scheiden machte dich berühmt;
Wir feierten dein kläglich Mißgeschick,
Du ließest uns zu Wohl und Weh zurück;
Dann zog uns wieder ungewisse Bahn
Der Leidenschaften labyrinthisch an;
Und wir, verschlungen wiederholter Not,
Dem Scheiden endlich – Scheiden ist der Tod!
Wie klingt es rührend, wenn der Dichter singt,
Den Tod zu meiden, den das Scheiden bringt!
Verstrickt in solche Qualen, halbverschuldet,
Geb’ ihm ein Gott zu sagen, was er duldet.«

DICHTUNG UND WAHRHEIT

Goethe in Wetzlar

Ende Mai 1772, ein halbes Jahr nach seiner Promotion zum Dr. juris, trifft Goethe in Wetzlar ein, wo er den Sommer über am Reichs-Kammer-Gericht praktiziert. Er hat hier Umgang unter anderem mit dem Legationssekretär und Schriftsteller Friedrich Wilhelm Gotter (Mitgründer des »Göttinger Musenalmanachs«), dem Juristen und Schriftsteller Friedrich August von Goué und sieht gelegentlich auch Karl Wilhelm Jerusalem, den Sekretär beim braunschweigischen Kammergericht, Sohn des bedeutenden evangelischen Theologen Johann Friedrich Wilhelm Jerusalem.

Am 9. Juni ist Goethe – wie Jerusalem – auf einem Ball im benachbarten Volpertshausen, wo er die neunzehnjährige Charlotte Buff und ihren zwölf Jahre älteren Verlobten, den hannoverschen Gesandtschaftssekretär Johann Christian Kestner, kennenlernt. Kestner in einem Brief an seinen Freund August von Hennings: »Im Frühjahr kam hier ein gewisser Goethe aus Frankfurt, seiner Hantierung nach Dr. juris, dreiundzwanzig Jahre alt, einziger Sohn eines sehr reichen Vaters, um sich hier – dies war seines Vaters Absicht – in Praxi umzusehen, der seinigen nach aber, den Homer, Pindar usw. zu studieren, und was sein Genie, seine Denkungsart und sein Herz ihm weiter für Beschäftigungen eingeben würden ... Den 9. Juni 1772 fügte es sich, daß Goethe mit bei einem Ball auf dem Lande war, wo mein Mädchen und auch ich waren. Ich konnte erst nachkommen und ritt dahin. Mein Mädchen fuhr also in einer anderen Gesellschaft hin. Der Dr. Goethe war mit im Wagen und lernte Lottchen hier zuerst kennen ... Er wußte nicht, daß sie nicht mehr frei war. Ich kam ein paar Stunden später. Und es ist nie unsere Gewohnheit, an öffentlichen Orten mehr als Freundschaft gegen einander zu äußern. Er war den Tag ausgelassen lustig – dieses ist er manchmal, dagegen zur andern Zeit melancholisch –, Lottchen eroberte ihn ganz, um desto mehr, da sie sich keine Mühe gab, sondern sich nur dem Vergnügen überließ. Andern Tags konnte es nicht fehlen, daß Goethe sich nach Lottchens Befinden nach dem Ball erkundigte. Vorhin hat er in ihr ein fröhliches Mädchen kennengelernt, das den Tanz und das ungetrübte Vergnügen liebt; nun lernte er sie auch erst von der Seite, wo sie ihre Stärke hat, von der häuslichen Seite kennen.«

Wenig später macht Goethe die Bekanntschaft von Lottes Vater, dem verwitweten Amtmann des Deutschen Ordens Heinrich Adam

123

Buff, und seiner Kinder: Lotte, der Zweitältesten, und ihrer zahlreichen Geschwister. Goethes Besuche bei Lotte werden immer häufiger. Kestner in seinem Tagebuch, Ende Juni: »Und wie ich meine Arbeit getan, geh' ich zu meinem Mädchen, und finde den Dr. Goethe da . . . Er liebt sie, und ob er gleich ein Philosoph und mir gut ist, sieht er mich doch nicht gern kommen, um mit meinem Mädchen vergnügt zu sein. Und ich, ob ich ihm gleich recht gut bin, so sehe ich doch auch nicht gern, daß er bei meinem Mädchen allein bleiben und sie unterhalten soll.«

Zwischen Goethe und Kestner entsteht in den folgenden Wochen und Monaten ein zwiespältiges Verhältnis, das zwischen Freundschaft und Ablehnung schwankt. Kestner an von Hennings: »Es konnte ihm nicht lange unbekannt bleiben, daß sie ihm nichts als Freundschaft geben konnte; und ihr Betragen gegen ihn gab wiederum ein Muster ab . . . Lottchen wußte ihn so kurz zu halten und auf eine solche Art zu behandeln, daß keine Hoffnung bei ihm aufkeimen konnte und er sie in ihrer Art, zu verfahren, noch selbst bewundern mußte. Seine Ruhe litt sehr dabei. Es gab mancherlei merkwürdige Szenen, wobei Lottchen bei mir gewann und er mir als Freund auch werter werden mußte, ich aber doch manchmal bei mir erstaunen mußte, wie die Liebe so gar wunderliche Geschöpfe selbst aus den stärksten und sonst für sich selbständigen Menschen machen kann.«

Am 11. September verläßt Goethe Wetzlar, ohne sich von Lotte und Kestner verabschiedet zu haben. Kestner über den Abend vor Goethes Abreise: »Abends kam Dr. Goethe nach dem Deutschen Hause. Er, Lottchen und ich hatten ein merkwürdiges Gespräch von dem Zustand nach diesem Leben, vom Weggehen und Wiederkommen usw., welches nicht er, sondern Lottchen anfing. Wir machten miteinander aus, wer zuerst von uns stürbe, sollte, wenn er könnte, den Lebenden Nachricht von dem Zustande jenes Lebens geben. Goethe wurde ganz niedergeschlagen, denn er wußte, daß er am andern Morgen weggehen wollte.«

Vergleicht man diese biographischen Nachrichten mit dem ersten Teil des »Werther« (4. Mai 1771 bis 10. September 1771), so stellt er sich – oberflächlich gesehen – als literarische Verarbeitung von Goethes Zeit in Wetzlar dar, zurückverlegt um exakt ein Jahr.

Im 12. Buch von »Dichtung und Wahrheit« beschreibt Goethe sein Verhältnis zu Charlotte Buff und Kestner (ohne Namensnennung; »der Bräutigam« = Kestner): »Aber seitdem ich jenen Familienkreis zu Sesenheim und nun wieder meinen Freundeszirkel zu Frankfurt und Darmstadt verlassen, war mir eine Leere im Busen geblieben, die ich auszufüllen nicht vermochte; ich befand mich daher in einer Lage, wo uns die Neigung, sobald sie nur einigermaßen verhüllt auftritt, unversehend überschleichen und alle guten Vorsätze vereiteln kann . . .

Der neue Ankömmling [in Wetzlar], völlig frei von allen Banden, sorglos in der Gegenwart eines Mädchens, das, schon versagt, den gefälligsten Dienst nicht als Bewerbung auslegen und sich desto eher daran erfreuen konnte, ließ sich ruhig gehen, war aber bald dergestalt eingesponnen und gefesselt, und zugleich von dem jungen Paare so zutraulich und freundlich behandelt, daß er sich selbst nicht mehr kannte. Müßig und träumerisch, weil ihm keine Gegenwart genügte, fand er das, was ihm abging, in einer Freundin, die, indem sie fürs ganze Jahr lebte, nur für den Augenblick zu leben schien. Sie mochte ihn gern zu ihrem Begleiter; er konnte bald ihre Nähe nicht missen, denn sie vermittelte ihm die Alltagswelt, und so waren sie, bei einer ausgedehnten Wirtschaft, auf dem Acker und den Wiesen, auf dem Krautland wie im Garten, bald unzertrennliche Gefährten. Erlaubten es dem Bräutigam seine Geschäfte, so war er an seinem Teil dabei; sie hatten sich alle drei aneinander gewöhnt, ohne es zu wollen, und wußten nicht, wie sie dazu kamen, sich nicht entbehren zu können. So lebten sie, den herrlichen Sommer hin, eine echte deutsche Idylle, wozu das fruchtbare Land die Prosa, und eine reine Neigung die Poesie hergab. Durch reife Kornfelder wandernd erquickten sie sich am taureichen Morgen; das Lied der Lerche, der Schlag der Wachtel waren ergetzliche Töne; heiße Stunden folgten; ungeheure Gewitter brachen herein, man schloß sich nur desto mehr an einander, und mancher kleine Familienverdruß war leicht ausgelöscht durch fortdauernde Liebe. Und so nahm ein gemeinsamer Tag den andern auf, und alle schienen Festtage zu sein; der ganze Kalender hätte müssen rot gedruckt werden. Verstehen wird mich, wer sich erinnert, was von dem glücklich-unglücklichen Freunde der Neuen Heloïse geweissagt worden: ›Und zu den Füßen seiner Geliebten sitzend, wird er Hanf brechen, und er wird wünschen, Hanf zu brechen, heute, morgen und übermorgen, ja sein ganzes Leben.‹«

Die überstürzte Abreise aus Wetzlar begründet Goethe am Schluß des 12. Buches von »Dichtung und Wahrheit«: »Auch dieses Verhältnis war durch Gewohnheit und Nachsicht leidenschaftlicher als billig von meiner Seite geworden; sie dagegen und ihr Bräutigam hielten sich mit Heiterkeit in einem Maße, das nicht schöner und liebenswürdiger sein konnte, und die eben hieraus entspringende Sicherheit ließ mich jede Gefahr vergessen. Indessen konnte ich mir nicht verbergen, daß diesem Abenteuer sein Ende bevorstehe: denn von der zunächst erwarteten Beförderung des jungen Mannes hing die Verbindung mit dem liebenswürdigen Mädchen ab; und da der Mensch, wenn er einigermaßen resolut ist, auch das Notwendige selbst zu wollen übernimmt, so faßte ich den Entschluß, mich freiwillig zu entfernen, ehe ich durch das Unerträgliche vertrieben würde.«

Werther – Goethe
Lotte – Charlotte Buff
Albert – Johann Christian Kestner

Parallelen finden sich nicht nur bei den Hauptpersonen. Lottes Vater ist – wie der von Charlotte Buff – ein verwitweter Amtmann (Werther-Brief vom 17. Mai). Beide haben eine große Zahl von Kindern: Charlottes Vater zwölf Kinder, der Vater von Werthers Lotte neun Kinder. Der Ball in Volpertshausen, auf dem Goethe Charlotte Buff kennenlernt, findet am 9. Juni statt; der Ball, auf dem Werther Lotte zum ersten Mal sieht, fällt in die Zeit zwischen 30. Mai und 16. Juni. Goethe verliebt sich in Charlotte Buff, obwohl er weiß, daß sie bereits vergeben ist, aber er kann sich mit ihr auf dem Ball vergnügen, weil ihr Verlobter noch nicht eingetroffen ist – dieselbe Situation im »Werther« (Brief vom 16. Juni). Goethe verläßt Wetzlar am 11. September; Werther verläßt die Stadt, in der Lotte lebt, ebenfalls am 11. September – nachdem er mit Lotte und Albert ein Gespräch über das Leben nach dem Tod geführt hat (Brief vom 10. September, in der Nacht vor der Abreise). Werther und Goethe haben am selben Tag Geburtstag, am 28. August. Diese wenigen Beispiele aus der Fülle von Entsprechungen zwischen Goethes Zeit in Wetzlar und den Ereignissen und Personen im ersten Buch des »Werther« verdeutlichen, wie weit Goethe bei der Abfassung des »Werther« auf Selbsterlebtes zurückgriff.

In einem Brief an von Hennings nimmt Kestner Stellung zu diesen Parallelen: »Im ersten Teil des Werthers ist Werther Goethe selbst. In Lotte und Albert hat er von uns, meiner Frau und mir, Züge entlehnt. Viele von den Szenen sind ganz wahr, aber doch zum Teil verändert; andere sind, in unserer Geschichte wenigstens, fremd. Um des zweiten Teils willen, und um den Tod des Werthers vorzubereiten, hat er im ersten Teil Verschiedenes hinzugedichtet, das uns gar nicht zukommt. Lotte hat z. B. weder mit Goethe noch mit sonst einem anderen in dem ziemlich genauen Verhältnis

gestanden, wie da beschrieben ist. Dies haben wir ihm allerdings
sehr übel zu nehmen, indem verschiedene Nebenumstände zu wahr
und zu bekannt sind, als daß man nicht auf uns hätte fallen sollen.
Er bereut uns jetzt, aber was hilft uns das. Es ist wahr, er hielt viel
von meiner Frau; aber darin hätte er sie getreuer schildern sollen,
daß sie viel zu klug und zu delikat war, als ihn einmal so weit kommen zu lassen, wie im ersten Teil enthalten. Sie betrug sich so
gegen ihn, daß ich sie weit lieber hätte haben müssen als sonst,
wenn dieses möglich gewesen wäre. Unsere Verbindung ist auch
nie deklariert gewesen, zwar nicht heimlich gehalten; doch war sie
viel zu schamhaft, als es irgend jemand zu gestehen. Es war auch
keine andere Verbindung zwischen uns als die der Herzen. Erst
kurz vor meiner Abreise (als Goethe schon ein Jahr von Wetzlar
weg, zu Frankfurt, und der verstellte Werther einhalb' Jahr tot war)
vermählten wir uns . . . Lottens Porträt ist im ganzen das von meiner Frau. Albert hätte ein wenig wärmer sein mögen.«

Der Kestner-Bericht vom Selbstmord Jerusalems

Die Wetzlarer Zeit und das Geschehen um Goethe, Charlotte und
Kestner bilden nur einen der drei Motiv- und Personenkreise, die
Goethe in den »Leiden des jungen Werther« verarbeitet hat.

Nach seiner fluchtartigen Abreise aus Wetzlar reist Goethe
durch das Lahntal nach Ehrenbreitstein, wo er die Erzählerin
Sophie von La Roche besucht und sich in ihre sechzehnjährige
Tochter Maximiliane verliebt. Er fährt zurück nach Frankfurt. Mit
Charlotte und Kestner steht er in lebhaftem Briefwechsel, vom 21.
bis zum 23. September besucht ihn Kestner in Frankfurt. Anfang
Oktober erhält er die Nachricht, Friedrich August von Goué habe
in Wetzlar Selbstmord begangen. Er wendet sich sofort an Kestner:
»Schreiben Sie mir doch gleich, wie sich die Nachrichten von Goué
konfirmieren. Ich ehre auch solche Tat und bejammre die Menschheit und laß alle Scheißkerle von Philistern Tobakrauchsbetrach-
tungen darüber machen . . . Ich hoffe nie meinen Freunden mit
einer solchen Nachricht beschwerlich zu werden.«

Die Nachricht vom Selbstmord Goués stellt sich als falsch heraus. Doch kurze Zeit später, Ende Oktober, begeht ein anderer
Bekannter Goethes in Wetzlar Selbstmord, Karl Wilhelm Jerusalem. Motiv: unglückliche Liebe zu einer verheirateten Frau. Für die
Tat hat er sich Kestners Pistolen geliehen. Goethe kannte ihn schon
von seiner Leipziger Studentenzeit her. Wenn er ihm in Wetzlar
»begegnete hinaus im Mondenschein, sagt ich: er ist verliebt . . .

Gott weiß, die Einsamkeit hat sein Herz untergraben« (Brief Goethes an Kestner, Anfang November 1772).

Aus Kestners ausführlichem Bericht vom 2. November 1772, in dem er den Selbstmord Jerusalems schildert: »Jerusalem ist die ganze Zeit seines hiesigen Aufenthalts mißvergnügt gewesen, es sei nun überhaupt wegen der Stelle, die er hier bekleidete und daß ihm gleich anfangs (bei Graf Bassenheim) der Zutritt in den großen Gesellschaften auf eine unangenehme Art versagt worden, oder insbesondere wegen des braunschweigischen Gesandten, mit dem er bald nach seiner Ankunft kundbar heftige Streitigkeiten hatte . . .

Neben dieser Unzufriedenheit war er auch in des Pfälzischen Sekretärs H. Frau verliebt. Ich glaube nicht, daß diese zu dergleichen Galanterien aufgelegt ist; mithin, da der Mann noch dazu sehr eifersüchtig ist, mußte diese Liebe vollends seiner Zufriedenheit und Ruhe den Stoß geben. Er entzog sich allezeit der menschlichen Gesellschaft und den übrigen Zeitvertreiben und Zerstreuungen, liebte einsame Spaziergänge im Mondenscheine, ging oft viele Meilen weit und hing da seinem Verdruß und seiner Liebe ohne Hoffnung nach . . .

Er las viele Romane und hat selbst gesagt, daß kaum ein Roman sein würde, den er nicht gelesen hätte. Die fürchterlichsten Trauerspiele waren ihm die liebsten. Er las ferner philosophische Schriftsteller mit großem Eifer und grübelte darüber. Er hat auch verschiedene philosophische Aufsätze gemacht, die Kielmannsegg (ein Praktikant am Reichs-Kammer-Gericht in Wetzlar) gelesen und sehr von anderen Meinungen abweichend gefunden hat; unter andern auch einen besonderen Aufsatz, worin er den Selbstmord verteidigte. Oft beklagte er sich gegen Kielmannsegg über die engen Grenzen, welche dem menschlichen Verstande gesetzt wären, wenigstens dem seinigen; er konnte äußerst betrübt werden, wenn er davon sprach, was er wissen möchte, was er nicht ergründen könne etc. Diesen Umstand habe ich erst kürzlich erfahren und ist, deucht mir, der Schlüssel eines großen Teils seines Verdrusses und seiner Melancholie, die man beide aus seinen Mienen lesen konnte; ein Umstand, der ihm Ehre macht und seine letzte Handlung bei mir zu veredeln scheint. Mendelssohns Phädon war seine liebste Lektüre; in der Materie vom Selbstmord war er aber immer mit ihm unzufrieden; wobei zu bemerken ist, daß er denselben auch bei der Gewißheit von der Unsterblichkeit der Seele, die er glaubte, erlaubt hielt. Leibnizens Werke las er mit großem Fleiß.

Als letzthin das Gerücht von Goué sich verbreitete, glaubte er diesen zwar nicht zum Selbstmord fähig, stritt aber in Thesi eifrig für diesen, wie mir Kielmannsegg und viele, die um ihn gewesen, versichert haben. Ein paar Tage vor dem unglücklichen, da die Rede vom Selbstmord war, sagte er zu Schleunitz, es müsse aber doch eine dumme Sache sein, wenn das Erschießen mißriete . . .

Nachmittags (Dienstag) ist er bei Sekretär H. gewesen. Bis abends acht Uhr spielen sie Tarok zusammen. Annchen Brandt war auch da; Jerusalem begleitet diese nach Haus. Im Gehen schlägt Jerusalem oft unmutsvoll vor die Stirn und sagt wiederholt: Wer doch erst tot – wer doch erst im Himmel wäre! – Annchen spaßt darüber: Er bedingt sich bei ihr im Himmel einen Platz, und beim Abschiednehmen sagt er: Nun es bleibt dabei, ich bekomme bei ihnen im Himmel einen Platz.

Am Mittwoch, da im Kronprinz groß Fest war und jeder jemanden zu Gaste hatte, ging er, ob er gleich sonst zu Haus aß, zu Tisch und brachte den Sekretär H. mit sich. Er hat sich da nicht anders als sonst, vielmehr muntrer betragen. Nach dem Essen nimmt ihn Sekretär H. mit nach Haus zu seiner Frau. Sie trinken Kaffee. Jerusalem sagt zu der H.: Liebe Frau Sekretärin, dies ist der letzte Kaffee, den ich mit Ihnen trinke. – Sie hält es für Spaß und antwortet in diesem Tone. Diesen Nachmittag (Mittwoch) ist Jerusalem allein bei H.s gewesen, was da vorgefallen ist, weiß man nicht; vielleicht liegt hierin der Grund zum Folgenden . . .

Inzwischen, oder noch später, ist unter H. und seiner Frau etwas vorgegangen, wovon H. einer Freundin vertraut, daß sie sich über Jerusalem etwas entzweit und die Frau endlich verlangt, daß er ihm das Haus verbieten solle, worauf er es auch folgenden Tags in einem Billet getan . . .

Donnerstags . . . ißt er zu Hause, schickt um ein Uhr ein Billett an mich . . . : ›Dürfte ich Ew. Wohlgeb. wohl zu einer vorhabenden Reise um Ihre Pistolen gehorsamst ersuchen? J.‹ Da ich nun von alle dem vorher Erzählten und von seinen Grundsätzen nichts wußte, indem ich nie besonderen Umgang mit ihm gehabt – so hatte ich nicht den mindesten Anstand, ihm die Pistolen sogleich zu schicken . . .

Den ganzen Nachmittag war Jerusalem für sich allein beschäftigt, kramte in seinen Papieren, schrieb, ging, wie die Leute unten im Hause gehört, oft im Zimmer heftig auf und nieder. Er ist auch verschiedene Male ausgegangen, hat seine kleinen Schulden, und wo er nicht auf Rechnung ausgenommen, bezahlt . . .

Der Bediente ist zu Jerusalem gekommen, um ihm die Stiefel auszuziehen. Dieser hat aber gesagt, er ginge noch aus; wie er auch wirklich getan hat, vor das Silbertor auf die Starke Weide, und sonst auf die Gasse, wo er bei verschiedenen, den Hut tief in die Augen gedrückt, vorbeigerauscht ist, mit schnellen Schritten, ohne jemand anzusehen. Man hat ihn auch um diese Zeit eine ganze Weile an dem Fluß stehen sehen, in einer Stellung, als wenn er sich hineinstürzen wolle (so sagt man).

Vor neun Uhr kommt er zu Haus, sagt dem Bedienten, es müsse im Ofen noch etwas nachgelegt werden, weil er so bald nicht zu Bette ginge, auch solle er auf morgen früh sechs Uhr alles zurecht machen; läßt sich auch noch einen Schoppen Wein geben. Der Bediente, um recht früh bei der Hand zu sein, da sein Herr immer sehr akkurat gewesen, legt sich mit den Kleidern ins Bett.

Da nun Jerusalem allein war, scheint er alles zu der schrecklichen Handlung vorbereitet zu haben. Er hat seine Briefschaften alle zerrissen und unter den Schreibtisch geworfen, wie ich selbst gesehen. Er hat zwei Briefe, einen an seine Verwandte, den andern an H. geschrieben; man meint auch, einen an den Gesandten Höffler, den dieser vielleicht unterdrückt. Sie haben auf dem Schreibtisch gelegen. Erster, den der Medicus andernmorgens gesehen, hat überhaupt nur folgendes enthalten, wie Dr. Held, der ihn gelesen, mir erzählt: Lieber Vater, liebe Mutter, liebe Schwester und Schwager, verzeihen Sie Ihrem unglücklichen Sohn und Bruder; Gott, Gott segne Euch! In dem zweiten hat er H. um Verzeihung gebeten, daß er die Ruhe und das Glück seiner Ehe zerstört und unter diesem teuren Paar Unruhe gestiftet etc. Anfangs sei seine Neigung gegen seine Frau nur Tugend gewesen etc. In der Ewigkeit aber hoffe er, ihr einen Kuß geben zu dürfen etc. Er soll drei Blätter groß gewesen sein, und sich damit geschlossen haben: Um ein Uhr. In jenem Leben sehen wir uns wieder. (Vermutlich hat er sich sogleich erschossen, da er diesen Brief geendigt.)

Diesen ungefähren Inhalt habe ich von jemand, dem der Gesandte Höffler ihn im Vertrauen gesagt, welcher daraus einen wirklich strafbaren Umgang mit der Frau schließen will. Allein bei H. war nicht viel erforderlich, um seine Ruhe zu stören und eine Uneinigkeit zu bewirken . . .

Nach diesen Vorbereitungen, etwa gegen ein Uhr, hat er sich denn über das rechte Auge hinein durch den Kopf geschossen. Man findet die Kugel nirgends. Niemand im Hause hat den Schuß gehört bis auf den Franziskaner Pater Guardian, der auch den Blick vom Pulver gesehen, weil es aber stille geworden, nicht darauf geachtet hat. Der Bediente hatte die vorige Nacht wenig geschlafen und hat sein Zimmer weit hinten hinaus, wie auch die Leute im Haus, welche unten hinten hinaus schlafen.

Es scheint sitzend im Lehnstuhl vor seinem Schreibtisch geschehen zu sein. Der Stuhl hinten im Sitz war blutig, auch die Armlehnen. Darauf ist er vom Stuhl heruntergesunken, auf der Erde war noch viel Blut. Er muß sich auf der Erde in seinem Blute gewälzt haben; erst beim Stuhl war eine große Stelle von Blut; die Weste vorn ist auch blutig; er scheint auf dem Gesicht gelegen zu haben; dann ist er weiter, um den Stuhl herum, nach dem Fenster hin gekommen, wo wieder viel Blut gestanden, und er auf dem Rücken entkräftet gelegen hat. (Er war in völliger Kleidung, gestiefelt, im blauen Rock mit gelber Weste.)

Morgens vor sechs geht der Bediente zu seinem Herrn ins Zimmer, ihn zu wecken. Das Licht war ausgebrannt, es war dunkel, er sieht Jerusalem auf der Erde liegen, bemerkt etwas Nasses und meint, er möge sich übergeben haben; wird aber die Pistole auf der Erde und darauf Blut gewahr, ruft: ›Mein Gott, Herr Assessor, was haben Sie angefangen?‹, schüttelt ihn, er gibt keine Antwort und röchelt nur noch. Er läuft zu Medicius und Wundärzten. Sie kommen, es war aber keine Rettung. Dr. Held erzählt mir, als er zu ihm gekommen, habe er auf der Erde gelegen, der Puls noch geschlagen; doch ohne Hülfe. Die Glieder alle wie gelähmt, weil das Gehirn lädiert, auch herausgetreten gewesen. Zum Überflusse habe er ihm eine Ader am Arm geöffnet, wobei er ihm den schlaffen Arm halten müssen, das Blut wäre doch noch gelaufen. Er habe nichts als Atem geholt, weil das Blut in der Lunge noch zirkuliert, und diese daher noch in Bewegung.

Das Gerücht von dieser Begebenheit verbreitete sich schnell; die ganze Stadt war in Schrecken und Aufruhr. Ich hörte es erst um neun Uhr, meine Pistolen fielen mir ein, und ich weiß nicht, daß ich kurzens so sehr erschrocken bin. Ich zog mich an und ging hin. Er war auf das Bett gelegt, die Stirne bedeckt, sein Gesicht schon wie eines Toten, er rührte kein Glied mehr, nur die Lunge war noch in Bewegung, und röchelte fürchterlich, bald schwach, bald stärker, man erwartete sein Ende.

Von dem Wein hatte er nur ein Glas getrunken. Hin und wieder lagen Bücher und von seinen eigenen schriftlichen Aufsätzen. ›Emilia Galotti‹ lag auf einem Pult am Fenster aufgeschlagen; daneben ein Manuskript, ungefähr fingerdick in Quart, philosophischen Inhalts, der erste Teil oder Brief war überschrieben: ›Von der Freiheit‹ . . .

Gegen zwölf Uhr starb er. Abends drei Viertel elf Uhr wurde er auf dem gewöhnlichen Kirchhof begraben ... in der Stille mit zwölf Laternen und einigen Begleitern; Barbiergesellen haben ihn aufgetragen; das Kreuz wurde vorausgetragen; kein Geistlicher hat ihn begleitet.«

In einem Nachtrag zu seinem Bericht über Jerusalems Tod schildert Kestner, was er über die Begegnung zwischen Jerusalem und der Frau des Sekretärs H. erfahren hat: »Man will geheime Nachrichten aus dem Munde des Sekretärs H. haben, daß am Mittwoch vor Jerusalems Tod, die dieser beim H. und seiner Frau zum Kaffee war, der Mann hatte zum Gesandten gehen müssen. Nachdem der Mann wiederkommt, bemerkt er an seiner Frau eine außerordentliche Ernsthaftigkeit und bei Jerusalem eine Stille, welche beide ihm sonderbar und bedenklich geschienen, zumal da er sie nach seiner Zurückkunft so verändert findet. – Jerusalem geht weg. Sekretär H. macht über obiges seine Betrachtungen; er faßt Argwohn, ob etwa in seiner Abwesenheit etwas ihm Nachteiliges vorgegangen sein möchte, denn er ist sehr argwöhnisch und eifersüchtig. Er stellt sich jedoch ruhig und lustig und will seine Frau auf die Probe stellen. Er sagt: Jerusalem habe ihn doch oft zum Essen gehabt, was sie meinte, ob sie Jerusalem nicht auch einmal zum Essen bei sich haben wollten? – Sie, die Frau, antwortet: Nein; und sie müßten den Umgang mit Jerusalem ganz abbrechen; er finge an, sich so zu betragen, daß sie seinen Umgang ganz vermeiden müßte. Und sie hielte sich verbunden, ihm, dem Manne, zu erzählen, was in seiner Abwesenheit vorgegangen sei. Jerusalem habe sich vor ihr auf die Knie geworfen und ihr eine förmliche Liebeserklärung tun wollen. Sie sei natürlicher Weise darüber aufgebracht worden und hätte ihm viele Vorwürfe gemacht etc. etc. Sie verlange nun, daß ihr Mann ihm, dem Jerusalem, das Haus verbieten solle, denn sie könne und wolle nichts weiter von ihm hören noch sehen.«

Werther – Jerusalem

Während Geschehnisse und Personen im ersten Teil des »Werther« stark auf den persönlichen Erlebnissen Goethes in Wetzlar beruhen, gehen im zweiten Teil nicht nur Handlungsabläufe und Details auf den Bericht Kestners zurück, sondern sogar Formulierungen sind wörtlich übernommen.

Die Situation zu Beginn des zweiten »Werther«-Buches ist der des ersten Buches insofern völlig entgegengesetzt, als Werther zuvor im gesellschaftlichen Sinne untätig war und nun einen Beruf ausübt. Er ist – wie Jerusalem – Sekretär und gerät in Konflikt mit seinem Vorgesetzten, dem »Gesandten« (Werther-Brief vom 24. Dezember). Diese Streitigkeiten tragen ihm einen Verweis ein (17. Februar) und gipfeln darin, daß ihm auf ziemlich rüde Weise öffentlich der Zutritt zur großen Gesellschaft verwehrt wird (15. März). Die Situation im zweiten »Werther«-Buch bleibt jedoch insofern dieselbe, als Werther weiterhin in Lotte verliebt ist, die jetzt allerdings verheiratet ist (20. Februar): Lotte – im ersten Buch der unverheirateten Charlotte Buff nachgestaltet – trägt Züge der nun verheirateten Frau des Pfälzischen Sekretärs H.:

Werther	– Goethe	– Karl Wilhelm Jerusalem
Lotte	– Charlotte Buff	– Frau des Pfälzischen Sekretärs H.
Albert	– Kestner	– Pfälzischer Sekretär H./Kestner

– Einen Tag vor seinem Selbstmord besucht Jerusalem allein die Frau des Pfälzischen Sekretärs.
– Einen Tag vor seinem Selbstmord besucht Werther allein Lotte.
– Um den Selbstmord auszuführen, bittet Jerusalem Kestner »zu einer vorhabenden Reise um Ihre Pistolen«.
– Um den Selbstmord auszuführen, bittet Werther Albert »zu einer vorhabenden Reise um Ihre Pistolen«.
– Jerusalem »kramt« in seinen Papieren, geht aus, bezahlt kleine Schulden.
– Werther »zerriß viele Papiere, ging aus und brachte noch kleine Schulden in Ordnung ... Er kramte den Abend noch viel in seinen Papieren«.
– Jerusalem »sagt dem Bedienten, es müsse im Ofen noch etwas nachgelegt werden, weil er so bald nicht zu Bette ginge, auch solle er auf morgen sechs Uhr alles zurecht machen; läßt sich auch noch einen Schoppen Wein geben«; sein Bedienter und die anderen Leute im Haus schlafen »weit hinten hinaus« bzw. »unten hinten hinaus«.
– Nachdem Werther um zehn Uhr »Feuer hatte nachlegen und sich eine Flasche Wein geben lassen, schickte er den Bedienten, dessen Kammer wie auch die Schlafzimmer der Hausleute weit hinten hinaus waren, zu Bette, der sich dann in seinen Kleidern niederlegte, um frühe bei der Hand zu sein; denn sein Herr hatte gesagt, die Postpferde würden vor sechse vors Haus kommen«.
– Jerusalem: »Niemand im Hause hat den Schuß gehört bis auf den Franziskaner Pater Guardian, der auch den Blick vom Pulver

gesehen, weil es aber stille geworden, nicht darauf geachtet hat.«
– Werther: »Ein Nachbar sah den Blick vom Pulver und hörte
den Schuß fallen; da aber alles stille blieb, achtete er nicht
weiter drauf.«
– Jerusalem: »Es scheint sitzend im Lehnstuhl vor seinem Schreibtisch geschehen zu sein. Der Stuhl hinten im Sitz war blutig, auch
die Armlehnen. Darauf ist er vom Stuhle heruntergesunken, auf der
Erde war noch viel Blut.«
– Werther: »Aus dem Blut auf der Lehne des Sessels konnte man
schließen, er habe sitzend vor dem Schreibtische die Tat voll-
bracht, dann ist er heruntergesunken, hat sich konvulsivisch um
den Stuhl herumgewälzt.«
– Jerusalem »war in völliger Kleidung, gestiefelt, im blauen Rock
mit gelber Weste«.
– Werther »war in völliger Kleidung, gestiefelt, im blauen Rock
mit gelber Weste«.
– Jerusalem: »Zum Überflusse habe er ihm eine Ader am Arm
geöffnet.«
– Werther: »Man ließ ihm zum Überfluß eine Ader am Arme, das
Blut lief, er holte noch immer Atem.«
– Jerusalem: »Die ganze Stadt war in Schrecken und Aufruhr . . .
Ich zog mich an und ging hin. Er war auf das Bett gelegt, die Stirne
bedeckt, sein Gesicht schon wie eines Toten.«
– Werther: »Das Haus, die Nachbarschaft, die Stadt kam in Auf-
ruhr. Albert trat herein. Werthern hatte man auf das Bett gelegt,
die Stirn verbunden, sein Gesicht schon wie eines Toten, er rührte
kein Glied.«
– Jerusalem: »Von dem Wein hatte er nur ein Glas getrunken. Hin
und wieder lagen Bücher und von seinen eigenen schriftlichen Aufsätzen. ›Emilia Galotti‹ lag auf einem Pult am Fenster
aufgeschlagen.«
– Werther: »Von dem Weine hatte er nur ein Glas getrunken.
›Emilia Galotti‹ lag auf dem Pulte aufgeschlagen.«

Maximiliane von La Roche

Nach der überstürzten Abreise aus Wetzlar ohne Verabschiedung
von Lotte und Kestner trifft Goethe in Ehrenbreitstein seine näch-
ste Leidenschaft, Maximiliane von La Roche. »Hier entstanden
sogleich neue Wahlverwandtschaften: . . . Es ist eine sehr angenehme Empfindung, wenn sich eine neue Leidenschaft in uns zu
regen anfängt, ehe die alte noch ganz verklungen ist. So sieht man

bei untergehender Sonne gern auf der entgegengesetzten Seite den Mond aufgehn und erfreut sich an dem Doppelglanze der beiden Himmelslichter« (Dichtung und Wahrheit, 13. Buch).

Eineinhalb Jahre nach dieser Begegnung, im Januar 1774, heiratet die achtzehnjährige Maximiliane auf Wunsch ihrer Eltern den neununddreißigjährigen verwitweten Kaufmann Peter Anton Brentano, der bereits fünf Kinder in diese neue Ehe einbringt, und zieht zu ihm nach Frankfurt. (Maximiliane, mit 18 also schon Mutter von fünf Kindern, schenkt in den folgenden Jahren zwölf Kindern das Leben; darunter der Dichter Clemens Brentano, die später mit Achim von Arnim verheiratete Dichterin Bettina, die später mit dem Juristen Friedrich Karl von Savigny verheiratete Gunda. Maximiliane stirbt im Alter von 37 Jahren.)

Goethe ist erfreut, Maximiliane wiederzusehen, und verkehrt im Hause Brentano. An ihre Mutter schreibt er Anfang Februar 1774: »Die Max ist noch immer der Engel, der mit den simpelsten und wertesten Eigenschaften alle Herzen an sich zieht, und das Gefühl, das ich für sie habe ... macht nun das Glück meines Lebens.« Er sieht sich in einer ähnlichen Konstellation wie in Wetzlar, doch Brentano ist nicht Kestner und zeigt deutlich, daß ihm Goethes Besuche unerwünscht sind. Goethe zieht sich zurück.

Die Darstellung in »Dichtung und Wahrheit«, 13. Buch: »Frau von La Roche hatte ihre älteste Tochter nach Frankfurt verheiratet, kam oft sie zu besuchen und konnte sich nicht recht in den Zustand finden, den sie doch selbst ausgewählt hatte. Anstatt sich darin behaglich zu fühlen, oder zu irgendeiner Veränderung Anlaß zu geben, erging sie sich in Klagen, so daß man wirklich denken mußte, ihre Tochter sei unglücklich, ob man gleich, da ihr nichts abging und ihr Gemahl ihr nichts verwehrte, nicht wohl einsah, worin das Unglück eigentlich bestünde. Ich war indessen in dem Hause gut aufgenommen ... Mein früheres Verhältnis zur jungen Frau, eigentlich ein geschwisterliches, ward nach der Heirat fortgesetzt; meine Jahre sagten den ihrigen zu, ich war der einzige in dem ganzen Kreise, an dem sie noch einen Wiederklang jener geistigen Töne vernahm, an die sie von Jugend auf gewöhnt war. Wir lebten in einem kindlichen Vertrauen zusammen fort, und ob sich gleich nichts Leidenschaftliches in unsern Umgang mischte, so war er doch peinigend genug, weil sie sich auch in ihre neue Umgebung nicht zu finden wußte und, obwohl mit Glücksgütern gesegnet, aus dem heiteren Thal-Ehrenbreitstein und einer fröhlichen Jugend in ein düster gelegenes Handelshaus versetzt, sich schon als Mutter von einigen Stiefkindern benehmen sollte. In so viel neue Familien-

135

verhältnisse war ich ohne wirklichen Anteil, ohne Mitwirkung eingeklemmt. War man mit einander zufrieden, so schien sich das von selbst zu verstehn; aber die meisten Teilnehmer wendeten sich in verdrießlichen Fällen an mich, die ich durch eine lebhafte Teilnahme mehr zu verschlimmern als zu verbessern pflegte. Es dauerte nicht lange, so wurde mir dieser Zustand ganz unerträglich, aller Lebensverdruß, der aus solchen Halbverhältnissen hervorzugehn pflegt, schien doppelt und dreifach auf mir zu lasten, und es bedurfte eines neuen gewaltsamen Entschlusses, mich auch hiervon zu befreien.«

Rückblickend datiert Goethe in diese Zeit (falsch) den Selbstmord Jerusalems: »Auf einmal erfahre ich die Nachricht von Jerusalems Tode, und, unmittelbar nach dem Gerüchte, sogleich die genauste und umständlichste Beschreibung des Vorgangs, und in diesem Augenblick war der Plan zu ›Werther‹ gefunden, das Ganze schoß von allen Seiten zusammen und ward eine solide Masse, wie das Wasser im Gefäß, das eben auf dem Punkte des Gefrierens steht, durch die geringste Erschütterung sogleich in ein festes Eis verwandelt wird ... Jerusalems Tod, der durch die unglückliche Neigung zu der Gattin eines Freundes verursacht ward, schüttelte mich aus dem Traum, und weil ich nicht bloß mit Beschaulichkeit das, was ihm und mir begegnet, betrachtete, sondern das Ähnliche, was mir im Augenblicke selbst widerfuhr, mich in leidenschaftliche Bewegung setzte; so konnte es nicht fehlen, daß ich jener Produktion, die ich eben unternahm, alle die Glut einhauchte, welche keine Unterscheidung zwischen dem Dichterischen und dem Wirklichen zuläßt.«

Hier schließt sich der Kreis der Personen, die Goethe in seinem »Werther« dichterisch verschmolzen hat:

Werther	Lotte	Albert
Goethe	Charlotte Buff	Kestner
Jerusalem	Frau des Sekretärs H.	Sekretär H.
Goethe	Maximiliane Brentano	P. A. Brentano

Februar/März 1774 verarbeitet Goethe seine Erlebnisse, schreibt »den ›Werther‹ in vier Wochen, ohne daß ein Schema des Ganzen, oder die Behandlung eines Teils irgend vorher wäre zu Papier gebracht gewesen ... Ich hatte mich durch diese Komposition, mehr als durch jede andere, aus einem stürmischen Elemente gerettet, auf dem ich durch eigne und fremde Schuld, durch zufällige und gewählte Lebensweise, durch Vorsatz und Übereilung, durch

Hartnäckigkeit und Nachgeben auf die gewaltsamste Art hin und wieder getrieben worden. Ich fühlte mich, wie nach einer Generalbeichte, wieder froh und frei, und zu einem neuen Leben berechtigt«.

Die Lotte des Romans hat nicht mehr die blauen Augen von Charlotte Buff, sondern die schwarzen Augen Maximiliane Brentanos. »Das forschende Publikum konnte daher Ähnlichkeiten von verschiedenen Frauenzimmern entdecken, und den Damen war es auch nicht ganz gleichgültig, für die rechte zu gelte.«

WERTHER-FIEBER

Das Werther-Fieber war in Deutschland eine der ersten überregionalen Modeerscheinungen, die weite Schichten des Bürgertums erfaßte. Es drückte sich nicht nur in einem verstärkten Hang zu Innerlichkeit, Opposition zur Welt des Adels aus, sondern – natürlich – auch in den Accessoires, vor allem der Kleidung, der sog. Werther-Tracht, die ihrerseits auf die Kleidung Jerusalems zurückging: blauer Frack mit Messingknöpfen, gelbe Weste, braune Stulpenstiefel, runder Filzhut und ungepudertes Haar. Hinzu kamen rosa Schleifen, Riechfläschchen, die Parfümindustrie bot »Eau de Werther« an, die Porzellanhersteller kreierten Werther-Nippes, Porzellantassen mit Werther-Motiven, Fächer mit dem Bild Werthers wurden verkauft usw.

Oft erwähnt wird ein sprunghaftes Ansteigen von Selbstmorden nach Erscheinen des Buches. Die Kirche sah sich genötigt, es wegen der Verteidigung des Selbstmordes als unsittlich und jugendgefährdend verbieten zu lassen. Wie viele »stilechte« Selbstmorde à la Werther die Goethe-Lektüre ausgelöst hat, ist nicht geklärt. Zweifelsfrei bezeugt ist einzig der Selbstmord einer jungen Frau, die sich 1778 aus unglücklicher Liebe in einen Fluß stürzte und ein Exemplar des »Werther« – quasi als Abschiedsbrief – bei sich trug. Die Leiche wurde in der Nähe von Goethes Gartenhaus angeschwemmt, Goethe ließ der Frau einen Gedenkstein setzen. Die angebliche Werther-Selbstmordwelle scheint jedoch eine Erfindung der Kreise zu sein, denen daran gelegen war, das Buch zu verbieten. Goethe: »Wie ich mich nun aber dadurch [durch das Schreiben des Romans] erleichtert und aufgeklärt fühlte, die Wirklichkeit in Poesie verwandelt zu haben, so verwirrten sich meine Freunde daran, indem sie glaubten, man müsse die Poesie in Wirklichkeit verwandeln, einen solchen Roman nachspielen und sich allenfalls selbst erschießen; und was hier im Anfang unter wenigen vorging, ereignete sich nachher im großen Publikum, und dieses Büchlein, was mir so viel genützt hatte, ward als höchst schädlich verrufen . . . Die Wirkung dieses Büchleins war groß, ja ungeheuer, und vorzüglich deshalb, weil es genau in die rechte Zeit traf. Denn wie es nur eines geringen Zündkrauts bedarf, um eine gewaltige Mine zu entschleudern, so war auch die Explosion, welche sich hierauf im Publikum ereignete, deshalb so mächtig, weil die junge Welt sich schon selbst untergraben hatte, und die Erschütterung deswegen so groß, weil ein jeder mit seinen übertriebenen Forderungen, unbefriedigten Leidenschaften und eingebildeten Leiden zum Ausbruch kam. Man kann von einem Publikum nicht verlangen, daß es ein geistiges Werk geistig aufnehmen solle. Eigentlich ward nur der Inhalt, der Stoff beachtet, wie ich schon an meinen Freunden erfahren hatte, und daneben trat das alte Vorurteil wieder ein, entspringend aus der Würde eines gedruckten Buchs, daß es nämlich einen didaktischen Zweck haben müsse. Die wahre Darstellung aber hat keinen« (»Dichtung und Wahrheit«, 13. Buch).

Welche seltsamen Blüten der Werther-Kult treiben konnte, zeigt der folgende Bericht von Friedrich Christian Laukhard über mitternächtliche Werther-Prozessionen am Grabe Jerusalems (aus: »Leben und Schicksale von ihm selbst beschrieben«, 5 Bde., 1791–1802):

»Die Prozession nach dem Grabe des armen Jerusalem wurde im Frühling 1776 abgehalten. Ein Haufen Wetzlarischer und fremder empfindsamer Seelen beiderlei Geschlechts beredeten sich, dem unglücklichen Opfer des Selbstgefühls und der Liebe eine Feierlichkeit anzustellen und dem abgefahrnen Geiste gleichsam zu parentieren. Sie versammelten sich an einem zu diesen Vigilien festgesetzten Tage des Abends, lasen die Leiden des jungen Werthers von Herrn Goethe vor und sangen alle die lieblichen Arien und Gesänge, welche dieser Fall den Dichterleins entpreßt hat. Nachdem dies geschehen war und man tapfer geweint und geheult hatte, ging der Zug nach dem Kirchhof. Jeder Begleiter trug ein Wachslicht, jeder war schwarz gekleidet und hatte einen schwarzen Flor vor dem Gesicht. Es war um Mitternacht. Diejenigen Leute, welchen dieser Zug auf der Straße begegnete, hielten ihn für eine Prozession des höllischen Satans und schlugen Kreuze. Als der Zug endlich auf dem Kirchhof ankam, schloß er einen Kreis um das Grab des teuren Märtyrers und sang das Liedchen ›Ausgelitten hast du – ausgerungen‹. Nach Endigung desselben trat ein Redner auf und hielt eine Lobrede auf den Verblichenen und bewies beiher,

138

daß der Selbstmord – versteht sich aus Liebe – erlaubt sei. Hierauf wurden Blümchen aufs Grab geworfen, tiefe Seufzer herausgekünstelt und nach Hause gewandert mit einem Schnupfen – im Herzen.

Die Torheit wurde nach einigen Tagen wiederholt. Als aber der Magistrat es ziemlich deutlich merken ließ, daß er im abermaligen Wiederholungsfall tätlich gegen den Unfug zu Werke gehen würde, so unterblieb die Fortsetzung. Hätten lauter junge Laffen, verschossene Hasen und andere Firlefanze wie auch Siegwartische Mädchen [vgl. S. 164], rotäugige Kusinchen und vierzigjährige Tanten dieses Possenspiel getrieben, so könnte man's hingehen lassen: Aber es waren Männer von hoher Würde, Kammerassessoren und Damen vom Stande. Das war unverzeihlich! . . . Das Grab des jungen Werthers wird noch immer besucht, bis auf den heutigen Tag.«

Das in diesem Bericht angesprochene Gedicht »Lotte bei Werthers Grabe« stammt von Carl Ernst von Reitzenstein. Es war das populärste aus der Flut von Werther- und Lotte-Gedichten:

>»Ausgelitten hast du – ausgerungen,
>Armer Jüngling, deinen Todesstreit;
>Ausgeblutet die Beleidigungen
>Und gebüßt für deine Zärtlichkeit!
>O warum – O! daß ich dir gefallen!
>Hätte nie mein Auge dich erblickt,
>Hätte nimmer von den Mädchen allen
>Das verlobte Mädchen dich entzückt!
>Jede Freude, meiner Seelen Frieden
>Ist dahin, auch ohne Wiederkehr!
>Ruh und Glücke sind von mir geschieden,
>und mein Albert liebt mich nun nicht mehr.
>Einsam weil' ich auf der Rasenstelle,
>Wo uns oft der späte Mond belauscht,
>Jammernd irr ich an der Silberquelle,
>Die uns lieblich Wonne zugerauscht;
>Bis zum Lager, wo ich träum und leide,
>Ängsten Schrecken meine Phantasie;
>Blutig wandelst du im Sterbekleide
>Mit den Waffen, die ich selbst dir lieh.
>Dann erwach ich bebend – und ersticke
>Noch den Seufzer, der mir schon entrann,
>Bis ich weg von Alberts finsterm Blicke
>Mich zu deinem Grabe stehlen kann.
>Heilige, mit frommen kalten Herzen,

Gehn vorüber und – verdammen dich:
Ich allein, ich fühle deine Schmerzen,
Teures Opfer, und beweine dich!
Werde weinen noch am letzten Tage,
Wenn der Richter unsre Tage wiegt,
Und nun offen auf der furchtbarn Waage
Deine Schuld und deine Liebe liegt:
Dann, wo Lotte jenen süßen Trieben
Gern begegnet, die sie hier verwarf,
Vor den Engeln ihren Werther lieben
Und ihr Albert nicht mehr zürnen darf:
Dann, o! dräng ich zu des Thrones Stufen
Mich an meines Alberts Seite zu,
Rufen wird er selbst, versöhnet rufen:
Ich vergeb ihm: O, verschone du!
Und der Richter wird Verschonung winken;
Ruh empfängst du nach der langen Pein,
Und in einer Myrtenlaube trinken
Wir die Seligkeit des Himmels ein.«

Das Werther-Fieber erfaßte jedoch nicht nur Menschen, die heute niemand mehr kennt, sondern auch Persönlichkeiten, deren Namen und Werke die Zeiten überdauert haben: Jakob Michael Reinhold Lenz, Wilhelm Heinse, der bereits zitierte Gottfried August Bürger, der Dichter und spätere Homer-Übersetzer Johann Heinrich Voß, der Erzähler Karl Philipp Moritz u. a. Christian Friedrich Daniel Schubarts »Werther«-Rezension mag stellvertretend für die Stürmer und Dränger stehen, die Werther fast vorbehaltlos bejahten: »Da sitz ich mit zerfloßnem Herzen, mit klopfender Brust, und mit Augen, aus welchen wollüstiger Schmerz tröpfelt, und sag dir, Leser, daß ich eben die Leiden des jungen Werthers von meinem lieben Göthe – gelesen? – Nein, verschlungen habe. Kritisieren soll ich? Könnt ichs, so hätt ich kein Herz . . . Wollte lieber ewig arm sein, auf Stroh liegen, Wasser trinken, und Wurzeln essen, als einem solchen sentimentalischen Dichter nicht nachempfinden können« (»Deutsche Chronik«, 5. Dezember 1774). Eine bessere Beschreibung der Symptome dieser Werther-Krankheit läßt sich nicht finden: zerfloßnes Herz, klopfende Brust, Augen, aus denen wollüstiger Schmerz tröpfelt usw.

Aus der Reihe der Werther-Gegner sind vor allem die Aufklärer zu nennen: Lessing (der auch fürchtete, seine Dichterkrone an Goethe zu verlieren), Lichtenberg, Nicolai, Sulzer, Bodmer, Men-

delssohn, Möser u. a. Linksradikale Kritik kam später von Friedrich Engels: »Dieser Jammerschrei eines schwärmerischen Tränensacks über den Abstand zwischen der bürgerlichen Wirklichkeit und seinen nicht minder bürgerlichen Illusionen über diese Wirklichkeit, dieser mattherzige, einzig auf Mangel an der ordinärsten Erfahrung beruhende Stoßseufzer . . .«

WERTHER ALS SELBSTMÖRDER

Die Kritik der Theologen

Der Selbstmord gehört zu den zentralen Motiven des Werther-Romans. Im Grunde klingt dieses Motiv bereits im ersten Satz an: »Wie froh bin ich, daß ich weg bin! Bester Freund, was ist das Herz des Menschen! Dich zu verlassen, den ich so liebe, von dem ich unzertrennlich war, und froh zu sein! Ich weiß, du verzeihst mir's.«

Daß das Buch verboten werden konnte, ist hauptsächlich darin begründet, daß es als Rechtfertigung des Selbstmordes aufgefaßt wurde. Die Theologische Fakultät der Universität Leipzig stellte mit Erfolg einen Zensurantrag: »Diese Schrift ist eine Apologie und Empfehlung des Selbstmordes; und es ist auch um deswillen gefährlich, weil es in witziger und einnehmender Schreibart abgefaßt ist . . . Da die Schrift also üble Impressionen machen kann, welche, zumal bei schwachen Leuten, Weibspersonen, bei Gelegenheit aufwachen, und ihnen verführerisch werden können; so hat die Theologische Fakultät für nötig gefunden zu sorgen, daß diese Schrift unterdrückt werde: dazumal jetzt die Exempel des Selbstmordes frequenter werden.« Nicht nur in Leipzig wurde das Buch verboten, auch in Bayern und Österreich wurde es auf den staatlichen Index gesetzt.

Einer der wortgewaltigsten und einflußreichsten Gegner des »Werther« war der lutherische Theologe Johann Melchior Goeze, Hauptpastor an der Hamburger Katharinenkirche: »Einem jeden Christen, der für das Wort seines Heilandes: Ich sage euch, wer ein Weib ansieht, ihr zu begehren, der hat schon die Ehe gebrochen mit ihr im Herzen, Matthäus 5,28, noch einige Ehrerbietung hat, der die Worte des heiligen Johannes: Wir wissen, daß ein Totschläger nicht hat das ewige Leben bei ihm bleibend, 1 Johannes 3,15, als einen Lehrsatz ansieht, welcher sich auf ein unveränderliches Urteil unseres allerheiligsten und allerhöchsten Richters gründet, muß notwendig das Herz bluten, wenn er die Leiden des jungen Werthers liest . . . Man bedenke um Gottes willen, wieviele unserer

Jünglinge mit Werthern in gleiche Umstände geraten können, und solches insonderheit in der gegenwärtigen Epoche, da es als die höchste Weisheit angesehen wird, junge Seelen, nicht sowohl durch Gründe der Religion in eine recht christliche Fassung zu setzen, als vielmehr dieselben mit lauter phantastischen Bildern anzufüllen, und die Empfindungen in ihnen weit über ihre Grenzen hinauszutreiben. Mit einer solchen Gesinnung kommen sie in die große Welt, und hier finden sie Menschen, die ganz anders denken und urteilen ... Schlagen ihnen ihre Wünsche auch hier fehl, ist noch dazu eine öffentliche Beschimpfung die Frucht ihrer Torheit; so wird ihr erster Gedanke darauf gehen, ihrem gedrängten Herzen auf eine gewaltsame Art Luft zu machen. Sie werden diesen schrecklichen Gedanken nicht gleich in der ersten Wut vollziehen. Sie werden, wie Werther, erst manche Überlegung anstellen. Gründe der Religion, Aussichten in die Ewigkeit werden freilich auf eine solche verwilderte Seele wenig Eindruck machen. Das einzige, was sie noch auf eine Zeitlang von der Vollziehung des Selbstmordes zurückhalten wird, ist die Vorstellung der Schmach und Schande, welche das Gedächtnis eines vorsätzlichen Selbstmörders zum Greuel macht. Diese Vorstellungen wegzuräumen, werden ihnen die Leiden des jungen Werthers vortreffliche Dienste tun. Das falsche Licht, in welchem der Verfasser seinen Held erscheinen läßt, die Tränen, welche die Schönen, die sich Werthers zu Liebhabern wünschen, auf sein Grab hingeweinet, die Lobsprüche, welche demselben in Zeitungen beigelegt werden, das Zeugnis, das ihm die Schmeichler der verderbten Sitten geben, daß sein Busen von Tugend geglühet, der Segen, welchen ein auf seinem selbst errichteten Throne sitzender Rezensent über seine Asche gesprochen, daß Friede über derselben sein müsse, der ehrwürdige Name eines Märtyrers, mit welchem selbst diejenigen, die das Ansehen haben wollen, als ob sie die Tat mißbilligten, den Selbstmörder beehrt haben; alle diese Dinge zusammengenommen werden solche elende Menschen trunken machen und sie reizen, den Weg zu betreten, auf welchem Werther an seinen Ort gegangen ist« (»Kurze aber notwendige Erinnerung über die Leiden des jungen Werthers«, Hamburg 1775).

Das Herz als Maßstab für die Wirklichkeit

Schon der erste Brief nennt auf eineinhalb Seiten siebenmal den zentralen Begriff für Werthers Fühlen: das Herz. »Bester Freund, was ist das Herz des Menschen!«; »Die Einsamkeit ist meinem Herzen köstlicher Balsam in dieser paradiesischen Gegend, und diese Jahrszeit der Jugend wärmt mit aller Fülle mein oft schauderndes Herz«; »Der Garten ist einfach, und man fühlt gleich bei dem Eintritte, daß nicht ein wissenschaftlicher Gärtner, sondern ein fühlendes Herz den Plan gezeichnet«; usw. Das Herz ist für Werther das Organ des Fühlens: Es wird geängstigt; in ihm bildet sich die Leidenschaft; es schaudert, leidet.

Im zweiten Brief wird dem Herzen als weiterer Schlüsselbegriff für Werthers Denken die Seele beigeordnet: Während das Herz fühlt und »genießt«, ist die Seele »der Spiegel des unendlichen Gottes«: »Eine wunderbare Heiterkeit hat meine ganze Seele eingenommen, gleich den süßen Frühlingsmorgen, die ich mit ganzem Herzen genieße. Ich bin allein und freue mich meines Lebens in dieser Gegend, die für solche Seelen geschaffen ist wie die meine. Ich bin so glücklich, mein Bester, so ganz in dem Gefühle von ruhigem Dasein versunken, daß meine Kunst darunter leidet. Ich könnte jetzt nicht zeichnen, nicht einen Strich, und bin nie ein größerer Maler gewesen als in diesen Augenblicken. Wenn das liebe Tal um mich dampft, und die hohe Sonne an der Oberfläche der undurchdringlichen Finsternis meines Waldes ruht, und nur einzelne Strahlen sich in das innere Heiligtum stehlen, ich dann im hohen Grase am fallenden Bache liege, und näher an der Erde tausend mannigfaltige Gräschen mir merkwürdig werden; wenn ich das Wimmeln der kleinen Welt zwischen Halmen, die unzähligen, unergründlichen Gestalten der Würmchen, der Mückchen näher an meinem Herzen fühle, und fühle die Gegenwart des Allmächtigen, der uns nach seinem Bilde schuf, das Wehen des Allliebenden, der uns in ewiger Wonne schwebend trägt und erhält; mein Freund! wenn's dann um meine Augen dämmert, und die Welt um mich her und der Himmel ganz in meiner Seele ruhn wie die Gestalt einer Geliebten – dann sehne ich mich oft und denke: Ach könntest du das wieder ausdrücken, könntest du dem Papiere das einhauchen, was so voll, so warm in dir lebt, daß es würde der Spiegel deiner Seele, wie deine Seele ist der Spiegel des unendlichen Gottes!«

Einschränkung und Rückzug in sich selbst

Anfang Mai, im Frühling, der »Jahrszeit der Jugend«, kommt Werther, ein junger Herr aus dem Bürgertum, in einer Stadt an, in der er für seine Mutter eine Erbschaftsangelegenheit regeln will, weswegen er seinen Freund Wilhelm hat verlassen müssen. Frisch ist

noch die Erinnerung an »die arme Leonore«, in deren Herz sich –
von Werther unterstützt – eine Leidenschaft für ihn gebildet hatte,
während ihm »die eigensinnigen Reize ihrer Schwester eine angenehme Unterhaltung verschafften«. Doch Werther ist nun fern von
Wilhelm, Leonore und ihrer Schwester, verspricht Wilhelm brieflich, sich in Liebesangelegenheiten zu bessern, und nimmt sich vor:
»Ich will das Gegenwärtige genießen, und das Vergangene soll mir
vergangen sein.«

Die Stadt empfindet er als »unangenehm, dagegen rings umher
von einer unaussprechlichen Schönheit der Natur«. Der Natur
gegenüber kommt er jedoch nicht über ein Gefühl des Sich-Verlie-
ren-Wollens, des Herumschwebens hinaus: »Jeder Baum, jede
Hecke ist ein Strauß von Blüten, und man möchte zum Maienkäfer
werden, um in dem Meer von Wohlgerüchen herumschweben und
alle seine Nahrung darin finden zu können« (4. Mai). Seine künstle-
rische Schöpferkraft bleibt in diesem Zustand gelähmt: »Ich könnte
jetzt nicht zeichnen, nicht einen Strich, und bin nie ein größerer
Maler gewesen als in diesen Augenblicken ... Ich gehe darüber
zugrunde, ich erliege unter der Gewalt der Herrlichkeit der
Erscheinungen« (10. Mai). Sein Erleben ist bestimmt durch »die
warme, himmlische Phantasie in meinem Herzen, die mir alles
rings umher so paradiesisch macht« (12. Mai). Er hält sein »Herzchen wie ein krankes Kind; jeder Wille wird ihm gestattet« (13.
Mai). – Die Menschen, denen er begegnet, stammen aus dem
»gemeinen Volk«, er versteht es jedoch, sie sich geneigt zu machen,
besonders die Kinder lieben ihn (15. Mai). Es ist »eine recht gute
Art Volks«, an dessen Vergnügungen er freilich nur teilnehmen
kann, »wenn ich mich manchmal vergesse« (17. Mai), wenn er vergessen kann, »daß noch so viele andere Kräfte in mir ruhen, die alle
ungenutzt vermodern und die ich sorgfältig verbergen muß. Ach,
das engt das ganze Herz so ein. – Und doch! Mißverstanden zu
werden, ist das Schicksal von unsereinem« (17. Mai).

Diese Klage wird nicht weiter ausgeführt, doch wird auch hier
ein Schlüsselbegriff in Werthers Denken angesprochen: die Einengung bzw. Eingrenzung oder Einschränkung: »Wenn ich die Einschränkung ansehe, in welcher die tätigen und forschenden Kräfte
des Menschen eingesperrt sind; wenn ich sehe, wie alle Wirklichkeit dahinaus läuft, sich die Befriedigung von Bedürfnissen zu verschaffen, die wieder keinen Zweck haben, als unsere arme Existenz
zu verlängern, und dann, daß alle Beruhigung über gewisse Punkte
des Nachforschens nur eine träumende Resignation ist, da man sich
die Wände, zwischen denen man gefangen sitzt, mit bunten Gestal-

ten und lichten Aussichten bemalt – Das alles, Wilhelm, macht mich stumm« (22. Mai). Seine Antwort auf diese Einschränkung ist der Rückzug in sich selbst, der Traum: »Ich kehre in mich selbst zurück, und finde eine Welt! Wieder mehr in Ahnung und dunkler Begier als in Darstellung und lebendiger Kraft. Und da schwimmt alles vor meinen Sinnen, und ich lächle dann so träumend weiter in die Welt« (22. Mai). Das Bild der Wände, zwischen denen der Mensch eingeengt ist, wird später noch einmal verwendet, als Werther das Wesen der Liebe zu beschreiben versucht: Eine Welt ohne Liebe vergleicht er mit einer Zauberlaterne ohne Licht: »Kaum bringst du das Lämpchen hinein, so scheinen dir die buntesten Bilder an deine Wand! Und wenn's nichts wäre als das, als vorübergehende Phantome, so macht's doch immer unser Glück, wenn wir wie frische Jungen davor stehen und uns über die Wundererscheinungen entzücken« (18. Juli).

Zu dieser Einschränkung gehört auch, daß Werther allein ist, ohne ein Gegenüber, in dessen Gegenwart er all die Kräfte entfalten kann, die in seiner Situation ungenutzt bleiben. Er sucht dieses Gegenüber, weiß gleichzeitig, daß seine Suche nicht vergeblich sein kann, da er eine solche Person – »die Freundin meiner Jugend« – bereits gekannt hat, doch sie ist tot: »Aber ich habe sie gehabt, ich habe das Herz gefühlt, die große Seele, in deren Gegenwart ich mir schien mehr zu sein, als ich war, weil ich alles war, was ich sein konnte. Guter Gott! blieb da eine einzige Kraft meiner Seele ungenutzt? Konnt' ich nicht vor ihr das ganze wunderbare Gefühl entwickeln, mit dem mein Herz die Natur umfaßt? War unser Umgang nicht ein ewiges Weben von der feinsten Empfindung, dem schärfsten Witze, dessen Modifikationen, bis zur Unart, alle mit dem Stempel des Genies bezeichnet waren?« (17. Mai). Ebenso wie Werther in Kauf nimmt, daß die Liebe unter Umständen nichts ist als »vorübergehende Phantome«, und er sie dennoch als Ursache des Glücks sieht – »sind das Phantome, wenn es uns wohl ist?« (18. Juli)–, so ist er sich auch nicht sicher, ob er in einem »mit dem Stempel des Genies bezeichneten« Verhältnis tatsächlich mehr ist, als er ist, alles ist, was er sein kann. Er relativiert: die große Seele, in deren Gegenwart ich »mir schien« mehr zu sein, als ich war. Alles andere, was er über dieses Verhältnis formuliert, scheinen zwar rhetorische Fragen, sind aber dennoch Fragen.

Ein solches Gegenüber fehlt ihm. Die Menschen, die ihm begegnen, sind nichts weiter als »allerlei Bekanntschaften« (17. Mai), »die geringen Leute des Ortes kennen mich schon und lieben mich, besonders die Kinder« (15. Mai), der fürstliche Amtmann – Lottes

146

Vater – ist ein »braver Mann« (17. Mai); ansonsten sind ihm »einige verzerrte Originale über den Weg gelaufen, an denen alles unausstehlich ist, am unerträglichsten ihre Freundschaftsbezeigungen« (17. Mai).

Damit ist Werthers Ausgangssituation umrissen: Sein Herz ist Maßstab für die Beurteilung der Wirklichkeit; er ist allein und ohne Beruf; leidet unter der »Einschränkung«, aber ist unfähig, diese Einschränkung zu überwinden, sei es durch eigene Kraft als Künstler oder durch den Umgang mit einer »großen Seele«; seine Antwort auf diese Einschränkung heißt: Rückzug in sich selbst. Sollte ihm auch dies nicht mehr helfen, weiß er bereits das Mittel, um den Wänden zu entfliehen, die ihn einschränken, einschließen, eingrenzen – Selbstmord: »Wer aber in seiner Demut erkennt, wo das alles hinausläuft, wer da sieht, wie artig jeder Bürger, dem es wohl ist, sein Gärtchen zum Paradiese zuzustutzen weiß, und wie unverdrossen auch der Unglückliche unter der Bürde seinen Weg fortkeucht, und alle gleich interessiert sind, das Licht dieser Sonne noch eine Minute länger zu sehn – ja, der ist still und bildet auch seine Welt aus sich selbst und ist auch glücklich, weil er ein Mensch ist. Und dann, so eingeschränkt er ist, hält er doch immer im Herzen das süße Gefühl der Freiheit, und daß er diesen Kerker verlassen kann, wann er will« (22. Mai).

In dieser Lage hinterläßt die Erzählung eines Bauernburschen, der unglücklich in seine verwitwete Herrin verliebt ist, einen tiefen Eindruck in Werther (30. Mai). Während er in allen vorhergehenden Briefen lediglich Zustandsbeschreibungen, Schilderungen, Urteile gegeben hat, wird er nun aus seinem »Herumschweben« herausgerissen, er ist »entzündet«, es kommt erstmals zu einer Krise, in der »mir die innerste Seele glüht«, ich »lechze und schmachte«. Aber selbst hier verweigert sich Werther der Wirklichkeit, verläßt sich eher auf sein Inneres, seine Phantasie: Ihm genügt die Erzählung des Bauernburschen, er will vermeiden, die geliebte Witwe tatsächlich zu sehen; sie soll keine wirkliche Frau aus Fleisch und Blut sein, sondern »Bild« bleiben – »vielleicht erscheint sie mir vor meinen Augen nicht so, wie sie jetzt vor mir steht, und warum soll ich mir das schöne Bild verderben?« (30. Mai).

Entgrenzung mit Lotte

Es folgt im Briefwechsel eine Pause von einem halben Monat, am 16. Juni erfährt Wilhelm die Ursache: Lotte, die »allen meinen Sinn gefangengenommen« hat. Der Brief, in dem Werther den Ball schildert, auf dem er Lotte kennengelernt hat, ist mit achteinhalb Seiten der mit Abstand längste des ganzen Romans:

Werther fährt zu einem Ball auf dem Lande. In der Kutsche ist er in Begleitung eines »übrigens unbedeutenden Mädchens«, die auf dem Ball seine Tänzerin sein soll, und ihrer Base. Sie fahren nicht direkt zum Ball, sondern zunächst zur »Einsiedelei« des verwitweten, Werther bereits bekannten Amtmanns S., um dessen Tochter Charlotte mitzunehmen. Die beiden Mädchen warnen Werther, er werde »ein schönes Frauenzimmer kennenlernen«, solle sich aber in acht nehmen, »daß Sie sich nicht verlieben«, denn Charlotte ist schon vergeben: an einen »sehr braven Mann«, der zur Zeit verreist ist. Werther reagiert gleichgültig auf diese Bemerkungen.

Er trifft Lotte an, als sie ihren acht jüngeren Geschwistern das Abendbrot schneidet. Während er in den ersten eineinhalb Monaten fast ausschließlich von seinem Herzen gesprochen hat, ist es nun die Seele: »Meine ganze Seele ruhte auf der Gestalt, dem Tone, dem Betragen.« In der Kutsche unterhalten sich nach der üblichen Begrüßung ausschließlich Werther und Lotte, während die beiden anderen danebensitzen »mit offenen Augen, als säßen sie nicht da«. Die Schlüsselworte für Werther sind im Rückblick auf diese Situation Geist und Seele, nicht Herz; an die Stelle der früheren Einschränkung tritt Entfaltung, auch bei Lotte: »Ich fand so viel Charakter in allem, was sie sagte, ich sah mit jedem Wort neue Reize, neue Strahlen des Geistes aus ihren Gesichtszügen hervorbrechen, die sich nach und nach vergnügt zu entfalten schienen, weil sie an mir fühlte, daß ich sie verstand ... Wie ich mich unter dem Gespräche in den schwarzen Augen weidete – wie die lebendigen Lippen, und die frischen, muntern Wangen meine ganze Seele anzogen ...« Gleichwohl bleibt Werther im Traum: »Kurz, ich stieg aus dem Wagen wie ein Träumender, als wir vor dem Lusthause stille hielten, und war so in Träumen rings in der dämmernden Welt verloren, daß ich auf die Musik kaum achtete, die uns von dem erleuchteten Saal herunter entgegenschallte.«

Auch beim Tanzen mit Lotte ist Werther nicht auf dieser Welt, geht völlig darin auf, »mit ihr herumzufliegen wie Wetter, daß alles rings umher verging«. Jede menschliche Einschränkung, Eingrenzung, Einengung ist beim Tanz mit Lotte abgelegt: »Ich war kein Mensch mehr.« Die Tatsache, daß Lotte mit Albert – »ein braver Mensch«, sagt Lotte – so gut als verlobt sei, aus ihrem Munde zu hören, stürzt Werther zwar in Verwirrung, tut seinen Gefühlen jedoch keinen Abbruch. Als sie nach dem Gewitter am Fenster stehend in den Regen hinaussehen, legt Lotte die Hand auf seine und nennt das Losungswort für ihre Geistesgemeinschaft: Klopstock – durch das Medium der Dichtung wird der Einklang ihrer Empfindungen hergestellt.

In den folgenden sechs Wochen, bis zur Ankunft Alberts, bleibt Werther in dieser Stimmung, in der es keinerlei Eingrenzung zu geben scheint: »Ich weiß weder daß Tag noch daß Nacht ist, und die ganze Welt verliert sich um mich her« (19. Juni). Auf dem Hintergrund dieses umfassenden Gefühls von Sich-Ausbreiten verfällt er sogar dem Wahn, daß gerade in der Einschränkung das Glück liege: »Lieber Wilhelm, ich habe allerlei nachgedacht, über die Begier im Menschen, sich auszubreiten, neue Entdeckungen zu machen, herumzuschweifen; und dann wieder über den inneren Trieb, sich der Einschränkung willig zu ergeben, in dem Gleise der Gewohnheit so hinzufahren und sich weder um Rechts noch um Links zu bekümmern ... O es ist mit der Ferne wie mit der Zukunft! Ein großes dämmerndes Ganze ruht vor unserer Seele, unsere Empfindung verschwimmt darin wie unser Auge, und wir sehnen uns, ach! unser ganzes Wesen hinzugeben, uns mit aller Wonne eines einzigen, großen herrlichen Gefühls ausfüllen zu lassen. – Und ach! wenn wir hinzueilen, wenn das Dort nun Hier wird, ist alles vor wie nach, und wir stehen in unserer Armut, in unserer Eingeschränktheit, und unsere Seele lechzt nach entschlüpftem Labsale. So sehnt sich der unruhigste Vagabund zuletzt wieder nach seinem Vaterlande und findet in seiner Hütte, an der Brust seiner Gattin, in dem Kreise seiner Kinder, in den Geschäften zu ihrer Erhaltung die Wonne, die er in der weiten Welt vergebens suchte« (21. Juni).

Werther tollt mit Lottes Kindern umher, denn »meinem Herzen sind die Kinder am nächsten auf der Erde« (29. Juni); in dem Bewußtsein, daß Gott »uns am glücklichsten macht, wenn er uns in freundlichem Wahne so hintaumeln läßt« (6. Juli); Lotte ist sein »Engel« (1. Juli, Schluß), er möchte sich niederwerfen vor ihr »wie vor einem Propheten« (6. Juli); fühlt sich wie im Märchen vom Magnetberg, und Lotte ist der Magnetberg: »Zuck! so bin ich dort« (26. Juli). Keine körperliche Begier? »Nein, mein Herz ist so verderbt nicht! Schwach! Schwach genug! – Und ist das nicht Verderben? – Sie ist mir heilig. Alle Begier schweigt in ihrer Gegenwart« (16. Juli).

Dennoch fehlen auch in diesen sechs Wochen scheinbar unbegrenzten Glücks die dunklen Gedanken nicht: »Wie mich der einfache Gesang angreift! Und wie sie ihn anzubringen weiß, oft zur

Zeit, wo ich mir eine Kugel vor den Kopf schießen möchte! Die Irrungen und Finsternis meiner Seele zerstreut sich, und ich atme wieder freier« (16. Juli). Lotte kennt die Formel für seine Krankheit: ».. . den zu warmen Anteil an allem, und daß ich darüber zugrunde gehen würde« (1. Juli).

Die Krankheit zum Tode

30. Juli: Albert, Lottes Verlobter, ist angekommen, »und ich werde gehen«. Die Stimmung ist völlig umgeschlagen. Der andere ist zwar »ein braver, lieber Mann, dem man gut sein muß«, aber: Er »besitzt« Lotte. Werther beginnt, in den Wäldern umherzulaufen, spottet über sein eigenes Elend, versucht, die Zeit abzupassen, wenn Albert zu tun hat, und »wutsch! bin ich drauß, und da ist mir's immer wohl, wenn ich sie allein finde«. Das Entweder-Oder, das ihm Wilhelm vorschlägt, akzeptiert er nicht (8. August). Schon eine Woche nach der Ankunft Alberts vergleicht er seinen Zustand mit dem eines Todkranken: »Und kannst du von dem Unglücklichen, dessen Leben unter einer schleichenden Krankheit unaufhaltsam allmählich abstirbt, kannst du von ihm verlangen, er solle durch einen Dolchstoß der Qual auf einmal ein Ende machen? Und raubt das Übel, das ihm die Kräfte verzehrt, ihm nicht auch zugleich den Mut, sich davon zu befreien?« (8. August).

Er versucht vergeblich, sich in die Vorstellung hineinzusteigern, er sei Mitglied von Lottes Familie und »der ehrliche Albert« bringe ihm herzliche Freundschaft entgegen (10. August) – zwei Tage später drückt er sich die Mündung einer von Alberts Pistolen gegen die Stirn (12. August). Albert ist entsetzt über diesen Scherz, und in der heftigen Diskussion, die sich darüber entwickelt, legt Werther erstmals eine Rechtfertigung des Selbstmordes vor, spricht dabei jedoch nur in Vergleichen: Der Selbstmörder ist wie der Dieb, der sich und die Seinigen vom Hungertod retten will; wie der Ehemann, der im Zorn sein untreues Weib und ihren Verführer umbringt; wie das Mädchen, »das in einer wonnevollen Stunde sich in den unaufhaltsamen Freuden der Liebe verliert«; wie das Volk, das unter dem unerträglichen Joch eines Tyrannen geseufzt hat und nun aufbegehrt und seine Ketten zerreißt; wie ein Mensch, der über dem Schrecken, daß sein Haus brennt, alle Kräfte gespannt fühlt und mit Leichtigkeit Lasten wegträgt, die er bei ruhigem Sinn kaum bewegen kann; wie einer, der es in der Wut der Beleidigung mit sechsen aufnimmt und sie überwältigt. »Nimm mir's nicht

150

übel«, antwortet Albert, »die Beispiele, die du da gibst, scheinen hieher gar nicht zu gehören.«

Aber Werther kommt auf die Formel zurück, die er im letzten Brief an Wilhelm bereits angedeutet hat: Selbstmord ist der Endpunkt einer Krankheit zum Tode: »Die menschliche Natur ... hat ihre Grenzen: sie kann Freude, Leid, Schmerzen bis auf einen gewissen Grad ertragen und geht zugrunde, sobald der überstiegen ist. Hier ist also nicht die Frage, ob einer schwach oder stark ist, sondern ob er das Maß seines Leidens ausdauern kann, es mag nun moralisch oder körperlich sein. Und ich finde es ebenso wunderbar zu sagen, der Mensch ist feige, der sich das Leben nimmt, als es ungehörig wäre, den einen Feigen zu nennen, der an einem bösartigen Fieber stirbt ... Du gibst mir zu, wir nennen das eine Krankheit zum Tode, wodurch die Natur so angegriffen wird, daß teils ihre Kräfte verzehrt, teils so außer Wirkung gesetzt werden, daß sie sich nicht wieder aufzuhelfen, durch keine glückliche Revolution den gewöhnlichen Umlauf des Lebens wieder herzustellen fähig sind. Nun, mein Lieber, laß uns das auf den Geist anwenden. Sieh den Menschen an in seiner Eingeschränktheit, wie Eindrücke auf ihn wirken, Ideen sich bei ihm festsetzen, bis endlich eine wachsende Leidenschaft ihn aller ruhigen Sinneskraft beraubt und ihn zugrunde richtet. Vergebens, daß der gelassene, vernünftige Mensch den Zustand des Unglücklichen übersieht, vergebens, daß er ihm zuredet! Ebenso wie ein Gesunder, der am Bette des Kranken steht, ihm von seinen Kräften nicht das geringste einflößen kann.«

Der Weg hin zum Selbstmord, definiert als Krankheit zum Tode, wird damit eine für Werther »natürliche« Sache, der Akt selbst eine unter vielen Todesarten; eine Krankheit, deren Symptome genau beschrieben werden und zu deren Wesen die Selbstzerstörung gehört. »Wenn ich bei ihr gesessen bin, zwei, drei Stunden, um mich an ihrer Gestalt, an ihrem Betragen, an dem himmlischen Ausdruck ihrer Worte geweidet habe, und nun nach und nach alle meine Sinne aufgespannt werden, mir es düster vor den Augen wird, ich kaum noch höre, und es mich an die Gurgel faßt wie ein Meuchelmörder, dann mein Herz in wilden Schlägen den bedrängten Sinnen Luft zu machen sucht und ihre Verwirrung nur vermehrt – Wilhelm, ich weiß oft nicht, ob ich auf der Welt bin! Und – wenn nicht manchmal die Wehmut das Übergewicht nimmt und Lotte mir den elenden Trost erlaubt, auf ihrer Hand meine Beklemmung auszuweinen, – so muß ich fort, muß hinaus, und schweife dann weit im Felde umher; einen jähen Berg zu erklettern ist dann meine Freude, durch einen unwegsamen Wald einen Pfad durchzuarbeiten, durch die Hecken, die mich verletzen, durch die Dornen, die mich zerreißen! Da wird's mir etwas besser! Etwas! Und wenn ich vor Müdigkeit und Durst manchmal unterwegs liegen bleibe, manchmal in der tiefen Nacht, wenn der hohe Vollmond über mir steht, im einsamen Walde auf einen krumm gewachsenen Baum mich setze, um meinen verwundeten Sohlen nur einige Linderung zu verschaffen, und dann in einer ermattenden Ruhe in dem Dämmerschein hinschlummre! O Wilhelm! die einsame Wohnung einer Zelle, das härene Gewand und der Stachelgürtel wären Labsale, nach denen meine Seele schmachtet. Adieu! Ich sehe dieses Elendes kein Ende als das Grab« (30. August).

Werther geht ohne Abschied. Am Abend vor seiner Abreise unterhält er sich noch mit Lotte und Albert über das Leben nach dem Tode (10. September).

Es folgen sechs Monate (Winter), in denen Werther sich im Berufsleben versucht – und scheitert. Als Bürgerlicher, der mit seinen »überspannten Ideen« (17. Februar) bei Hof Anstoß erregt, wird er öffentlich der Adelsgesellschaft verwiesen. Werthers Wut und Zorn wenden sich nur kurz nach außen gegen die anderen: »Ich wollte, daß sich einer unterstünde, mir's vorzuwerfen, daß ich ihm den Degen durch den Leib stoßen könnte; wenn ich Blut sähe, würde mir's besser werden« (16. März). Angelpunkt bleibt jedoch sein Inneres; Rache, Zerstörung nach außen findet nicht statt, die Wut schlägt um in den Wunsch nach Selbstzerstörung, nicht aus Enttäuschung über sich selbst, nicht aus Scham wegen des öffentlichen Verweises, sondern aus der Erkenntnis seiner Eingeschränktheit; Selbstzerstörung als Mittel zur ewigen Freiheit, zur endgültigen Entgrenzung: »Da möchte man sich ein Messer ins Herz bohren« (15. März); »Ach, ich hab' hundertmal ein Messer ergriffen, um diesem gedrängten Herzen Luft zu machen. Man erzählt von einer edlen Art Pferde, die, wenn sie schrecklich erhitzt und aufgejagt sind, sich selbst aus Instinkt eine Ader aufbeißen, um sich zum Atem zu helfen. So ist mir's oft, ich möchte mir eine Ader öffnen, die mir die ewige Freiheit schaffte« (16. März).

Er bittet um Entlassung, unternimmt eine »Wallfahrt« an die Stätten seiner Kindheit (9. Mai), hält sich anschließend bei einem Fürsten auf, will in den Krieg (25. Mai); als ihm das ausgeredet worden ist, heißt sein Ziel wieder Lotte (18. Juni). Am 29. Juli ist er bei ihr und Albert: »Sie wäre mit mir glücklicher geworden als mit ihm! O er ist nicht der Mensch, die Wünsche dieses Herzens alle zu füllen.«

Zum zweitenmal wendet sich die Todessehnsucht nach außen, diesmal gegen Albert: »Wie, wenn Albert stürbe?« (21. August). Wenig später wendet sie sich gegen diejenigen, die die alten Nußbäume haben umhauen lassen, unter denen Werther und Lotte im vergangenen Jahr gesessen sind: »Ich möchte toll werden, ich könnte den Hund ermorden, der den ersten Hieb dran tat« (21. September). Diese Tendenz zur Gewalt als mögliche Konfliktlösung spiegelt sich im Roman am Beispiel des bereits erwähnten Bauernburschen, der in seine verwitwete Herrin verliebt war und aus verschmähter Liebe seinen Nebenbuhler ermordet.

Neben dem Weg zur Kriminalität (Mord) bleibt Werther als Alternative zum Selbstmord nur der Wahnsinn: Im Roman wiederum am Beispiel eines anderen aufgezeigt, der im Winter vergeblich Blumen für seine Geliebte sucht und dessen glücklichste Zeit die war, »da er im Tollhause war, wo er nichts von sich wußte . . . Gott im Himmel! hast du das zum Schicksale der Menschen gemacht, daß sie nicht glücklich sind, als ehe sie zu ihrem Verstande kommen und wenn sie ihn wieder verlieren! – Elender! und auch wie beneide ich deinen Trübsinn, die Verwirrung deiner Sinne, in der du verschmachtest! Du gehst hoffnungsvoll aus, deiner Königin Blumen zu pflücken – im Winter – und trauerst, da du keine findest, und begreifst nicht, warum du keine finden kannst. Und ich – und ich gehe ohne Hoffnung, ohne Zweck heraus und kehre wieder heim, wie ich gekommen bin« (30. November). Dieser Unglückliche »war Schreiber bei Lottens Vater, und eine Leidenschaft zu ihr, die er nährte, verbarg, entdeckte und worüber er aus dem Dienst geschickt wurde, hat ihn rasend gemacht« (1. Dezember).

Aber weder Kriminalität noch Wahnsinn sind der Weg Werthers. Er erlebt sie als mögliche Spiegelungen seiner selbst, als Beispiele dafür, wohin seine unglückliche Liebe führen könnte. Doch er ist bereits zu weit für Mord und Wahnsinn, sein Herz ist tot: »Weiß Gott! ich lege mich so oft zu Bette mit dem Wunsche, ja manchmal mit der Hoffnung, nicht wieder zu erwachen: und morgens schlage ich die Augen auf, sehe die Sonne wieder, und bin elend. O daß ich launisch sein könnte, könnte die Schuld aufs Wetter, auf einen Dritten, auf eine fehlgeschlagene Unternehmung schieben, so würde die unerträgliche Last des Unwillens doch nur halb auf mir ruhen. Wehe mir! ich fühle zu wahr, daß an mir allein alle Schuld liegt – nicht Schuld! Genug, daß in mir die Quelle alles Elendes verborgen ist, wie ehemals die Quelle aller Seligkeiten. Bin ich nicht noch ebenderselbe, der ehemals in aller Fülle der Empfindung herumschwebte, dem auf jedem Tritte ein Paradies folgte, der

153

ein Herz hatte, eine ganze Welt liebevoll zu umfassen? Und dieses Herz ist jetzt tot, aus ihm fließen keine Entzückungen mehr, meine Augen sind trocken, und meine Sinne, die nicht mehr von erquikkenden Tränen gelabt werden, ziehen ängstlich meine Stirn zusammen. Ich leide viel, denn ich habe verloren, was meines Lebens einzige Wonne war, die heilige, belebende Kraft, mit der ich Welten um mich schuf; sie ist dahin!« (3. November).

Der Ekel vor dem Leben

Im 13. Buch von »Dichtung und Wahrheit« reflektiert Goethe über den Selbstmord und über die Voraussetzung dafür, daß die bürgerliche Jugend in Werther eine Art Kultfigur sah, mit der sie sich identifizieren konnte:

»Jener Ekel vor dem Leben hat seine physischen und seine sittlichen Ursachen, jene wollen wir dem Arzt, diese dem Moralisten zu erforschen überlassen, und, bei einer so oft durchgearbeiteten Materie, nur den Hauptpunkt beachten, wo sich jene Erscheinung am deutlichsten ausspricht. Alles Behagen im Leben ist auf eine regelmäßige Wiederkehr der äußern Dinge gegründet. Der Wechsel von Tag und Nacht, der Jahreszeiten, der Blüten und Früchte, und was uns sonst von Epoche zu Epoche entgegentritt, damit wir es genießen können und sollen, diese sind die eigentlichen Triebfedern des irdischen Lebens. Je offener wir für diese Genüsse sind, desto glücklicher fühlen wir uns; wälzt sich aber die Verschiedenheit dieser Erscheinungen vor uns auf und nieder, ohne daß wir daran teilnehmen, sind wir gegen so holde Anerbietungen unempfänglich: Dann tritt das größte Übel, die schwerste Krankheit ein, man betrachtet das Leben als eine ekelhafte Last. Von einem Engländer wird erzählt, er habe sich aufgehangen, um nicht mehr täglich sich aus- und anzuziehn. Ich kannte einen wackeren Gärtner, den Aufseher einer großen Parkanlage, der einmal mit Verdruß ausrief: ›Soll ich denn immer diese Regenwolken von Abend gegen Morgen ziehen sehen!‹ Man erzählt von einem unserer trefflichsten Männer, er habe mit Verdruß das Frühjahr wieder aufgrünen gesehn, und gewünscht, es möchte zur Abwechslung einmal rot erscheinen. Dieses sind eigentlich die Symptome des Lebensüberdrusses, der nicht selten in den Selbstmord ausläuft, und bei denkenden, in sich gekehrten Menschen häufiger war, als man glauben kann.

Nichts aber veranlaßt mehr diesen Überdruß, als die Wiederkehr der Liebe. Die erste Liebe, sagt man mit Recht, sei die einzige:

denn in der zweiten und durch die zweite geht schon der höchste Sinn des Lebens verloren. Der Begriff des Ewigen und Unendlichen, der sie eigentlich hebt und trägt, ist zerstört, sie erscheint vergänglich wie alles Wiederkehrende. Die Absonderung des Sinnlichen vom Sittlichen, die in der verflochtenen kultivierten Welt die liebenden und begehrenden Empfindungen spaltet, bringt auch hier eine Übertriebenheit hervor, die nichts Gutes stiften kann.

Ferner wird ein junger Mann, wo nicht gerade an sich selbst, doch an andern bald gewahr, daß moralische Epochen ebensogut wie die Jahreszeiten wechseln. Die Gnade der Großen, die Gunst der Gewaltigen, die Förderung der Tätigen, die Neigung der Menge, die Liebe der Einzelnen, alles wandelt auf und nieder, ohne daß wir es festhalten können, so wenig als Sonne, Mond und Sterne; und doch sind diese Dinge nicht bloß Naturereignisse: sie entgehen uns durch eigne oder fremde Schuld, durch Zufall oder Geschick, und wir sind ihrer niemals sicher.

Was aber den fühlenden Jüngling am meisten ängstigt, ist die unaufhaltsame Wiederkehr unserer Fehler: Denn wie spät lernen wir einsehen, daß wir, indem wir unsere Tugenden ausbilden, unsere Fehler zugleich mit anbauen. Jene ruhen auf diesen wie auf ihrer Wurzel, und diese verzweigen sich insgeheim ebenso stark und so mannigfaltig als jene im offenbaren Lichte. Weil wir nun unsere Tugenden meist mit Willen und Bewußtsein ausüben, von unseren Fehlern aber unbewußt überrascht werden, so machen uns jene selten einige Freude, diese hingegen beständig Not und Qual. Hier liegt der schwerste Punkt der Selbsterkenntnis, der sie beinah unmöglich macht. Denke man sich nun hiezu ein siedend jugendliches Blut, eine durch einzelne Gegenstände leicht zu paralysierende Einbildungskraft, hiezu die schwankenden Bewegungen des Tags, und man wird ein ungeduldiges Streben, sich aus einer solchen Klemme zu befreien, nicht unnatürlich finden.

Solche düstere Betrachtungen jedoch, welche denjenigen, der sich ihnen überläßt, ins Unendliche führen, hätten sich in den Gemütern deutscher Jünglinge nicht so entschieden entwickeln können, hätte sie nicht eine äußere Veranlassung zu diesem traurigen Geschäft angeregt und gefördert. Es geschah dieses durch die englische Literatur, besonders durch die poetische, deren große Vorzüge ein ernster Trübsinn begleitet, welchen sie einem jeden mitteilt, der sich mit ihr beschäftigt ...

Genug, jene oben im allgemeinen erwähnten ernsten und die menschliche Natur untergrabenden Gedichte waren die Lieblinge, die wir uns vor allen andern aussuchten, der eine, nach seiner

Gemütsart, die leichtere elegische Trauer, der andere die schwer lastende, alles aufgebende Verzweiflung suchend. Sonderbar genug bestärkte unser Vater und Lehrer Shakespeare, der so reine Heiterkeit zu verbreiten weiß, selbst diesen Unwillen. Hamlet und seine Monologe blieben Gespenster, die durch alle jungen Gemüter ihren Spuk trieben. Die Hauptstellen wußte ein jeder auswendig und rezitierte sie gern, und jedermann glaubte, er dürfe ebenso melancholisch sein als der Prinz von Dänemark, ob er gleich keinen Geist gesehn und keinen königlichen Vater zu rächen hatte.

Damit aber ja allem diesem Trübsinn nicht ein vollkommen passendes Lokal abgehe, so hatte uns Ossian bis ans letzte Thule gelockt, wo wir denn auf grauer, unendlicher Heide, unter vorstarrenden bemoosten Grabsteinen wandelnd, das durch einen schauerlichen Wind bewegte Gras um uns, und einen schwer bewölkten Himmel über uns erblickten. Bei Mondschein ward dann erst die kaledonische Nacht zum Tage; untergegangene Helden, verblühte Mädchen umschwebten uns, bis wir zuletzt den Geist von Loda wirklich in seiner furchtbaren Gestalt zu erblicken glaubten.

In einem solchen Element, bei solcher Umgebung, bei Liebhabereien und Studien dieser Art, von unbefriedigten Leidenschaften gepeinigt, von außen zu bedeutenden Handlungen keineswegs angeregt, in der einzigen Aussicht, uns in einem schleppenden, geistlosen, bürgerlichen Leben hinhalten zu müssen, befreundete man sich, in unmutigem Übermut, mit dem Gedanken, das Leben, wenn es einem nicht mehr anstehe, nach eignem Belieben allenfalls verlassen zu können, und half sich damit über die Unbilden und Langeweile der Tage notdürftig genug hin. Diese Gesinnung war so allgemein, daß eben ›Werther‹ deswegen die große Wirkung tat, weil er überall anschlug und das Innere eines kranken, jugendlichen Wahns öffentlich und faßlich darstellte . . .

Der Selbstmord ist ein Ereignis der menschlichen Natur, welches, mag auch darüber schon so viel gesprochen und gehandelt sein als da will, doch einen jeden Menschen zur Teilnahme fordert, in jeder Zeitepoche wieder einmal verhandelt werden muß. Montesquieu erteilt seinen Helden und großen Männern das Recht, sich nach Befinden den Tod zu geben, indem er sagt, es müsse doch einem jeden freistehen, den fünften Akt seiner Tragödien da zu schließen, wo es ihm beliebe. Hier aber ist von solchen Personen nicht die Rede, die ein bedeutendes Leben tätig geführt, für irgend ein großes Reich oder für die Sache der Freiheit ihre Tage verwendet, und denen man wohl nicht verargen wird, wenn sie die Idee, die sie beseelt, sobald dieselbe von der Erde verschwindet, auch noch jenseits zu verfolgen denken. Wir haben es hier mit solchen zu tun, denen eigentlich aus Mangel an Taten, in dem friedlichsten Zustande von der Welt, durch übertriebene Forderungen an sich selbst das Leben verleidet. Da ich selbst in dem Fall war, und am besten weiß, was für Pein ich darin erlitten, was für Anstrengungen es mir gekostet, ihr zu entgehn; so will ich die Betrachtungen nicht verbergen, die ich über die verschiedenen Todesarten, die man wählen könnte, wohlbedächtig angestellt.

Es ist etwas so Unnatürliches, daß der Mensch sich von sich selbst losreiße, sich nicht allein beschädige, sondern vernichte, daß er meistenteils zu mechanischen Mitteln greift, um seinen Vorsatz ins Werk zu richten. Wenn Ajax in sein Schwert fällt, so ist es die Last seines Körpers, die ihm den letzten Dienst erweiset. Wenn der Krieger seinen Schildträger verpflichtet, ihn nicht in die Hände der Feinde geraten zu lassen, so ist es auch eine äußere Kraft, deren er sich versichert, nur eine moralische statt einer physischen. Frauen suchen im Wasser die Kühlung ihres Verzweifelns, und das höchst mechanische Mittel des Schießgewehrs sichert eine schnelle Tat mit der geringsten Anstrengung. Des Erhängens erwähnt man nicht gern, weil es ein unedler Tod ist. In England kann es am ersten begegnen, weil man dort von Jugend auf so manchen hängen sieht, ohne daß die Strafe gerade entehrend ist. Durch Gift, durch Öffnung der Adern gedenkt man nur langsam vom Leben zu scheiden, und der raffinierteste, schnellste, schmerzenloseste Tod durch eine Natter war einer Königin würdig, die ihr Leben in Glanz und Lust zugebracht hatte. Alles dieses aber sind äußere Behelfe, mit denen der Mensch gegen sich selbst einen Bund schließt.

Wenn ich nun alle diese Mittel überlegte, und mich sonst in der Geschichte weiter umsah, so fand ich unter allen denen, die sich selbst entleibt, keinen, der diese Tat mit solcher Großheit und Freiheit des Geistes verrichtet, als [der römische] Kaiser Otho. Dieser, zwar als Feldherr im Nachteil, aber doch keineswegs aufs Äußerste gebracht, entschließt sich, zum Besten des Reichs, das ihm gewissermaßen schon angehörte, und zur Schonung so vieler Tausende, die Welt zu verlassen. Er begeht mit seinen Freunden ein heiteres Nachtmahl, und man findet am anderen Morgen, daß er sich einen scharfen Dolch mit eigner Hand in das Herz gestoßen. Diese einzige Tat schien mir nachahmungswürdig, und ich überzeugte mich, daß, wer nicht hierin handeln könne wie Otho, sich nicht erlauben dürfe, freiwillig aus der Welt zu gehn. Durch diese Überzeugung rettete ich mich nicht sowohl vor dem Vorsatz als von der Grille des

Selbstmords, welche sich in jenen herrlichen Friedenszeiten bei einer müßigen Jugend eingeschlichen hatte. Unter einer ansehnlichen Waffensammlung besaß ich auch einen kostbaren wohlgeschliffenen Dolch. Diesen legte ich mir jederzeit neben das Bette, und ehe ich das Licht auslöschte, versuchte ich, ob es mir wohl gelingen möchte, die scharfe Spitze ein paar Zoll tief in die Brust zu senken. Da dieses aber niemals gelingen wollte, so lachte ich mich zuletzt selbst aus, warf alle hypochondrische Fratzen hinweg und beschloß zu leben. Um dies aber mit Heiterkeit tun zu können, mußte ich eine dichterische Aufgabe zur Ausführung bringen, wo alles, was ich über diesen wichtigen Punkt empfunden, gedacht und gewähnt, zur Sprache kommen sollte. Ich versammelte hierzu die Elemente, die sich schon ein paar Jahre in mir herumgetrieben, ich vergegenwärtigte mir die Fälle, die mich am meisten gedrängt und geängstigt; aber es wollte sich nichts gestalten: es fehlte mir eine Begebenheit, eine Fabel, in welcher sie sich verkörpern könnten. Auf einmal erfahre ich die Nachricht von Jerusalems Tode . . .«

PARODIEN, WERTHERIADEN, WERTHER-NACHFOLGE

An der Spitze der Flut von Publikationen, die in der Nachfolge von Goethes »Werther« erschienen, stehen die »Freuden des jungen Werthers. Leiden und Freuden Werthers des Mannes. Voran und zuletzt ein Gespräch« von Friedrich Nicolai, erschienen 1775 in Berlin. Nicolais Werk steht nicht nur zeitlich am Anfang jener zahllosen Romane, Gedichte, Dramen, Briefsammlungen, Parodien, Possen, Harlekinaden, Opern und Operetten, die sich mit »Werther« beschäftigen, sondern enthält als einziger »Gegen-Werther« ein ernsthaftes Programm, das sich vom Standpunkt der Aufklärung gegen das Werther-Fieber und die Schwärmerei der Werther-Freunde wandte. »Der Verfasser der ›Freuden des jungen Werthers‹ hat die Absicht gehabt, bei jungen unerfahrenen Leuten dieser Denkart durch eine entgegengesetzte Lektüre Einhalt zu tun. Diese kleine Schrift soll keineswegs eine Parodie der ›Leiden des jungen Werthers‹ sein, sondern eine Satire auf die Hirngespinste unsrer jungen Herrn, Don Quixoten aus den Zeiten des Faustrechts, die da immer mit Genie, Kraft und Tat um sich werfen, sich der bürgerlichen Ordnung nicht fügen, um mit ihren winzigen Seelen in und außer dieser Ordnung doch nichts Kluges beginnen würden« (Rezension des Goethe-Freundes und Nicolai-Mitarbeiters Johann Heinrich Merck; Merck begeht – am Rande des Bankrotts und von einer schweren Krankheit zermürbt – 1791 Selbstmord).

Den »Freuden und Leiden« stellt Nicolai ein Gespräch voran zwischen dem Werther-Schwärmer Hanns (»ein Jüngling«) und dem rationalistischen Martin (»ein Mann«). Martin charakterisiert die Werther-Jünglinge (die umgangssprachlichen Elemente sind Parodie auf die Sprache der Stürmer und Dränger): »[Goethe] kennt euch besser, ihr jungen Burschen (Hanns, bist auch einer davon), die ihr jetzt eben flügge seid, und anfangt, aus der hohen Schule in d' Welt zu gucken. Euch Kerlchen ist nichts recht, all's wißt ihr beser, was der Welt nützt, mögt ihr nicht lernen, denn's wäre Brotwissenschaft, eingeführter guter Ordnung wollt ihr euch nicht fügen, denn's wäre Einschränkung, was andere tun, mögt ihr nicht, wollt Originale sein, wollt's anders haben, 's lange gnug so gewesen, was kümmern euch Gesetze und Ordnungen und Staaten und Reiche und Könige und Fürsten; prätorianische Garden wollt ihr haben, und 'n biß'l Faustrecht, und Keulen und Völkerwanderungen, da wär' noch 'ne Selbständigkeit in'n Menschen, gäng' doch fein kunterbunt. Sa! Sa! wärs nicht 'n Leben, wenn ihr denn so zusehn könntet, wie das alles passierte, und ließt eure winzige Seelchen drob erschüttern, und könnt't schreien: He! da ist Kraft und Tat! Ja traun zusehn und drob schreien würdet ihr Bürschchen, und nichts weiter! Denn was auch in der Welt vorginge, ihr tät't nichts, 's doch in eur'n lappigen Mäußlein keine Schnellkraft, noch Festigkeit in euren leeren Geistern. Plaudert da viel von Kraft und Stetigkeit, und seid arme lässige herumtrollende Flittchen. Habt 'n weidlich Geschwätz, von Einschränkung und Modelung, und Polierung und Nachahmung, und doch gäbt ihr nicht 'n Polsterchen von eurem Sorgestuhle, noch 'n Schleifchen von eurem Haarbeutel weg, daß 's anders würde. Euch Püppchen würd's auch frommen, wenn's Faustrecht gälte, müßt't ja ausm Lande laufen. Daß ihr Springinsfelde Werther würdet, damit hat's nicht Not, dazu habt'r'n Zeug nicht. Aber wohl könnt am guten Werther von weitem sehen, wohin's führen muß, wenn einer auch beim besten Kopfe und beim edelsten Herzen immer einzeln für sich sein, immer Kräfte anstrengen, und immer dabei außerm Gleise ziehen will.«

Bei Nicolai tritt Albert Lotte an Werther ab, die beiden heiraten, Werther muß arbeiten. Lotte fühlt sich vernachlässigt, wendet sich einem jungen Gecken zu (ein zweiter Werther), es kommt zu einer schweren Ehekrise, bis es Albert gelingt, Lotte und Werther zu versöhnen. Die beiden werden wohlhabend, kaufen sich ein Bauerngut. Als wieder ein Originalgenie auftaucht und die Idylle stört, verkauft Werther sein Gut an ihn und zieht fort: »Ein Genie ist ein schlechter Nachbar.«

Goethe reagierte mit einem derben Spottgedicht auf Nicolais »Freuden«:

»Nicolai auf Werthers Grabe

Ein junger Mensch, ich weiß nicht wie,
Starb einst an der Hypochondrie
Und ward denn auch begraben.
Da kam ein schöner Geist herbei,
Der hatte seinen Stuhlgang frei,
Wie's denn so Leute haben.
Der setzt' notdürftig sich aufs Grab
Und legte da sein Häuflein ab,
Beschaute freundlich seinen Dreck,
Ging wohl eratmet wieder weg
Und sprach zu sich bedächtiglich:
›Der gute Mensch, wie hat er sich verdorben!
Hätt er geschissen so wie ich,
Er wäre nicht gestorben!«

Versteht sich, daß Goethe diese deftigen Verse – verfaßt »zur stillen und unverfänglichen Rache« (»Dichtung und Wahrheit«, 13. Buch) – nicht veröffentlichte, sondern unter seinen Privatpapieren verwahrte. Ein anderes Spottgedicht teilte er im gleichen Buch von »Dichtung und Wahrheit« mit:

»Mag jener dünkelhafte Mann
Mich als gefährlich preisen;
Der Plumpe, der nicht schwimmen kann,
Er will's dem Wasser verweisen!
Was schiert mich der Berliner Bann,
Geschmäcklerpfaffenwesen!
Und wer mich nicht verstehen kann,
Der lerne besser lesen.«

Die bekanntesten Werke in der Nachfolge von Goethes »Werther«

1775 Reitzenstein, Carl Ernst von: »Lotte bei Werthers Grabe«. Gedicht. Dieses Gedicht wurde zu nächtlichen Feierstunden an Jerusalems angeblichem Grab in Wetzlar gesungen (siehe oben, Abdruck S. 139). Es ist das populärste der zahlreichen Klagelieder um Werther und Lotte.

1775 Goué, August Friedrich von: »Masuren oder der junge Werther. Ein Trauerspiel aus dem Illyrischen«; erste Dramatisierung des Werther-Stoffes. Goué – selbst dem Wetzlarer Kreis angehörig – versucht, die Handlung aus der eigenen Kenntnis der Ereignisse um den Tod Jerusalems der historischen Wirklichkeit anzugleichen. Mißerfolg.

1775 Sinner, Johann Rudolf: »Les Malheurs de l'Amour« (deutsche Übersetzung 1776 unter dem Titel »Werther oder Die unglückliche Liebe«). Erfolgreiche Prosatragödie, oft übersetzt und nachgeahmt. Im Prinzip Goethes Geschichte von Werther, jedoch mit veränderten Namen (Werther = Manstein; Albert = Melling; Lotte bleibt Lotte). Am Schluß teilt der Ortsgeistliche den Selbstmord und den letzten Brief des Toten mit, in dem dieser Melling der Treue seiner Gattin versichert und den Geistlichen bittet, unter seinen Lieblingslinden bestattet zu werden.

1775 Lenz, Jakob Michael Reinhold: »Briefe über die Moralität der Leiden des jungen Werthers«. Lenz nimmt in dieser – nicht veröffentlichten, nach seinem Tode verlorengegangenen und erst 1918 wieder aufgefundenen und gedruckten – ästhetischen Verteidigungsschrift Stellung für Goethes »Werther« gegen die Parodie Nicolais und die Angriffe der Kritiker. (Stuttgart 1966/67 in »Werke und Schriften«, 2 Bde.)

1775 Stockmann, Cornelius: »Die Leiden der jungen Wertherin«. Die Geschichte von Goethes Werther (häufig Originalzitate) aus der Sicht Lottes.

1776 Lenz, Jakob Michael Reinhold: »Der Waldbruder. Ein Pendant zu Werthers Leiden«. Entstanden 1776, erschienen postum 1797 in Schillers Zeitschrift »Die Horen«; Text vermutlich von Goethe geglättet. (Stuttgart 1966/67 in »Werke und Schriften«, 2 Bde.) Fragmentarischer Briefroman; 32 Briefe von sieben Verfassern. Die Briefe dienen nicht nur der monologischen Selbstdarstellung des einsiedlerischen Romantikers Herz, der in eine ihm völlig unbekannte Gräfin Stella – die wiederum verlobt ist – verliebt gemacht worden ist, sondern bilden auch ein Mittel, um die Leidenschaft von Herz aus der Sicht der anderen an diesem Briefwechsel Beteiligten darzustellen. Der Schluß bleibt, da der Roman Fragment ist, offen, doch ist ein tragischer Ausgang wahrscheinlich. Verschiedentlich wird die Vermutung geäußert, Goethe habe den Schluß unterdrückt.

1776 Jacobi, Friedrich Heinrich: »Woldemar. Eine Seltenheit aus der Naturgeschichte«, Roman mit eingeschalteten Briefen. Woldemar entwickelt sich aufgrund seiner Haltlosigkeit und seines »maßlosen Dünkels« zu einem »unseligen, unheilbaren Phantasten und Sophisten«, zu einem »geistigen Wollüstling«, der sich in der »Magie der Einbildungskraft« verstrickt; schließlich schaudert ihm »vor dem Abgrund, an dem er noch stand: vor den Tiefen seines Herzens«.

1776 Jacobi, Friedrich Heinrich: »Eduard Allwills Briefsammlung«, Briefroman. Allwill, zunächst der Genietyp der Sturm-und-Drang-Zeit, wandelt sich unter dem Einfluß eines »reinen« Mädchens zu einer sittlichen, verantwortungsbewußten Persönlichkeit. – Von den Zeitgenossen wurde Allwill als »Bruder Werthers« empfunden.

1776 Bretschneider, Heinrich Gottfried von: »Eine entsetzliche Mordgeschichte von dem jungen Werther, wie sich derselbe den 21. Dezember durch einen Pistolenschuß eigenmächtig ums Leben gebracht. Allen jungen Leuten zur Warnung, in ein Lied gebracht, auch den Alten fast nutzlich zu lesen«, Lied nach der Melodie von »Hört zu, ihr lieben Christen«, 33 Strophen. Die ersten drei Strophen:

> »Hört zu, ihr Junggesellen,
> Und ihr, Jungfräulein zart!
> Damit ihr nicht zur Höllen
> Aus lauter Liebe fahrt.
>
> Die Liebe, traute Kinder!
> Bringt hier auf dieser Welt,
> Den Heil'gen wie den Sünder
> Um Leben, Gut und Geld.

Ich sing euch von dem Mörder,
Der sich selbst hat entleibt;
Er hieß: der junge Werther,
Wie Doktor Goethe schreibt . . .«

1776 Miller, Johann Martin: »Siegwart. Eine Klostergeschichte«.
2 Teile. Leipzig 1776 (Faksimile Stuttgart 1971). Sentimentaler Erfolgsroman von knapp 1000 Seiten (2. Auflage 1777).
Xaver Siegwart, Sohn eines oberschwäbischen Amtmanns,
entscheidet sich nach einer glücklich verlebten Jugend für
das Ordensleben, verliebt sich jedoch während seiner Ausbildung in Marianne, die einzige Tochter eines Hofrats, die
bereits einem anderen versprochen ist. Marianne liebt Xaver
wieder, weigert sich, dieser Liebe zu entsagen, und wird in
ein Kloster gebracht. Ein Entführungsversuch Xavers scheitert. Xaver glaubt Marianne tot und wird Ordenspriester
(Kapuziner). Als er einmal zu einer sterbenden Nonne gerufen wird, erkennt er Marianne wieder und erfährt ihr Schicksal. Er stirbt im Mondschein an ihrem Grab, von Sehnsucht
verzehrt. – Goethe bezeichnet den Roman als »in einem
frauenzimmerlichen Stil, mit lauter Punkten und in kurzen
Sätzen« geschrieben (»Dichtung und Wahrheit«, 4. Buch).
Die »Werther«-Nachahmung beruht vor allem auf dem
Motiv der unglücklichen Liebe des Helden zu einer bereits
einem anderen versprochene Frau; eigentliche Themen sind
Empfindung und Gefühle. Der Autor im »Vorbericht« zu seinem Roman: »Wer Empfindungen erhöht und bessert, der
erreicht gewiß einen ebenso erhabenen Zweck als der, welcher bloß für den Verstand sorgt. Der letztere Schriftsteller
kann auch nicht so ausgebreitet wirken. Er hat immer nur
eine kleinere Anzahl von Lesern, weil er Menschen voraussetzt, die schon in den Wissenschaften geübt sind. Jeder
Roman . . . sollte meinem Ideal nach zugleich unterrichten.«
– Das Thema des Romans wurde wiederholt aufgegriffen
(Wirkung u. a. auch auf Schillers »Kabale und Liebe«), parodiert 1777 von Bernritter: »Siegwart oder Der auf dem Grab
seiner Geliebten jämmerlich verfrohrene Kapuziner«.

1786 James, William: »The Letters of Charlotte During her Connexion with Werther« (Die Briefe von Charlotte während ihrer
Beziehung mit Werther). Briefroman; Geschichte von Goethes Werther (den James ablehnt) aus der Sicht Lottes; fiktiver Briefwechsel zwischen Lotte und einer Freundin. Lotte

brüstet sich zwar ihrer Freundin gegenüber mit der Leidenschaft Werthers, verurteilt sie aber zugleich und ist erleichtert, als Werther Selbstmord begeht.

1794 Sografi, Antonio Simone: »Verter« (italienisch). Intrigenkomödie. Werther wird von dem eifersüchtigen Hauslehrer der Kestnerschen Kinder verleumdet und zieht sich entsagend von Lotte zurück.

1802 Chateaubriand, François-René de: »René«. Paris 1802 (vgl. »Die Große Erzählerbibliothek der Weltliteratur«, Serie IX). Zum Teil autobiographische Erzählung, unter dem Einfluß von Jean-Jacques Rousseaus »Träumereien eines einsamen Spaziergängers« und Goethes »Werther«. Grundlegende Bedeutung des Buches für die französische Romantik. Themen: »ennui« (Langeweile, Lebensüberdruß) und Zivilisationsflucht; die Wortprägung »mal de René« (René-Krankheit) wird später zum Synonym für »Weltschmerz«. – Der früh verwaiste René, zusammen mit seiner Schwester Amélie aufgewachsen, begibt sich auf Reisen nach Italien und Griechenland, um dem »ennui« zu entgehen. Als er nach Paris zurückkehrt und hier, angeekelt durch die verdorbene Gesellschaft, ein einsames Leben in ständiger Melancholie führt, reift in ihm der Entschluß zum Selbstmord. In dieser Situation kommt Amélie, die ihn bisher gemieden hat, und nimmt ihm das Versprechen ab, sich nicht zu töten. Sie hinterläßt einen Brief, in dem sie ihm mitteilt, sie werde ins Kloster gehen. Bei ihrer Ordination erfährt René, daß sie wegen ihrer inzestuösen Liebe zu ihm ins Kloster gegangen ist. René gesteht ihr, daß er sie ebenso liebe wie sie ihn. Er flüchtet in die Wälder des exotischen Louisana und lebt bei einem Indianerstamm. Bei einem Massaker kommt er ums Leben.

1802 Staël, Germaine de: »Delphine«. Genf 1802. Briefroman; 220 Briefe und sieben Tagebuchfragmente. Die Haupteldin Delphine wird in ihrer Empfindsamkeit als weiblicher Werther bezeichnet. Die junge Witwe Delphine scheitert an den Vorurteilen der Gesellschaft und an der Unfähigkeit ihres Geliebten Léonce, seine Ehe aufzulösen. Léonce will diesem Konflikt ausweichen, zieht in den Krieg, gerät jedoch in Gefangenschaft und wird zum Tod verurteilt; Delphine vergiftet sich daraufhin mit dem Mittel, das sie Léonce hatte überreichen wollen. Als die Soldaten Léonce aus Mitleid die

Flucht ermöglichen wollen, bittet er um die Vollstreckung des Urteils. – 1800 hatte Madame de Staël in einem Brief an Goethe die Lektüre seines »Werther« als etwas bezeichnet, das »in meinem Leben wie ein mich betreffendes Ereignis Epoche gemacht hat«. Im selben Jahr pries sie Goethes »Werther« als »das Buch par excellence, das die Deutschen besitzen und den Meisterwerken der anderen Sprachen entgegenstellen können«. – »Delphine« wurde als »unsittlich« verurteilt, die Autorin 1803 aus Paris verbannt. – Da Madame de Staël später den Selbstmord ablehnte, ließ sie in einer späteren Fassung des Romans Léonce auf dem Schlachtfeld und Delphine an gebrochenem Herzen sterben.

1802 Foscolo, Ugo: »Ultime Lettere di Jacopo Ortis« (deutsche Übersetzung 1807 unter dem Titel: »Die letzten Briefe des Jacopo Ortis«). Briefroman. Der junge italienische Patriot Jacopo Ortis verliebt sich in Teresa, die Tochter eines venezianischen Aristokraten, die jedoch bereits vergeben ist. Während der Abwesenheit ihres Verlobten kommt es zum einzigen Kuß. Teresa: »Nie kann ich die Ihre werden!« Nacheinander verflüchtigen sich Jacopos Illusionen über das Leben (vor allem hinsichtlich der formenden Kraft der Kunst und des Widerstandswillens der Italiener gegen die Fremdherrschaft). Als er die Nachricht von der Vermählung Teresas erhält, ist seine letzte Illusion zerbrochen: »Weder weiß ich, warum ich auf die Welt kam, noch wie oder was die Welt ist, noch was ich selbst mir bedeute.« Er erdolcht sich. – Goethe selbst übersetzt einige Briefe dieses Romans, den ihm Foscolo mit der Bemerkung geschickt hatte, ihm habe »vielleicht Ihr ›Werther‹ das Dasein gegeben«.

1811 Kleist, Heinrich von: »Der neue (glücklichere) Werther«. Anekdote. Der Kaufmannsdiener Charles C. liebt die Frau seines Prinzipals, eines reichen, aber bejahrten Kaufmanns. Die Frau bittet ihren Mann, C. aus dem Geschäft zu entfernen, doch C. ist dem Kaufmann unentbehrlich. Als der Kaufmann einmal mit seiner Frau auf Reisen ist, »macht sich der junge Mann, von welchen Empfindungen getrieben, weiß man nicht, auf, um noch einen Spaziergang durch den Garten zu machen. Er kommt bei dem Schlafzimmer der teuern Frau vorbei, er steht still, er legt die Hand an die Klinke, er öffnet das Zimmer: das Herz schwillt ihm bei dem Anblick des Bettes, in welchem sie zu ruhen pflegt, empor, und kurz, er begeht, nach manchen Kämpfen mit sich selbst, die Torheit, weil es doch niemand sieht, und zieht sich aus und legt sich hinein. Nachts, da er schon mehrere Stunden, sanft und ruhig, geschlafen, kommt aus irgend einem besonderen Grunde, der, hier anzugeben, gleichgültig ist, das Ehepaar unerwartet nach Hause zurück; und da der alte Herr mit seiner Frau ins Schlafzimmer tritt, finden sie den jungen C., der sich, von dem Geräusch, das sie verursachen, aufgeschreckt, halb im Bette erhebt. Scham und Verwirrung, bei diesem Anblick, ergreifen ihn; und während das Ehepaar betroffen umkehrt und wieder in das Nebenzimmer, aus dem sie gekommen waren, verschwindet, steht er auf und zieht sich an; er schleicht, seines Lebens müde, in sein Zimmer, schreibt einen kurzen Brief, in welchem er den Vorfall erklärt, an die Frau und schießt sich mit einem Pistol, das an der Wand hängt, in die Brust. Hier scheint die Geschichte seines Lebens aus; und gleichwohl (sonderbar genug) fängt sie hier erst allererst an. Denn statt ihn, den Jüngling, auf den er gemünzt war, zu töten, zog der Schuß dem alten Herrn, der in dem Nebenzimmer befindlich war, den Schlagfluß zu: Herr D. verschied wenige Stunden darauf, ohne daß die Kunst aller Ärzte, die man herbeigerufen, imstande gewesen wäre, ihn zu retten. Fünf Tage nachher, da D. schon längst begraben war, erwachte der junge C., dem der Schuß, aber nicht lebensgefährlich, durch die Lunge gegangen war: und wer beschreibt wohl, wie soll ich sagen, seinen Schmerz oder seine Freude? als er erfuhr, was vorgefallen war, und sich in den Armen der lieben Frau befand, um derentwillen er sich den Tod hatte geben wollen! Nach Verlauf eines Jahres heiratete ihn die Frau; und beide lebten noch im Jahr 1801, wo ihre Familie bereits, wie ein Bekannter erzählt, aus 13 Kindern bestand.«

1831 Dumas Père, Alexandre: »Antony« (französisch). Drama; einer der größten Bühnenerfolge der französischen Romantik. Antony ist der edle Abenteurer, den seine Leidenschaft ins Verderben stürzt. Als er die von ihm geliebte, aber verheiratete Frau verführt hat, tötet er sie, um ihre Ehre zu retten. Als ihr Mann von einer Reise zurückkommt, findet er neben der Leiche seiner Frau Antony, der ihm zuruft: »Sie hat mir widerstanden, ich habe sie umgebracht.«

1843 Alexis, Willibald: »Ein englischer Werther«, Erzählung. In: »Penelope. Taschenbuch für das Jahr 1843«. – Auf Tatsachen beruhende Geschichte eines Gesellschaftsskandals, der sich in England während des Werther-Fiebers zutrug: Ein Offizier liebt die Frau eines Lords; die Frau, die Goethes »Werther« gelesen hat, erwidert die Neigung, kann sich aber im Zwiespalt zwischen »Vernunft« und »Herz« nicht entscheiden. Der Offizier will Selbstmord begehen, nimmt dann jedoch zwei Pistolen, erschießt die Frau und verwundet sich selbst nur leicht. Vor dem Geschworenengericht erklärt er, seine Handlung sei »unfreiwillig« erfolgt.

1846 Souvestre, Emile und Emile Bourgeois: »Charlotte und Werther« (französisch). Melodrama. Albert tritt Werther, der sich bei seinem Selbstmordversuch nur angeschossen hat, Charlotte ab. Zwei Jahre später verliebt sich Werther in ein anderes Mädchen. Charlotte will ihm den Weg freimachen und begeht Selbstmord. Als Werther Albert fragt, was ihm nun bleibe, antwortet er: »Die Erinnerung.«

1847 Nestroy, Johann Nepomuk: »Werthers Leiden um seine verloren gegangene Lotte oder Wut! Verzweiflung! Wahnsinn! Tod!«. Parodierende Posse mit Gesang in zwei Akten. Musik von Wenzel Müller.

1867 Iwan Turgenjew: »Der Brigadier«, Erzählung. Der vermögende, aber einsame Adlige und Offizier Wassili Guskow, mit einem Orden ausgezeichneter Teilnehmer an der Erstürmung Prags 1794 zur Zeit Katharinas der Großen, verliebt sich in die verheiratete Agrafena Iwanowna Telegina. Als ihr Mann stirbt, nimmt er sich der fünfundzwanzigjährigen bildhübschen, kinderlosen Witwe an, bezahlt ihre Schulden und die Hypotheken auf ihr Gut, zieht schließlich zu ihr, doch sie weigert sich, ihn zu heiraten, da ihr seine Freiheit angeblich über alles geht. Sie nutzt ihn aus, bis er kein Geld mehr hat, er ruiniert sich auch gesellschaftlich, als er sich für einen Totschlag, den Agrafena begangen hat, zu einer Gefängnisstrafe verurteilen läßt. Nach dem Tod Agrafenas vegetiert er als debiler, schwachsinniger Alter in einer Hütte. – Turgenjew, der oft Goethe-Sujets verarbeitet, betont in der Erzählung selbst die Beziehung zu Goethes »Werther«: »So finde ich hier einen Werther! dachte ich, als ich am nächsten Tag wieder zum Brigadier ging . . . Agrafena Iwanowna, ein seltsamer Name für Werthers Lotte ... Werther-Guskow traf ich einige Schritte vom Haus entfernt« usw.

1892 Massenet, Jules: »Werther«. Lyrisches Drama in drei Akten (Oper). Text nach Goethe von Edouard Blau, Paul Milliet und Georges Hartmann. Die Handlung folgt Goethes »Werther«.

1892 Jacobowski, Ludwig: »Werther, der Jude«, Roman. Der jüdische Student Leo Wolff, »kein ganzer Jude mehr und noch kein ganzer Germane«, sucht sich zu assimilieren, geht jedoch an dem Antisemitismus der Umwelt zugrunde.

1902 Narkissos (Pseudonym): »Der neue Werther, eine hellenische Passionsgeschichte«, Roman. Ein Homosexueller scheitert dabei, seine Homosexualität zu unterdrücken, findet aber auch in der Verwirklichung seiner Neigung keine Erfüllung, da sein Freund die Beziehung vor der Öffentlichkeit abstreitet. Das Leben, »das nichts ist, als eine widerliche Lüge«, ekelt ihn an, er erschießt sich am Weihnachtsmorgen. »Und ich weine über meine junge Schönheit, die wertlos ist für mich und alle.«

1903 Decourcelle, Pierre: »Werther«. Von Reynaldo Hahn musikalisch unterbaute Bühnenfassung des Goetheschen »Werther«.

1910 »Werther« (Film, Frankreich 1910). Regie: André Calmettes.

1915 Jacques, Hermann: »Der neue Werther«. Roman Berlin 1915. – Ein Dreißigjähriger erhängt sich mit einer Ausgabe von Goethes »Werther« in der Tasche, wird jedoch von Freunden gerettet. Er identifiziert sich nun immer mehr mit Werther, denn Werther ist »das zweite furchtbare Ich des Menschen, das in der Erkenntnis seines Schicksals und seiner Einsamkeit die Brücken sucht zum Lande der Sehnsucht und zerschmettert in die Tiefe stürzt«. Er erschießt sich auf dem Markusplatz in Venedig.

1924 Werner Hegemann: »Friedrich II. als Werther und Reichsverderber. Christi Rettung vom Opfertod«. Gegen den preußischen König Friedrich den Großen und seine oft geäußerten Selbstmordabsichten gerichtete Schrift. Friedrich wird zum »Großvater Werthers« erklärt; er »schlug aus seiner Wertherstimmung Kapital«.

1929 Joseph Goebbels: »Michael. Ein deutsches Schicksal in Tage-
buchblättern«, antisemitischer Roman der »Volkwerdung«.
München 1929 (Goebbels wird in diesem Jahr Reichs-
propagandaleiter der NSDAP). Widmung: »Du fordertest
dein Schicksal in die Schranken. Biegen oder brechen! Noch
war es zu früh. Deshalb wurdest Du Opfer. Deine Antwort
war: Tod!«

1935 Mehring, Walter: »Müller. Chronik einer deutschen Sippe«.
Roman (in: Walter Mehring. Werke. Herausgegeben von
Christoph Buchwald. Düsseldorf 1978)
Ein Kapitel des Romans hat den Titel »Leiden des jungen
Werthers«: Jonathan, Sohn einer Berliner Prostituierten zur
Zeit des preußischen Königs Friedrich der Große, unterhält
ein homosexuelles Verhältnis mit einem älteren Herrn. Das
Verhältnis zerbricht, nachdem Jonathan »Die Leiden des
jungen Werthers« gelesen hat und sich in blauen Frack und
gelbe Weste kleidet.

1938 »Werther« (Film, Frankreich 1938). Regie: Max Ophüls.

1939 Mann, Thomas: »Lotte in Weimar«. Stockholm 1939.
Roman.
Im Mittelpunkt steht die Begegnung zwischen Goethe und
der inzwischen über sechzigjährigen, verwitweten Charlotte
Kestner 1816 in Weimar.

1949 »Begegnung mit Werther« (Film, Deutschland 1949). Regie:
K. H. Schroth.

1972 Plenzdorf, Ulrich: »Die neuen Leiden des jungen W.« (Büh-
nenstück). – Handlung nach Goethes »Werther«; gleichzeitig
wird Goethes »Werther«-Text (zahlreiche Zitate) für den jungen W. ein Mittel zur Kommunikation mit der Außenwelt. –
Einfluß von Jerome D. Salingers Roman »Der Fänger im
Roggen«.
Werther in der DDR: Der siebzehnjährige Edgar Wibeau
(»W.«) – Muttersöhnchen, Berufsschüler, Traumberuf:
Künstler (Maler) – scheitert bei dem Versuch, an der Kunst-
akademie als Schüler aufgenommen zu werden. Er verläßt
die Provinzstadt, in der er gelebt hat, und nistet sich mit seinen Gemälden in einer abbruchreifen Gartenlaube in Berlin
ein. Dort findet er neben dem Plumpsklo ein Reclam-Bänd-
chen; die Seiten dienen als Toilettenpapier, die Titelseite

fehlt. Wibeau beginnt zu lesen, ohne zu wissen, daß es sich um Goethes »Leiden des jungen Werther« handelt. »Dieser Kerl in dem Buch, dieser Werther, wie er hieß, macht am Schluß Selbstmord. Gibt einfach den Löffel ab. Schießt sich ein Loch in seine olle Birne, weil er die Frau nicht kriegen kann, die er haben will, und tut sich ungeheuer leid dabei . . . Ich meine, wenn ich mit einer Frau allein im Zimmer bin und wenn ich weiß, vor einer halben Stunde oder so kommt keiner da rein, Leute, dann versuche ich doch ALLES . . . Und dann: Nehmen wir mal an, an die Frau wäre wirklich kein Rankommen gewesen. Das war noch lang kein Grund, sich zu durchlöchern. Er hatte doch ein Pferd: Da wär ich doch wie nichts in die Wälder.«

Er verliebt sich in die Kindergärtnerin Charlotte, deren Verlobter noch bei der Volksarmee ist. In der Unterhaltung mit Charlotte und in den Tonbandbriefen an seinen Freund Wilhelm benutzt er Zitate aus »Werther«, die seine Situation widerspiegeln, für die Außenstehenden jedoch völlig unverständlich sind. Als Charlottes Verlobter Dieter zurückkommt, beginnt Wibeau als Anstreicher in einer Malerbrigade zu arbeiten. Er scheitert, gibt die Arbeit auf und besucht wieder Lotte und Dieter, die inzwischen geheiratet haben. Dieter ist fast ununterbrochen damit beschäftigt, sich auf sein Studium vorzubereiten. Während einer Bootsfahrt im Regen gewährt Charlotte Wibeau einen Kuß, als Wibeau mehr will, weist sie ihn ab. Wenig später kommt Wibeau beim Ausprobieren einer hydraulischen Farbspritze, die er in seiner Laube gebaut hat, ums Leben.

»Der Kampf um Selbstverwirklichung und Selbstentdeckung wird mit seinen durchaus tragischen Möglichkeiten als eine Menschheitsproblematik assoziierbar gemacht; aber er endet bei Goethe mit dem Selbstmord, der bewußten Absage an eine Gesellschaftskonvention; bei Plenzdorf mit einem Unfall bei dem Versuch, der sozialistischen Gesellschaft seine Leistungsfähigkeit, die sie ihm gern nur in bestimmten Normen abverlangen möchte, außergewöhnlich zu beweisen« (Manfred Nössig 1972 über die Uraufführung der Theaterfassung in Halle).

DATEN ZU LEBEN UND WERK
VON JOHANN WOLFGANG VON GOETHE
(1749–1832)

1749 Johann Wolfgang Goethe – geadelt 1782 – wird am 28. August in Frankfurt am Main geboren als Sohn des Kaiserlichen Rates ohne Amt Johann Kaspar Goethe und seiner Frau, der Schultheißentochter Katharina Elisabeth Textor aus dem Frankfurter Patriziat. Am 29. August wird er protestantisch getauft.

1750 Geburt der Schwester Cornelia.

1755 Unterricht zunächst auf einer öffentlichen Schule, dann durch Privatlehrer im Goetheschen Familienhaus am Großen Hirschgraben.

1759 Während des Siebenjährigen Krieges besetzen französische Truppen Frankfurt; im Hause Goethes wird der französische Stadtkommandant Königsleutnant Graf Thoranc einquartiert. Während der Besatzungszeit (bis 1763) besucht der junge Goethe häufig das Theater.

1765 Auf Wunsch seines Vaters nimmt er in Leipzig das Jurastudium auf. Er selbst hätte lieber die »Schönen Wissenschaften« studiert (Rhetorik und Poetik).

1766 Liebe zu der Leipziger Gastwirtstochter Anna Katharina (Käthchen) Schönkopf. Die anakreontische Gedichtsammlung *»Annette«* entsteht.

WERKE: *»Poetische Gedanken über die Höllenfahrt Jesu Christi«*, Gedicht, ohne Zustimmung Goethes abgedruckt in der Frankfurter Zeitschrift »Die Sichtbaren«.

1768 Lösung der Beziehung zu Käthchen Schönkopf. Psychischer und physischer Zusammenbruch, schwere Krankheit (Blutsturz, Lungenaffektion). Bevor er Leipzig verläßt und nach Frankfurt zurückkehrt, läßt er für Friederike Oeser, die Tochter seines privaten Zeichenlehrers, eine Abschrift von zehn Gedichten mit Kompositionen von Bernhard Theodor

Breitkopf, Sohn des Leipziger Musikverlegers Bernhard Christoph Breitkopf (Breitkopf & Härtel), anfertigen (sog. *»Leipziger Liederbuch«*).

1769 Während seiner langen Krankheit wird er durch Susanne Katharina von Klettenberg, eine Verwandte der Textors, in die religiöse Vorstellungswelt des Pietismus eingeführt und zur Lektüre pansophisch-alchimistischer Schriften neuplatonischer Tradition angeregt (Paracelsus, Basilius Valentinus, Georg von Welling u. a.)

1770 Fortsetzung des Jurastudiums in Straßburg. Neben juristischen hört er auch Vorlesungen über Geschichte, Staatswissenschaft, Anatomie, Chirurgie und Chemie. Er macht die Bekanntschaft des fünf Jahre älteren Dichters, Philosophen und Theologen Johann Gottfried Herder, den er zwischen September 1770 und April 1771 fast täglich besucht.
Im Oktober begegnet er in Ses(s)enheim der Pfarrerstochter Friederike Brion; seine Liebe zu ihr findet 1770/71 ihren Niederschlag in der sog. *Sesenheimer Lyrik: »Es schlug mein Herz, geschwind zu Pferde«, »Kleine Blumen, kleine Blätter«, »Maifest«, »Heidenröslein«* u. a.

WERKE: *»Neue Lieder in Melodien gesetzt von Bernhard Theodor Breitkopf«,* erste gedruckte Gedichtsammlung Goethes; darin: *»Neujahrslied«, »An die Unschuld«, »An den Mond«* u. a.

1771 Er sammelt für Herder elsässische Volkslieder nach mündlicher Überlieferung.
Nach der Promotion zum »Licentitatus juris« kehrt er aus Straßburg nach Frankfurt zurück, wo er sich in den folgenden Jahren auf den Anwaltsberuf vorbereitet.

1772 Für Johann Heinrich Mercks »Frankfurter Gelehrte Anzeigen« verfaßt er Rezensionen auf den Gebieten Rechtswissenschaft, Rhetorik und Poetik. Anläßlich eines Besuches bei Merck wird er in den Kreis der Darmstädter Empfindsamen eingeführt (»Gemeinschaft der Heiligen«). Er erhält den Namen »Der Wanderer«. Durch Merck macht er die Bekanntschaft der Erzählerin Sophie von La Roche und ihrer Tochter Maximiliane.
Während seiner Praktikantenzeit in Wetzlar lernt er Charlotte Buff kennen, die Verlobte Johann Georg Christian Kestners.

Die großen Hymnen *»Wandrers Sturmlied«* und *»Der Wandrer«* entstehen.

WERKE: *»Von deutscher Baukunst«*, (enthusiastischer) Essay über die deutsche Gotik am Beispiel des Straßburger Münsters. Erschienen anonym als Flugschrift (mit Jahreszahl 1773), aufgenommen in Herders 1773 erscheinende Sammlung programmatischer Sturm-und-Drang-Texte »Von deutscher Art und Kunst, einige fliegende Blätter«.

1773 WERKE:

»Götz von Berlichingen mit der eisernen Hand«, erste Fassung des Schauspiels in fünf Akten (Prosa) über den Ritter Götz von Berlichingen, der als urwüchsige Persönlichkeit der kraft- und charakterlosen Gegenwart gegenübergestellt wird. Erschienen im Selbstverlag, uraufgeführt am 14. April 1774 durch die Kochsche Gesellschaft in Berlin.

»Works of Ossian«, Sammlung epischer Gedichte des schottischen mythologischen Helden Ossian (in Wirklichkeit verfaßt von James MacPherson, 1736–96), vier Bände, herausgegeben von Goethe und Merck.

1774 Die von Goethe leidenschaftlich verehrte Maximiliane von La Roche übersiedelt nach ihrer Heirat mit dem Kaufmann Pietro Antonio Brentano nach Frankfurt. Goethe verkehrt in ihrem Hause, bis es zwischen ihm und ihrem Mann zum Zerwürfnis kommt.

Die großen Hymen *»Prometheus«* und *»Ganymed«* entstehen.

Lahn-Rhein-Reise mit dem Schweizer Dichter und Physiognomen Johann Kaspar Lavater und dem Pädagogen Johannes Bernhard Basedow. – Gegen Ende des Jahres besuchen ihn die Prinzen Karl August und Konstantin von Sachsen-Weimar. – Sein Briefwechsel mit den Grafen Christian und Friedrich Leopold zu Stolberg beginnt.

WERKE:

»Götter, Helden und Wieland. Eine Farce«, satirisches Gespräch zwischen Göttern, Heroen und den Schatten Verstorbener in der Unterwelt über aktuelle Fragen; gerichtet gegen den Aufklärungsdichter Christoph Martin Wieland, der die Satire öffentlich als »Meisterstück von Persiflage« bezeichnet und so die Aussöhnung mit Goethe vorbereitet.

»Clavigo«, Trauerspiel in fünf Aufzügen (Prosa) über die Problematik Ehe und Treue am Beispiel des jungen und

175

ehrgeizigen Schriftstellers Clavigo, der für sich die These in Anspruch nimmt, daß »außerordentliche Menschen eben auch darin außerordentliche Menschen sind, weil ihre Pflichten von den Pflichten gemeiner Menschen abgehen«; er verschuldet durch seinen Treuebruch den Tod seiner Geliebten Marie und wird von ihrem Bruder am Sarg tödlich verwundet. – Uraufführung am 23. August in Hamburg.

»Die Leiden des jungen Werthers«, monologischer Briefroman, Welterfolg (siehe Text und Nachwort).

Die große Hymne *»Mahomets-Gesang«* und das Künstlergedicht *»Der Adler und die Taube«* erscheinen im »Göttinger Musenalmanach«.

1775 Verlobung mit Lili Schönemann, der Tochter eines Frankfurter Bankiers (Lösung der Verlobung nach einem halben Jahr). Schweiz-Reise mit den Brüdern Stolberg. – Auf Einladung des achtzehnjährigen Herzogs Karl August von Sachsen-Weimar, der gerade seine Herrschaft angetreten hat, reist Goethe nach Weimar.

WERKE:
»Gedichte« der Straßburger und Frankfurter Zeit erscheinen in Johann Georg Jacobis Zeitschrift »Iris«: Sesenheimer Lyrik (vgl. 1770) und *Verse an Lili* (*»Neue Liebe, neues Leben«, »Herbstgefühl«, »An Belinden«* u. a.).

»Erwin und Elmire. Ein Schauspiel mit Gesang«, Singspiel. – Die vielumschwärmte Elmire zeigt sich dem jungen Dichter Erwin gegenüber gleichgültig, obwohl sie ihn heimlich liebt; Erwin flüchtet sich in seiner Verzweiflung an einen unbekannten Ort, wo er schließlich – in der Maske eines Einsiedlers – mit Elmire vereint wird.

1776 Die enge Freundschaft mit Charlotte von Stein, der Gattin des herzoglichen Stallmeisters Friedrich Freiherr von Stein, beginnt (Ode *»Warum gabst du uns die tiefen Blicke«*). Goethe entschließt sich, in Weimar zu bleiben. Herzog Karl August schenkt ihm das Gartenhaus am Stern, Goethe erhält das Weimarer Bürgerrecht und wird zum Geheimen Legationsrat mit Sitz und Stimme im Geheimen Consilium ernannt, der obersten Landesbehörde. Er wird als Beamter im Weimarischen Staatsdienst vereidigt. – Herder nimmt auf Goethes Vorschlag den Posten des Generalsuperintendenten in Weimar an.

WERKE:

»Claudine von Villa Bella. Ein Schauspiel mit Gesang«, Singspiel, das »romantische Gegenstände, Verknüpfungen edler Gesinnungen mit vagabundischen Handlungen« zeigt am Beispiel zweier ungleicher und verfeindeter Brüder, die sich nicht kennen und dasselbe Mädchen lieben.

»Stella. Ein Schauspiel für Liebende«, Drama in fünf Akten. – Wie in der Sage des Grafen von Gleichen und seinen beiden Frauen sollen auch der Held Fernando und seine beiden Geliebten Stella und Cäcilie »selig eine Wohnung, ein Bett und ein Grab« haben. – Großer Skandal, Verbot des Stückes in Hamburg.

»Die Geschwister«, Schauspiel in einem Akt. Thema: Verwandlung (vermeintlicher) Geschwisterliebe in Gattenliebe.

1777 Seine Schwester Cornelia stirbt. – Erste Harzreise (Gedicht *»Harzreise im Winter«*).

1778 Reise nach Potsdam und Berlin mit Herzog Karl August und Fürst Leopold von Anhalt-Dessau.

WERKE: *»Proserpina«*, Monodrama über den griechischen Mythos der Persephone, die in die Unterwelt entführt wird.

1779 Er wird Leiter der Kriegskommission und des Straßenbauwesens (später: Wegebaukommission). Zweite Schweizer Reise in Begleitung des Herzogs.

WERKE:

»Die Laune des Verliebten. Ein Schäferspiel in Versen und einem Akt«, uraufgeführt am 20. Mai im Herzoglichen Liebhabertheater Ettersburg bei Weimar, entstanden 1767/68 als dramatische Behandlung von Goethes Liebe zu Käthchen Schönkopf. Dem glücklichen Schäferpaar Egle und Lamon werden die hingebungsvolle Amine und der tyrannische Eridon gegenübergestellt; Egle verführt Eridon in pädagogischer Absicht.

»Iphigenie«, Erstfassung (Prosa) des 1787 unter dem Titel *»Iphigenie auf Tauris«* veröffentlichten Schauspiels über einen Stoff aus der griechischen Mythologie: Die Königstochter Iphigenie soll aufgrund eines Seherspruches geopfert werden, doch die Göttin Artemis entrückt sie in ihr Heiligtum im Taurerland und legt an ihrer Stelle eine Hirschkuh

auf den Altar. Aus ihrer Stellung als Tempelpriesterin bei den Taurern wird Iphigenie von ihrem Bruder Orest gerettet.

1780 Mineralogische Studien.

WERKE: *»Jery und Bäteli«*, Singspiel mit der Musik von Philipp Christoph Kayser. – Das Schweizer Bauernmädchen Bäteli will nicht heiraten, entscheidet sich dann aber doch für den tumben Bauern Bäteli. Moral: »Er falle, wenn er jemals freit, / Nicht mit der Tür ins Haus.«

1781 Vorträge über Anatomie in der von ihm gegründeten »Freien Zeichen-Schule« in Weimar.

1782 Kaiser Joseph II. erhebt Goethe in den Adelsstand. – Der Vater stirbt. – Der Dichter bezieht das Haus am Frauenplan, in dem er bis zu seinem Tod wohnt. Er übernimmt eine leitende Funktion in der obersten Finanzbehörde. – Die Ballade *»Erlkönig«* entsteht.

1783 Beitritt zum Illuminatenorden. Zweite Harzreise.

1784 Er entdeckt den Zwischenkieferknochen am menschlichen Schädel. Dritte Harzreise.
Mit der Entstehung des Gedichts *»Zueignung«* wird der Beginn der klassischen Lyrik angesetzt.

1785 Naturwissenschaftliche Studien. Erster Aufenthalt in Karlsbad.

1786 Erste italienische Reise: Von Karlsbad zunächst nach Rom, wo er bei dem Maler Johann Heinrich Wilhelm Tischbein wohnt. Dieser führt ihn in einen Kreis in Rom lebender deutscher Künstler ein: Zu ihm gehören u. a. die Malerin Angelika Kauffmann, die Maler Friedrich Bury, Johann Georg Schütz und Johann Heinrich Lips, der Bildhauer Alexander Trippel, der Archäologe Johann Friedrich Reiffenstein, der Maler und Kunstgelehrte Heinrich Meyer, der Schriftsteller Karl Philipp Moritz.

1787 Karneval in Rom. Gesteins- und Pflanzenstudien in Neapel und Sizilien, Besteigung des Vesuvs, Rückkehr nach Rom.

WERKE:
»Iphigenie auf Tauris«, Jambenfassung des Schauspiels von 1779.

»Die Vögel«, Übersetzung der Komödie von Aristophanes.

»Goethes Schriften«, vier Bände 1787–91 *(»Zueignung«, »Werther«, »Götz von Berlichingen«, »Die Mitschuldigen«, »Iphigenie«, »Clavigo«, »Die Geschwister«, »Stella«, »Triumph der Empfindsamkeit«, »Die Vögel«).*

1788 Zurück in Weimar (»Ich vermißte jede Teilnahme, niemand verstand meine Sprache«), wird er von vielen Regierungsgeschäften entlastet. Es kommt zum Bruch mit Charlotte von Stein. Goethes Lebensgemeinschaft – eine Ehe »nur nicht durch Zeremonie« – mit Christiane Vulpius beginnt (Trauung erst 1806). Er begegnet erstmals Friedrich Schiller, dem er eine Berufung auf den Lehrstuhl für Geschichte an der Universität Jena vermittelt.

WERKE: *»Egmont«*, Trauerspiel in fünf Aufzügen über die Verhaftung und Hinrichtung des niederländischen Grafen Egmont durch den spanischen Feldherrn Alba während des Niederländischen Unabhängigkeitskampfes (1568). Egmont als »große Natur«, die vom »Dämonischen« verblendet und ins Verderben gestürzt wird.

1789 Geburt des Sohnes August.

WERKE: *»Das Römische Karneval«*, Beschreibung des Karnevals in Rom.

1790 Zweite italienische Reise nach Venedig, wo er Herzogin Anna Amalia abholt und nach Weimar zurückbegleitet. Die *»Venetianischen Epigramme«* entstehen.

WERKE:
»Torquato Tasso«, Schauspiel in fünf Akten. – Am Beispiel des italienischen Dichters Torquato Tasso (1544–95) werden die Konflikte zwischen dem schöpferischen Menschen und der Gesellschaft, die »Disproportion des Talents mit dem Leben«, dargestellt. Tasso scheitert an der Wirklichkeit, findet aber Trost in seiner Dichtung: »Und wenn der Mensch in seiner Qual verstummt, / Gab mir ein Gott, zu sagen, wie ich leide.«

»Faust. Ein Fragment«, Dramenfragment (sog. Urfaust bereits 1774 verfaßt).

1791 Beginn der Studien und Materialsammlungen zur Geschichte der Farbenlehre. – Goethe wird Leiter des Weimarer Hoftheaters.

WERKE: *»Der Groß-Cophta«*, Lustspiel in fünf Akten über die Halsbandaffäre am Vorabend der Französischen Revolution, eine Intrigen- und Betrugsaffäre, die »nicht bloß von sittlicher, sondern auch von großer historischer Bedeutung ist; das Faktum geht der Französischen Revolution unmittelbar voran und ist davon gewissermaßen das Fundament«. – Uraufführung im Dezember in Weimar. Das Honorar für die 1792 erscheinende Buchausgabe schickt Goethe der Familie Cagliostro nach Palermo. Der Abenteurer Graf Cagliostro hatte im *»Groß-Cophta«* Pate für die Figur eines gräflichen Betrügers gestanden, der sich als Wundertäter ausgibt und viele Damen der Adelsgesellschaft von sich abhängig macht.

1792 Als Begleiter des Herzogs nimmt Goethe am Feldzug gegen die französischen Revolutionstruppen teil (Kanonade von Valmy).

1793 Auf Wunsch des Herzogs nimmt Goethe an der Belagerung von Mainz teil, wo mit Hilfe französischer Revolutionstruppen eine jakobinische Republik errichtet worden ist.

WERKE: *»Der Bürgergeneral«*, Lustspiel in einem Aufzug. – Der Dorfbabier Schnaps gibt sich einem Bauern gegenüber als Bürgergeneral im Dienst französischer Jakobiner aus und schröpft den Bauern, bis diesen sein Gutsherr rettet.

1794 Das Gespräch mit Schiller am 20. Juli in Jena über die Arten der Naturbetrachtung, die Metamorphose der Pflanzen, die Urpflanze und die Trennung von Idee und Erfahrung markiert den Beginn der Freundschaft zwischen den beiden Dichtern.

WERKE: *»Reineke Fuchs«*, Tierepos in Hexametern, eine »zwischen Übersetzung und Umarbeitung schwebende Behandlung« der bekannten Volksdichtung.

1795 Zweite Reise nach Karlsbad. Er trifft Friederike Brun, Rahel Levin, Marianne Meyer, Sara Meyer.

WERKE:
»Unterhaltungen deutscher Ausgewanderten«, Novellensammlung, nach dem Muster von Giovanni Boccaccios »Deka-

meron« durch einen Rahmen vereinigt: Eine am linken Rheinufer ansässige deutsche Familie ist vor den Franzosen geflohen und ausgewandert, die »Unterhaltungen« der Flüchtlinge haben den Ausgleich der menschlichen Leidenschaften durch Selbstüberwindung, Einordnung und Vernunft zum Thema. – Erschienen in Schillers literarischer Monatsschrift »Die Horen«.

»Wilhelm Meisters Lehrjahre«, Entwicklungs- und Bildungsroman; propagiert wird als klassisches Lebensideal: Ausbildung des Individuums als Glied der Gemeinschaft. Erschienen 1795/96 in vier Bänden.

»Römische Elegien«, Gedichtzyklus mit formaler und inhaltlicher Annäherung an die augusteische und neulateinische Elegiendichtung. Zentrales Thema dieses Zyklus, der Goethe den Vorwurf der Unsittlichkeit einträgt, ist die Liebe, dargestellt am Beispiel der jungen Witwe Faustine. Das lateinische Wort »Roma« liest sich von hinten nach vorn als »Amor« = »Liebe«: ». . . ohne die Liebe / wäre die Welt nicht die Welt, wäre denn Rom auch nicht Rom.«

1796 Studium des italienischen Goldschmieds Benvenuto Cellini und Übersetzung seiner Autobiographie.

WERKE:
»Musen-Almanach für das Jahr 1797«, von Schiller herausgegebene Anthologie, enthaltend die »Xenien« (scharf pointierte Epigramme) Goethes und Schillers, daher auch *»Xenien-Almanach«* genannt.

»Briefe aus der Schweiz«, Bericht über die Schweizer Reise von 1779; erschienen in Schillers literarischer Monatsschrift »Horen«.

1797 Mehrmaliges Zusammentreffen mit dem Ästhetiker und Dichter Friedrich (von) Schlegel (Briefwechsel 1798–1813). – Dritte Schweizer Reise. – Er übernimmt die Leitung der herzoglichen Bibliotheken in Weimar und Jena sowie des Münzkabinetts.

WERKE:
»Musen-Almanach für das Jahr 1798«, von Schiller herausgegebene Anthologie; wegen der zahlreichen im sog. Balladenjahr 1797 im Wettstreit mit Schiller entstandenen

Balladen als *»Balladen-Almanach«* bezeichnet: *»Der Schatz-gräber«*, *»Legende«*, *»Die Braut von Korinth«*, *»Der Gott und die Bajadere«*, *»Der Zauberlehrling«*.

»Herrmann und Dorothea«, Hexameter-Epos in neun Gesängen. – Während der Wirren der europäischen Koalitionskriege nach der Französischen Revolution verliebt sich der Jüngling Herrmann in die vorüberziehende Flüchtlingstochter Dorothea (der Name bedeutet »Gottesgeschenk«), reift durch diese Liebe (innerhalb eines halben Tages!) zum Mann und gewinnt Dorothea zur Frau. Gegensatz zwischen dem Elend der Flüchtlinge und der (spießbürgerlichen) Besitzerfreude: »Desto fester sei, bei der allgemeinen Erschütt'rung, / Dorothea, der Bund! Wir wollen halten und dauern, / Fest uns halten und fest der schönen Güter Besitztum . . .«

1798 Die erste Nummer der von Goethe herausgegebenen Kunstzeitschrift *»Propyläen. Eine periodische Schrift«* erscheint bei Cotta. Sie wird nach Schillers literarischer Zeitschrift »Die Horen« das wichtigste Organ für die Kunstanschauungen der Weimarer Klassik. Mitarbeiter sind Schiller, der Schweizer Maler und Kunstschriftsteller Heinrich Meyer, der Philosoph, Sprachforscher und preußische Staatsmann Wilhelm von Humboldt u. a. Im ersten Band (1799) erscheinen von Goethe *»Einleitung in die Propyläen«*, *»Über Wahrheit und Wahrscheinlichkeit der Kunstwerke«*, *»Über Laokoon«*.

1799 Schiller übersiedelt nach Weimar (Beginn der sog. Hochklassik).

1801 Gründung des »Mittwochskränzchens«, dessen Mitglieder alle 14 Tage im Hause Goethes zusammenkommen (Schiller, die Hofdame Luise von Göchhausen u. a.).

1803 Der Literarhistoriker und Schriftsteller Friedrich Wilhelm Riemer wird Hauslehrer von Goethes Sohn August und wohnt bis 1812 im Hause Goethes. – Besuch der französischen Schriftstellerin Madame de Staël (vgl. Nachwort S. 165–166).

WERKE: *»Die natürliche Tochter«*, Trauerspiel in fünf Akten (Jamben), geplant als erster Teil einer Trilogie über die Französische Revolution. – Als die uneheliche Eugenie, Abbild einer vollendeten Aristokratin, am Königshof eingeführt werden soll, läßt sie ihr Halbbruder entführen und vor die Wahl stellen: Tod oder Heirat mit einem unbedeutenden Mann (und damit politische Isolierung). Sie entscheidet sich für die Verbannung in der Hoffnung, auch im verborgenen für ihr Vaterland wirken zu können. – Uraufführung am 2. April am Hoftheater in Weimar.

1804 Ernennung zum Wirklichen Geheimen Rat mit dem Prädikat Exzellenz.

1805 Tod Schillers.

WERKE: *»Winckelmann und sein Jahrhundert. In Briefen und Aufsätzen herausgegeben von Goethe«*, Sammelband der sog. Weimarischen Kunstfreunde mit Briefen des Archäologen und Kunstgelehrten Johann Joachim Winckelmann, der das Schönheitsideal der deutschen Klassik geprägt hatte, sowie Aufsätzen verschiedener Verfasser zu seiner Person.

1806 Heirat mit Christiane Vulpius.

1807 Während seiner wiederholten Aufenthalte im Hause des Jenaer Buchhändlers Frommann wandelt sich seine väterliche Zuneigung zu dessen achtzehnjähriger Pflegetochter Minna Herzlieb in leidenschaftliche Liebe. Minna ist vermutlich Vorbild für die Ottilie in dem Roman *»Die Wahlverwandtschaften«* (1809).

1808 Tod der Mutter. – Während des Erfurter Fürstenkongresses trifft Goethe mehrmals mit dem französischen Kaiser Napoleon I. zusammen, der ihn auffordert, nach Paris zu kommen.

WERKE: *»Faust. Der Tragödie erster Teil«.* Durch die Voranstellung des *»Prologs im Himmel«* erscheint das Schicksal Fausts als Teil eines Welthandels zwischen Gottvater und Mephistopheles, der Verkörperung des Bösen, dem verneinenden Prinzip.

1809 WERKE: *»Die Wahlverwandtschaften«*, Roman, in dem die Eigenschaft bestimmter chemischer Elemente, bei Annäherung eines anderen Stoffes ihre Bindung zu lösen und sich mit den neuen zu vereinigen, auf die Paare Eduard/Charlotte und Ottile/Hauptmann übertragen wird.

1810 WERKE: *»Zur Farbenlehre«*, naturwissenschaftliche Abhandlung, gerichtet gegen den englischen Mathematiker, Physiker und Astronomen Isaac Newton. Das Werk wird von den Wissenschaftlern abgelehnt; das von Goethe entwickelte System der physiologischen Farben wird anerkannt.

1811 Zusammenarbeit mit dem Kunstsammler Sulpiz Boisserée.

WERKE: *»Aus meinem Leben. Dichtung und Wahrheit«*, Autobiographie, vier Teile (1811, 1812, 1814, 1831 und 1833 pcstum).

1812 Mehrmaliges Zusammentreffen mit Ludwig van Beethoven.

1813 Beginn des Briefwechsels mit dem Dichter Friedrich de la Motte Fouqué (bis 1828).

1814 Erste Reise an Rhein, Main und Neckar: in Wiesbaden Bekanntschaft mit der früheren Ballettänzerin Marianne Jung, später verheiratete von Willemer; starker Eindruck der Boisserée-Sammlung altdeutscher Gemälde in Heidelberg.

1815 Zweite Reise an Rhein, Main und Neckar: Mit dem preußischen Reformer Karl vom und zum Stein Besichtigung des Kölner Doms und der Kunstsammlung von Ferdinand Franz Wallraf; in Frankfurt leidenschaftliche Zuneigung zu Marianne von Willemer, die Vorbild für die Suleika des *»West-östlichen Divans«* wird; Zusammentreffen mit den Brüdern Grimm, den Familien Brentano und Städel, Rahel Varnhagen. – Ernennung zum Staatsminister.

WERKE:
»Des Epimenides Erwachen. Ein Festspiel«, uraufgeführt in Berlin am 30. März, dem Jahrestag des Sieges über Napoleon am Ende der Befreiungskriege, ursprünglich geplant als Opernlibretto für eine Aufführung, an der neben dem preußischen König Friedrich Wilhelm III. auch der russische Kaiser Alexander I. teilnehmen sollte. – Der Dichter Epimenides versinkt in einen Schlaf, während dem er Krieg und Zusammenbruch der gesellschaftlichen und staatlichen Ordnung nicht miterlebt, aber seine Kräfte erneuert und die Gabe der Weissagung erhält. Beim Erwachen verkündet er eine bessere Zukunft.

»Sonette«, Zyklus von 18 Gedichten, in denen sich Goethes Hinwendung zur italienischen Renaissance manifestiert.

»Shakespeare und kein Ende«, literarkritischer Essay über die Shakespeare-Rezeption in Deutschland.

1816 Seine Frau Christiane stirbt.

WERKE:
»Über Kunst und Altertum in den Rhein- und Maingegenden«, von Goethe herausgegebene Zeitschrift (ab 1818 unter dem Titel: *»Über Kunst und Altertum«*). Mitarbeiter sind Boisserée, Johann Peter Eckermann, Heinrich Meyer u. a.

»Italiänische Reise«, autobiographische Schrift über die Italienreise 1786–88. Teil eins und zwei (1816–17) erscheinen als Fortsetzung der Autobiographie unter dem Titel *»Aus meinem Leben. Zweiter Abteilung Erster und Zweiter Teil«*.

1817 Er legt die Leitung des Weimarer Hoftheaters nieder. – Sein Sohn August heiratet Ottilie von Pogwisch.

WERKE: *»Die neue Melusine«*, (Kunst-)Märchen von einem jungen Mann, der unter gewissen Bedingungen die Liebe einer Melusine erlangt, dem diese Liebe nach Verletzung der Bedingungen jedoch wieder entzogen wird.

1818 Metereologische Studien (Wolkenformen, atmosphärische Farbphänomene).

1819 Ehrenmitglied der von Freiherr vom und zum Stein gegründeten »Gesellschaft für ältere deutsche Geschichtskunde«, die er in der Folgezeit durch mehrere Beiträge für die Quellensammlung »Monumenta Germaniae« unterstützt.

WERKE: *»West-östlicher Divan«*, Gedichtzyklus unter dem Eindruck der Lektüre des »Divan« des persischen Dichters Hafis: »Diese mohammedanische Religion, Mythologie und Sitte geben Raum einer Poesie, wie sie meinen Jahren ziemt. Unbedingtes Ergeben in den unergründlichen Willen Gottes, heiterer Überblick des beweglichen, immer kreis- und spiralförmig wiederkehrenden Erdtreibens, Liebe, Neigung, zwischen zwei Welten schwebend, alles Reale geläutert, sich symbolisch auflösend.«

1820 WERKE: *»Urworte. Orphisch«*, fünf Stanzen, »uralte Wundersprüche über Menschenschicksale« *(»Dämon«, »Das Zufällige«, »Liebe«, »Nötigung«, »Hoffnung«)* unter dem Eindruck des Studiums der orphischen Weisheitslehre der Griechen.

1821 Beschäftigung mit indischer Dichtung. – Reise nach Marienbad: Begegnung mit Amalie von Levetzow und ihren drei

Töchtern, darunter Ulrike, die seinen vom Großherzog übermittelten Heiratsantrag 1823 ablehnt (sie hatte den Antrag zunächst als Scherz aufgefaßt; siehe Nachwort S. 120).

WERKE: *»Wilhelm Meisters Wanderjahre oder Die Entsagenden«*, Roman, eine »Odyssee der Bildung«: Wilhelm wird Chirurg, er findet seinen Platz als Individuum im Dienst der Gemeinschaft.

1822 WERKE:
»Campagne in Frankreich 1792«, autobiographische Schrift über seine Teilnahme am Feldzug gegen das revolutionäre Frankreich.

»Belagerung von Mainz«, autobiographische Schrift über seine Teilnahme an der Belagerung von Mainz 1793.

1823 Johann Peter Eckermann wird Goethes ständiger Gesellschafter und Mitarbeiter (Sekretär).

1825 Franz Schubert schickt seine Vertonungen der Gedichte *»An Schwager Kronos«*, *»An Mignon«* und *»Ganymed«*, Goethe läßt die Sendung unbeantwortet. – 50. Dienstjubiläum Goethes in Weimar. Die Juristische Fakultät der Universität Jena verleiht ihm die Ehrendoktorwürde.

1827 Charlotte von Stein stirbt. – König Ludwig I. von Bayern bei Goethe.

WERKE: *»Trilogie der Leidenschaft«*, Gedichttrilogie, entstanden unter dem Eindruck der leidenschaftlichen Liebe zu Ulrike von Levetzow: *»An Werther«*, (Marienbader) *»Elegie«*, *»Aussöhnung«* (vgl. Nachwort S. 120–122).

1828 Großherzog Karl August stirbt.

WERKE: *»Briefwechsel zwischen Schiller und Goethe in den Jahren 1794 bis 1805«*, herausgegeben von Goethe, gewidmet König Ludwig I. von Bayern. Zentrales Thema des Briefwechsels ist die Konzeption einer umfassenden Kunsttheorie.

»Novelle«, Prosadichtung, in der sich die Anschauungen des alten Goethe über Kunst, Natur, Gesellschaft, Sitte und Frömmigkeit widerspiegeln.

1829 *»Faust. Der Tragödie erster Teil«* wird am Nationaltheater in Braunschweig erstmals vollständig aufgeführt.

1830 Goethes Sohn August stirbt in Rom an den Blattern. – Goethe erleidet einen Lungenblutsturz und erkrankt schwer.

1831 Er vollendet den *»Faust (Zweiter Teil)«*, versiegelt das Manuskript und bestimmt, daß es erst nach seinem Tod gedruckt werden darf (1833). Riemer und Eckermann werden zur Herausgabe seines literarischen Nachlasses bevollmächtigt.

1832 Er stirbt am 22. März in Weimar und wird in der Fürstengruft beigesetzt.

Aus Goethes letztem Brief – datiert am 17. März 1832, fünf Tage vor seinem Tod –, gerichtet an Wilhelm von Humboldt: »Zu jedem Tun, daher zu jedem Talent, wird ein Angebornes gefordert, das von selbst wirkt und die nötigen Anlagen unbewußt mit sich führt, deswegen auch so geradehin fortwirkt, daß, ob es gleich die Regel in sich hat, es doch zuletzt ziel- und zwecklos ablaufen kann.

Je früher der Mensch gewahr wird daß es ein Handwerk daß es eine Kunst gibt, die ihm zur geregelten Steigerung seiner natürlichen Anlagen verhelfen, desto glücklicher ist er; was er auch von außen empfange schadet seiner eingebornen Individualität nichts. Das beste Genie ist das, welches alles in sich aufnimmt sich alles zuzueignen weiß ohne daß es der eigentlichen Grundbestimmung, demjenigen, was man Charakter nennt, im mindesten Eintrag tue, vielmehr solches noch erst recht erhebe und durchaus nach Möglichkeit befähige.

Die Organe des Menschen durch Übung, Lehre, Nachdenken, Gelingen, Mißlingen, Fördernis und Widerstand und immer wieder Nachdenken, verknüpfen ohne Bewußtsein in einer freien Tätigkeit das Erworbene mit dem Angebornen, so daß es eine Einheit hervorbringt welche die Welt in Erstaunen setzt.«

LITERATUR:

Goethes Werke. Hamburger Ausgabe in 14 Bänden, herausgegeben von Erich Trunz. München 1981, Neuauflage. (C. H. Beck Verlag) Auch dtv Tb 5986, 14. Bde., 1982.

Goethes Briefe. Hamburger Ausgabe. 4. Bde. Hamburg 1962ff. bzw. München 1976.

Werther:
Die Leiden des jungen Werthers. Leipzig 1774. (Urfassung. Reprint Dortmund 1978. Die bibliophilen Taschenbücher Nr. 20. Darin auch Reprint von Friedrich Nicolai: Freuden des jungen Werthers. Leiden und Freuden Werthers des Mannes)
Die Leiden des jungen Werther. In: Goethes Werke, Hamburger Ausgabe. Bd. 6.
Aus meinem Leben. Dichtung und Wahrheit. In: Goethes Werke, Hamburger Ausgabe. Bde. 9–10. (Für die Entstehungsgeschichte und Wirkung des »Werther« vor allem wichtig die Bücher 12 und 13.)

Blessin, Stefan: Die Romane Goethes. Königstein 1979.

Bode, Wilhelm: Goethes Liebesleben. Berlin 1914. Nachdruck Bern 1970.

Boerner, Peter: Johann Wolfgang von Goethe in Selbstzeugnissen und Bilddokumenten. Reinbek 1964, 1983. (rowohlts monographien 100)

Buch, Hans Christoph (Hrsg.): Johann Wolfgang Goethe. Die Leiden des jungen Werther. Ein unklassischer Klassiker. Neu herausgegeben, mit Dokumenten und Materialien, Wertheriana und Wertheriaden. Berlin (West) 1982. (Wagenbachs Taschenbücherei Nr. 89)

Eissler, Kurt R.: Goethe. Eine psychoanalytische Studie. 1775–1786. 2 Bde., Bd. 1 erschienen Frankfurt am Main 1984.

Friedenthal, Richard: Goethe. Sein Leben und seine Zeit. München 1982 (Neuausgabe).

Göres, Jörn (Hg.): Die Leiden des Jungen Werthers. Goethes Roman im Spiegel seiner Zeit. Eine Ausstellung des Goethe-Museums Düsseldorf Anton-und-Katharina-Kippenberg-Stiftung in Verbindung mit der Stadt Wetzlar. Ausstellungskatalog. Düsseldorf 1972.

Hotz, Karl (Hg.): Goethes »Werther« als Modell für kritisches Lesen. Materialien zur Rezeptionsgeschichte. Stuttgart 1974.

Hübner, Klaus: Alltag im literarischen Werk. Eine literatursoziologische Studie zu Goethes Werther. Heidelberg 1982. (Sammlung Groos 12)

Jäger, Georg: Die Leiden des alten und neuen Werther. Kommentare, Abbildungen, Materialien zu Goethes Leiden des jungen Werthers und Plenzdorfs Neuen Leiden des jungen W. Mit einem Beitrag zu den Werther-Illustrationen von Jutta Assel. München/Wien 1984. (Hanser Literatur-Kommentare, Bd. 21)

Kestner, A.: Goethe und Werther. Briefe Goethes, meist aus seiner Jugendzeit, mit erläuternden Dokumenten. Stuttgart/Tübingen 1854, dritte Auflage 1910.

Die Leiden des jungen Werthers. Goethes »Werther« als Schule der Leidenschaften. Mit Beiträgen von Jörn Göres, Walther Migge, Hartmut Schmidt. Frankfurt am Main 1972. (Insel-Almanach. 1973)

Leppmann, Wolfgang: Goethe und die Deutschen. Der Nachruhm eines Dichters im Wandel der Zeit und der Weltanschauungen. Bern/München 1982 (erweiterte Neuausgabe).

Mandelkow, Karl Robert (Hg.): Goethe im Urteil seiner Kritiker. Dokumente zur Wirkungsgeschichte Goethes in Deutschland. München 1975 ff.

Mandelkow, Karl Robert (Hg.): Goethe in Deutschland. Rezeptionsgeschichte eines Klassikers. Bd. 1 ff. München 1980 ff.

Mildner-Flesch, Ursula: Werther Illustrationen. (Ausstellungskatalog Stadtmuseum Ratingen) Ratingen 1982.

Merker, Erna: Wörterbuch zu Goethes Werther. Herausgegeben von der Deutschen Akademie der Wissenschaften zu Berlin. Berlin (Ost) 1958–66.

Müller, Peter: Zeitkritik und Utopie in Goethes »Werther«. Berlin 1969. (Germanistische Studien)

Rothmann, Kurt (Hrsg.): Johann Wolfgang Goethe. Die Leiden des jungen Werther. Stuttgart 1971, 1984. (Reclam Universal-Bibliothek 8113/2. Erläuterungen und Dokumente)

Scherpe, Klaus R.: Werther und Wertherwirkung. Bad Homburg vor der Höhe 1970.

AUTOREN IN DER
»GROSSEN ERZÄHLER-BIBLIOTHEK
DER WELTLITERATUR«:

Alexis, Willibald
Andersen, Hans Christian
Anzengruber, Ludwig
Arnim, Achim von
Balzac, Honoré de
Beecher Stowe, Harriet
Björnson, Björnstjerne
Boccaccio, Giovanni
Bräker, Ulrich
Brentano, Clemens
Bulwer, Edward George
Bürger, Gottfried August
Casanova, Giacomo
Cervantes, Miguel de
Chateaubriand, François
Choderlos de Laclos, P.A.F.
Conrad, Joseph
Cooper, James F.
Defoe, Daniel
Dickens, Charles
Diderot, Denis
Dostojewski, Fjodor
Doyle, Conan
Droste-Hülshoff, Annette von
Dumas fils, Alexandre
Ebner-Eschenbach, Marie von
Eichendorff, Joseph von
Fielding, Henry
Flaubert, Gustave
Fontane, Theodor
Goethe, Johann Wolfgang von
Gogol, Nikolai

Goldsmith, Oliver
Gorki, Maxim
Gotthelf, Jeremias
Grimm, Brüder
Hauff, Wilhelm
Hawthorne, Nathaniel
Hebbel, Friedrich
Hebel, Johann Peter
Heine, Heinrich
Heyse, Paul
Hoffmann, E.T.A.
Hölderlin, Friedrich
Hugo, Victor
Immermann, Karl
Jacobsen, Jens Peter
Jean Paul
Keller, Gottfried
Kipling, Rudyard
Kleist, Heinrich von
La Fayette, Marie-Madeleine de
Lermontow, Michail
Leskow, Nikolai
Liliencron, Detlev von
London, Jack
Ludwig, Otto
Margarete von Navarra
Mark Twain
Maupassant, Guy de
Melville, Herman
Mérimée, Prosper
Meyer, Conrad Ferd.
Mörike, Eduard

Moritz, Karl Philipp
Murger, Henri
Musset, Alfred de
Novalis
Poe, Edgar Allan
Prévost, Antoine F.
Puschkin, Alexander
Raabe, Wilhelm
Rosegger, Peter
Sand, George
Schiller, Friedrich
Scott, Sir Walter
Sealsfield, Charles
Sienkiewicz, Henryk
Stendhal
Sterne, Laurence
Stevenson, Robert Louis
Stifter, Adalbert
Storm, Theodor

Strindberg, August
Swift, Jonathan
Thackeray, William M.
Tieck, Ludwig
Tolstoi, Leo
Tschechow, Anton
Turgenjew, Iwan
Verga, Giovanni
Voltaire
Vulpius, Christian August
Wieland, Christoph Martin
Wilde, Oscar
Zola, Emile
Zschokke, Heinrich

Deutsche Volksbücher
Italienische Renaissance-Novellen
Tausendundeine Nacht